NOUS IRONS MIEUX DEMAIN

Du même auteur

Aux Éditions Robert Laffont

Célestine du Bac, 2021.

Aux Éditions Robert Laffont et Héloïse d'Ormesson

Les Fleurs de l'ombre, 2020.

Aux Éditions Héloïse d'Ormesson

Sentinelle de la pluie, 2018. Le Livre de Poche, 2019.
Moka, 2016. Le Livre de Poche, 2009.
Son carnet rouge, 2014. Le Livre de Poche, 2015.
À l'encre russe, 2013. Le Livre de Poche, 2014.
Rose, 2011. Le Livre de Poche, 2012.
Le Voisin, 2010. Le Livre de Poche, 2011.
Boomerang, 2009. Le Livre de Poche, 2010.
La Mémoire des murs, 2008. Le Livre de Poche, 2010.
Elle s'appelait Sarah, 2007. Le Livre de Poche, 2008.

Aux Éditions Albin Michel et Héloïse d'Ormesson

Manderley for ever, 2015. Le Livre de Poche, 2016.

Aux Éditions Pocket

Célestine du Bac, 2022.
Tamara par Tatiana, 2021.
Les Fleurs de l'ombre, 2021.
L'Envers du décor, 2020.

Aux Éditions Le Livre de Poche

Café Lowendal, 2014.
Spirales, 2013.
Le Cœur d'une autre, 2011.

Aux Éditions Fayard

L'Appartement témoin, 1992. Le Livre de Poche, 2017.

www.tatianaderosnay.com

TATIANA DE ROSNAY

NOUS IRONS MIEUX DEMAIN

roman

Robert Laffont

ISBN : 978-2-221-26422-5
Dépôt légal : septembre 2022
Éditions Robert Laffont – 92, avenue de France, 75013 Paris

Pour Émile

— Souffle la chandelle, je n'ai pas besoin de voir la couleur de mes idées.

Émile ZOLA, *Germinal*, 1885

Candice était en retard pour aller chercher son fils à l'école maternelle, rue de l'Espérance. La grève battait son plein depuis plusieurs semaines et l'exaspération régnait, toute-puissante. Sur les trottoirs, rendus glissants par la bruine, les piétons évitaient au mieux vélos et trottinettes ; il fallait jouer des coudes pour passer d'un bord à l'autre. Embouteillages et klaxons, aucun transport en commun : à bout de nerfs, les gens s'invectivaient, les insultes fusaient, tout le monde s'exaspérait ; Candice aussi. Cela faisait plus d'une heure qu'elle marchait depuis République. Heureusement, le chemin du retour avec Timothée serait court ; elle n'habitait qu'à quelques minutes de l'école, rue des Cinq-Diamants.

Depuis la Seine, elle cheminait le long du boulevard de l'Hôpital qui débouchait sur la place d'Italie. Encore une dizaine de minutes et elle serait arrivée. Devant le feu du carrefour, une foule compacte s'était formée, en attendant qu'il passe au rouge. Soudain une voiture fit une embardée, et heurta la personne qui se trouvait juste devant Candice. Elle entendit un hurlement ; une voix de femme, puis une frêle silhouette s'envola comme un vêtement emporté par le vent.

Le crissement des freins, le fracas de la chute, les cris d'horreur. Il faisait sombre, on voyait mal, mais des badauds s'étaient aussitôt mis à filmer avec leurs portables, plantés là, au lieu de venir en aide.

Candice s'approcha du corps à terre, distingua des cheveux blonds épars, du sang, un visage pointu et blanc. Quelqu'un cria : « Elle est morte ! » Le conducteur de la voiture sanglotait en marmonnant qu'il n'avait rien vu ; la foule se pressait autour de cette inconnue étendue de tout son long, mais personne ne la réconfortait. Candice s'agenouilla sur la chaussée mouillée.

— Vous m'entendez, madame ?

La victime devait avoir la cinquantaine ou plus, des yeux immenses et noirs.

— Oui, lui dit-elle, d'une voix claire. Je vous entends.

Elle portait un manteau noir à la coupe élégante, un foulard en soie de couleur jaune.

— Il faut appeler le SAMU ! lança une femme au-dessus d'elles. Regardez l'état de sa jambe.

— Alors, appelez, bordel ! s'époumona un homme.

La foule autour s'était remise à bouger en un étrange ballet désordonné, et toujours ces gens qui filmaient. Candice les suppliait d'arrêter ; et s'il s'agissait de leur mère, de leur sœur ?

— Les secours vont arriver, ne vous inquiétez pas. Ça va aller.

Elle essayait de l'apaiser avec des mots qu'elle aurait aimé entendre si elle avait été à sa place.

— Merci… Merci beaucoup.

La victime s'exprimait lentement, comme si chaque parole était douloureuse ; sa peau semblait transparente, ses yeux ne quittaient pas ceux de Candice. Elle tentait de bouger ses mains, mais n'y parvenait pas.

— S'il vous plaît… Pouvez-vous vérifier…

Candice se pencha.

— Je vous écoute.

— Mes boucles d'oreilles… C'est mon père qui me les a offertes. J'y tiens beaucoup. J'ai l'impression que…

Candice discernait un clip à son oreille droite, une perle. Rien à l'autre. Le bijou avait dû se détacher.

— S'il vous plaît… Cherchez… Cherchez…

D'une main hésitante, Candice déplaça les cheveux blonds ; aucune boucle dessous, ni à côté.

— Faut pas toucher ! brailla une femme.

— Attention ! s'agaça un individu à sa droite. Faut attendre l'arrivée du SAMU !

Candice fit un effort pour rester calme.

— Je cherche sa boucle d'oreille ! Une perle. Regardez donc sous vos pieds.

Les curieux s'y mettaient, utilisaient les torches de leurs mobiles pour scruter le macadam. Quelqu'un cria : « Je l'ai ! » Révérencieusement, on lui tendit le minuscule bijou ; Candice le déposa dans la paume glacée.

— Pouvez-vous…, chuchota la dame, en esquissant un geste.

Candice fixa la perle à son lobe gauche. La victime ajouta, quelques instants plus tard, avec un filet de voix :

— Mon père n'est plus là. Il me les a offertes pour le dernier Noël passé avec lui.

Candice posa une main sur sa manche.

— Gardez vos forces, madame.

— Oui… Mais ça me fait du bien de vous parler.

La jeune femme ressentit de la pitié, un éclair vif qui la transperça. Elle lui sourit. Il lui semblait que les secours mettaient des siècles à venir. Le froid mordait de plus belle, la pluie ne cessait de tomber ; l'air paraissait lourd, humide, chargé de pollution. Quel endroit laid pour mourir, pensa-t-elle, crever là, sur ce carré de bitume suintant, face aux néons criards des immeubles modernes avec, dans les narines, cette odeur pestilentielle de métropole saturée par les bouchons. Mais ses pensées pourraient porter malheur à cette pauvre femme ; alors, Candice se concentra sur Timothée à la garderie, aux courses pour le dîner, à Arthur qui lui rendrait visite ce soir, aux prises de son éreintantes de la journée, rendues plus compliquées encore par les grèves et l'absence de certains de ses collaborateurs.

Candice jeta un coup d'œil vers les jambes de la victime, devina une blessure qui lui sembla si effroyable qu'elle détourna le regard.

— Ne vous inquiétez pas, ils seront là bientôt. Ils vont vous emmener à l'hôpital. On va s'occuper de vous, vous verrez. On va vous soigner.

La jeune femme lui parlait avec sa voix de maman, celle dont elle se servait pour rassurer Timothée, trois ans. Cette inconnue devait avoir l'âge de sa propre mère, ou être plus âgée encore. Elle ne savait pas si elle l'entendait, si ses paroles lui faisaient du bien ; elle n'osait plus la toucher.

— Vous êtes si gentille… Merci…

Ses mots n'étaient plus que chuchotis à présent.

Autour d'elles montait le vacarme des voix, de la circulation ; au loin, une sirène.

— Vous entendez ? Ils arrivent !

Toujours ce visage blafard, immobile, humide sous l'averse. Il était peut-être trop tard. Candice avait envie de pleurer ; elle tenta de reprendre le dessus. Une étrangère ! Une femme dont elle ne connaissait même pas le nom ; et dont elle n'arrêtait pas de revoir le corps qui valdinguait, le bruit de la chute, les traits de morte, les fines mains recroquevillées.

La victime murmura :

— S'il vous plaît, votre nom ?

Un pompier pria Candice de se lever, de s'écarter ; tout le monde devait reculer.

La main de la femme attrapa sa manche avec une force étonnante ; ses yeux noirs, comme deux puits sans fond.

Candice répondit :

— Candice Louradour.

— C'est joli. Je vous remercie. Pour tout.

Ses lèvres étaient blanches. On poussa Candice, tandis que les médecins formaient une haie autour de la blessée ; brancard, soins, oxygène. Candice vit l'un d'eux froncer les sourcils en découvrant la blessure à la jambe. Une jeune urgentiste lâcha : « Ah putain, quand même ! »

Ils travaillaient en silence, méthodiquement ; leurs visages étaient graves, leurs gestes, précis. Des tubes, un masque, une couverture de survie ; on ne voyait plus rien d'elle. La police arriva, ils embarquèrent le conducteur en larmes. Un des pompiers réclama le sac à main de l'accidentée ; Candice inspecta la chaussée, en vain. Les badauds haussaient les épaules, personne ne savait où était son sac.

— Quelqu'un a dû le piquer, marmonna un jeune homme.

— Quelle honte ! s'exclama la femme à sa gauche.

Candice demanda à un des médecins où on l'emmenait. Cochin. Puis elle posa la question qui la tourmentait :

allait-elle s'en sortir ? Pas de réponse. Cette femme sans nom partait aux urgences sans ses proches, sans quelqu'un pour veiller sur elle. Peut-être qu'elle ne s'en sortirait pas, justement.

Le crachin tombait toujours ; la foule s'était dispersée. Candice était seule sur le trottoir, avec le bruit strident des klaxons autour d'elle. Tout le monde avait repris sa course. On l'avait déjà oubliée, la dame, l'inconnue renversée ; elle deviendrait un sujet de conversation au dîner, un fait divers. Timothée attendait sa mère, Candice allait être très en retard. Pourtant, elle n'hésita pas : elle se mit en route, mais pas vers l'école ; elle saisit son mobile, appela Arthur et lui annonça qu'elle se rendait à l'hôpital Cochin. Il semblait interloqué.

— Une femme a été renversée, devant moi. Elle est blessée. Il faut que tu ailles chercher Timothée, s'il te plaît !

— Tu la connais, cette femme ?

— Non ! Elle est toute seule. Sa jambe... C'était horrible... Je vais y aller, être là pour elle, pour...

Arthur était agacé, elle le devinait. Mais Candice savait qu'elle pouvait compter sur lui. Il avait les clefs de l'appartement, même s'ils n'habitaient pas officiellement ensemble. Il dormait chez elle trois ou quatre nuits par semaine. Arthur travaillait dans une startup tout près de l'école de Timothée. Il acquiesça : ils se verraient plus tard, il ferait les courses aussi. Candice le remercia, puis se pressa.

L'hôpital était à vingt minutes à pied par l'avenue des Gobelins et le boulevard Arago. Elle marchait vite, capuche sur la tête. Le froid piquait ses joues ; ses pieds étaient humides. Elle aurait aimé se trouver dans son salon, au chaud, avec les garçons, mais elle se sentait comme chargée d'une mission. Elle ne resterait pas longtemps auprès de cette dame, juste pour prendre des nouvelles.

Aux urgences, l'ambiance était calme. Candice expliqua sa venue : non, elle ne connaissait pas le nom de la victime, une femme blonde, la cinquantaine, fauchée par une voiture, place d'Italie. On lui demanda de s'asseoir. Une femme somnolait dans un coin, une autre en face d'elle se tenait la tête entre les mains. L'heure tournait.

Attendre à l'hôpital ravivait le souvenir de la mort de son père. Cette odeur… Comme elle lui paraissait familière et insupportable ! Elle ranimait les derniers instants de son père ; il avait cinquante-sept ans, emporté par la Covid-19 en quelques semaines lors de la deuxième vague en octobre, l'année dernière. Elle n'avait pas remis les pieds dans un hôpital depuis son décès, et elle sentait tristesse et angoisse monter en elle.

Mais que fichait-elle là, au fond ? Pourquoi s'en faire pour une étrangère dont elle ne savait rien ? N'aurait-elle pas dû rentrer dès le départ de l'ambulance ?

Elle songeait à Arthur, à Timothée. Elle avait de la chance d'avoir un homme comme lui dans sa vie, après sa séparation ; elle avait rompu avec le père de Timothée, Julien, d'un commun accord, lorsque le petit avait à peine dix-huit mois. Arthur avait réussi à la rendre heureuse à nouveau.

Les minutes s'écoulaient. Elle planta ses écouteurs dans ses oreilles et lança de la musique sur Deezer, tout en bougeant ses jambes imperceptiblement. Arthur avait dû donner son bain au petit, lui préparer des pâtes ; il devait être en train de lui lire l'histoire du soir. Un homme au visage cireux s'installa sur une chaise. Toujours pas de nouvelles. Candice écouta en entier un album d'Angèle, une de ses chanteuses préférées. Au moment où elle hésitait à partir, un médecin en blouse verte apparut. Elle ôta prestement ses écouteurs. Était-elle là pour la personne renversée place d'Italie ? Elle opina.

— La patiente est dans un état stable, dit-il.

— Et sa jambe ?

Il grimaça.

— C'est compliqué.

Silence.

Candice lui demanda si la blessée allait rester longtemps à l'hôpital.

— Pour l'instant, on la garde. Vous êtes sa fille ?

— Du tout. J'ai été témoin de l'accident. J'étais à côté d'elle quand…

— Je vois.

— On a retrouvé son sac ? Ses papiers ?

— Non, rien. On ne connaît pas son nom.

— Elle ne se souvient pas ?

— Elle est sous sédatifs. On va la laisser comme ça pour la nuit.

Candice pensa à ses boucles d'oreilles, cadeaux de son père, à son foulard, à son manteau à la coupe seyante. Ce matin, quand cette femme avait choisi ses vêtements, elle ne s'était pas doutée de ce qui adviendrait le soir même ; il y avait des gens, quelque part, qui ignoraient qu'elle avait eu un accident, qu'elle ne rentrerait pas ce soir, ni celui d'après. Ils ne savaient rien, encore. Il y avait peut-être un mari, qui l'attendait pour le dîner, qui regardait sa montre, des enfants qui s'interrogeaient. Son portable qui sonnait dans le vide ; l'inquiétude des proches. Pourquoi cela la touchait-il autant ?

— Comment faire pour avoir de ses nouvelles ?

L'interne lui tendit une feuille de papier. Elle pouvait appeler à ce numéro, demain en fin de matinée, et demander l'état de la patiente de la chambre 309.

Candice rentra sous la pluie. Les rues s'étaient vidées ; il était tard. Lorsqu'elle arriva devant chez elle, elle se sentait épuisée. Les deux fenêtres du dernier étage étaient allumées, des phares apaisants qui la guidaient. Arthur l'attendait dans le salon ; le petit dormait depuis longtemps, il avait bien dîné. Le jeune homme l'enlaça, la réconforta, baisa ses cheveux humides. Elle tenta de lui décrire l'horreur de l'accident, mais ne trouvait pas les mots ; elle avait les larmes aux yeux.

— Tu es tellement sensible, Candice. Tu t'en fais trop pour les autres.

Il lui avait déjà fait ces remarques. Elle restait muette, blottie contre lui. Ses lèvres contre sa tempe, Arthur murmura que sa mère avait cherché à la joindre, sur la ligne fixe.

Candice n'avait même pas regardé son portable sur le chemin du retour. Elle n'avait pensé qu'à elle, cette inconnue. Seule, sans les siens.

Le lendemain matin, tôt, en allant à pied au studio Violette, faute de transports en commun, et sous la même pluie tenace, Candice téléphona à sa mère. Elle obtint son répondeur, laissa un message. Depuis la mort de leur père, sa sœur aînée, Clémence, s'occupait beaucoup d'elle. Elle vivait dans un appartement voisin, à Alésia, et lui rendait régulièrement visite, avec ses jeunes enfants. Leur mère, Faustine, ne faisait pas ses cinquante-cinq ans ; on la prenait souvent pour leur grande sœur.

En fin de matinée, Candice s'isola dans le coin cuisine, et appela l'hôpital Cochin. Une femme à la voix lasse répondit. La 309 ? Elle la pria d'attendre quelques instants. Puis elle dit :

— La patiente se repose. Tout va bien.

— Et sa jambe ?

— Ils vont opérer.

— Mais encore ?

— Je n'en sais pas plus. Vous pouvez parler au professeur Sindon si vous le souhaitez. Vous êtes la fille de la patiente ?

— Non. J'étais là, c'est tout. Lors de l'accident.

— Rappelez demain. On en saura davantage.

— Oui, merci. Je peux aussi laisser mon numéro ? Si jamais… Si jamais personne n'appelle pour elle.

Sa voix s'étranglait sur ses propres mots. L'infirmière nota son portable, sans faire de commentaire.

Toute la journée, elle effectua chaque tâche comme un automate. Pourtant, elle aimait son métier ; elle était ingénieure du son au studio Violette, une petite entreprise spécialisée dans l'enregistrement de podcasts et de livres audio. Candice effectuait les prises de son, puis veillait sur le montage et le mixage. Pour l'essentiel, des comédiens se rendaient en studio lire les textes des autres, mais de temps en temps, les auteurs prêtaient leur propre voix : les moments préférés de Candice. Certains écrivains semblaient plus doués que d'autres ; elle savait combien lire à voix haute était un exercice périlleux. Parfois, elle ne rentrait pas dans l'histoire, elle écoutait une voix, corrigeait un mot mal prononcé, avalé ou inaudible, mais, à d'autres moments, elle était emportée, voire bouleversée par un texte ; elle terminait ses séances en larmes. Ses collègues, Luc et Agathe, se moquaient d'elle, gentiment.

Le soir venu, Candice était en train de travailler avec une comédienne lorsque son portable, toujours sur silencieux au studio, afficha un SMS.

Bonjour, merci de rappeler l'hôpital Cochin à ce numéro.

Dr Roche

Service du prof. Sindon

Elle dut attendre la fin de la session pour pouvoir passer l'appel ; elle rongeait son frein. L'artiste avait dû la trouver particulièrement expéditive, elle qui d'habitude aimait discuter en fin d'enregistrement.

Une voix d'homme, cette fois. Elle lui dit :

— Bonsoir, Candice Louradour. J'ai reçu un SMS.

— Merci d'avoir rappelé. Aucun proche ne s'est encore manifesté pour la patiente.

— Elle a repris connaissance ?

— Oui, mais si je vous appelle, c'est que cela vous concerne.

— Ah bon ?

Candice s'était reculée pour échapper aux oreilles indiscrètes d'Agathe.

— La seule phrase qu'elle a prononcée, c'est celle-ci : « Je voudrais voir Candice Louradour. » C'est bien vous ?

Elle répondit oui, à voix basse.

— Vous êtes d'accord pour passer ce soir à Cochin ?

— Pour la voir ?

— Oui. Vous pouvez lui faire du bien. C'est important, car il n'y a personne pour la soutenir.

— Et sa jambe ?

— Justement, sa jambe...

— Quoi ?

Un effroi, tout à coup.

— Le professeur a dû amputer. Sous le genou. Elle portera une prothèse. On en fabrique de très perfectionnées.

Candice était horrifiée, incapable de parler.

— La blessure était grave. Mais elle remarchera. Elle remarchera avec sa prothèse.

Candice raccrocha, sans pouvoir prononcer un mot ; Agathe lui demanda si tout allait bien, remarqua qu'elle était blême. Candice bredouilla qu'elle avait reçu une mauvaise nouvelle. Et, sans savoir pourquoi, elle lâcha qu'une amie avait eu un accident.

Une amie.

Ce mot trottait dans sa tête alors qu'elle se rendait à Cochin à pied, le soir même. Une amie... Une étrangère, plutôt! Pourquoi partait-elle au chevet d'une inconnue? Cette éternelle envie d'aider. Toujours prête à rendre service, toujours prête à tendre la main. C'était plus fort qu'elle.

La capitale était à nouveau congestionnée, bloquée de partout par la grève. Pas de pluie ce soir, mais un énervement palpable, des injures, des cris; un volume sonore poussé au maximum. Elle, dont le métier consistait à maîtriser le bruit, ne supportait plus ce qu'elle entendait. Arthur avait été maussade au téléphone lorsqu'elle lui avait annoncé qu'il devait encore aller chercher Timothée. Puis, elle avait mentionné la jambe amputée, et il s'était tu, ému.

Candice appela sa mère en chemin, écouta son bavardage, évoqua Timothée, que Faustine adorait et réclamait. Elle ne lui révéla pas ce qu'elle était en train de faire : se rendre au chevet d'une inconnue. En raccrochant, un SMS de sa sœur s'afficha.

Candi, il faut que je te parle. Important. Clem

Intriguée, elle tenta de la joindre; elle ne laissa pas de message sur son répondeur, mais envoya un SMS, elle rappellerait plus tard.

Le service du professeur Sindon se trouvait au dernier étage du bâtiment D. Toujours ces couloirs lugubres, ces éclairages trop forts, ces relents de désinfectant qui faisaient ressurgir le décès de son père. Le docteur Roche l'attendait; un homme d'une quarantaine d'années, au regard clair. Il lui indiqua qu'elle devait revêtir une blouse. La patiente était consciente, mais encore faible; l'opération s'était bien passée.

Candice avoua qu'elle ne comprenait pas très bien ce qu'elle faisait là, au fond.

— Cette dame est toute seule, répondit-il. Et elle vous a réclamée.

Elle n'arrivait pas à croire que sa famille ne s'était pas manifestée. Le docteur précisa qu'il s'agissait sans doute d'une personne qui vivait seule. Elle lui demanda si elle savait qu'elle avait été amputée.

— Oui. Et elle s'est souvenue de son identité. Son sac a été rapporté par la police.

Candice le suivit dans un vestiaire où elle put enfiler la blouse et enfermer ses affaires dans un casier. Les réminiscences de la mort de son père la poursuivaient tandis que le docteur ouvrait la porte d'une chambre silencieuse, bardée de matériel médical. Elle vit une silhouette sur le lit, encore plus mince, encore plus fragile que dans son souvenir. Candice redoutait d'entrevoir la blessure, la jambe manquante, mais rien n'était visible. La patiente était recouverte de draps stériles. Seul son visage émergeait, toujours aussi pâle ; l'immensité des yeux noirs.

Elle s'approcha. Le regard de la blessée s'aimanta au sien, elle sourit, péniblement ; ses lèvres étaient craquelées, sa peau déshydratée, couverte de ridules. Ses cheveux étaient tirés en arrière, cendrés, moins blonds. Elle faisait plus âgée, soixante ans, voire plus ; tout en elle était d'une grande finesse, ses traits, son cou, ses mains. Elle avait dû être jolie.

— Candice Louradour.

Cette voix étonnamment grave pour une femme à l'ossature si frêle.

— Vous êtes venue. Merci.

Candice ne savait pas quoi répondre. Elle restait là, le docteur Roche à ses côtés. Il prenait des nouvelles de la patiente, qui assurait qu'elle se sentait mieux, sauf sa tête qui tournait et sa bouche asséchée. Le docteur sonna ; une infirmière entra dans la chambre et lui donna de l'eau.

Après avoir bu quelques gorgées, la dame se remit à parler.

— Je voulais vous remercier, mademoiselle. C'est si rare, l'entraide.

— Je vous en prie, madame.

— Je m'appelle Dominique. Dominique Marquisan.

Candice était gênée ; elle ignorait si elle devait lui dire « bonjour » ou « enchantée ».

Le docteur Roche les laissa seules. Dominique Marquisan ne parla pas ; pourtant, le silence n'était pas inconfortable. Candice osa, enfin :

— Comment vous sentez-vous ?

— Je suis fatiguée. Et puis, j'ai peur.

La jeune femme lui répondit qu'elle comprenait, qu'elle aussi, à sa place, elle aurait peur. Elle lui proposa de prévenir un membre de sa famille.

La dame baissa les yeux.

— Non, pas la peine.

Le docteur avait raison. Elle vivait seule.

— Des amis alors, peut-être ?

— Non. Merci.

Face à une telle solitude, Candice se trouvait impuissante ; la patiente ne s'en cachait pas, elle l'assumait.

— Mes parents ne sont plus de ce monde.

Candice faillit ajouter : un ex-mari ? Des enfants ? Mais elle se retint, puis enchaîna sur le type qui conduisait, celui qui l'avait renversée. La dame répondit qu'elle n'en savait pas grand-chose, on ne lui avait rien précisé ; il y aurait certainement un procès, des indemnités. Elle se doutait qu'elle allait devoir rester longtemps ici ; se remettre, et après, la rééducation. Candice eut peur qu'elle n'évoque sa jambe amputée, devoir en parler la paniquait ; elle craignait de s'exprimer avec maladresse, et luttait contre l'envie de lancer son regard vers le renflement du drap.

— Vous avez quel âge, mademoiselle ?

— Vingt-huit ans.

— Vous semblez encore plus jeune. Je vous aurais donné vingt-deux, vingt-trois.

— On me le dit souvent. Parfois, c'est énervant, quand on doit avoir un peu d'autorité.

— Je peux vous demander un service ?

— Bien sûr.

— Pouvez-vous me donner mon sac, s'il vous plaît ?

Il était posé sur la table près du lit médicalisé. Candice le lui tendit.

— Excusez-moi, je n'ai plus de forces. Merci de l'ouvrir.

C'était un sac de marque de taille moyenne, en cuir bleu marine. Candice l'ouvrit ; l'exhalaison d'une odeur poudrée, féminine. À l'intérieur, tout était bien rangé ; le contraire de son sac à elle. Elle aperçut des clefs, une brosse à cheveux, un portefeuille ; un poudrier, un rouge à lèvres, un petit carnet, un portable. Ce sac avait voltigé pendant l'accident ; il avait atterri ailleurs, il avait été égaré, puis retrouvé, et il n'avait pas une égratignure, alors que sa propriétaire avait perdu une jambe.

— Une personne parfaitement honnête l'a rapporté à la police. Comme quoi, il y a des gens bien. Comme vous.

Un sourire.

— Et on ne vous a rien volé ?

— Non. J'ai peu d'argent sur moi, mais rien n'a été pris. Cherchez bien, mes boucles d'oreilles sont là, tout au fond, dans une enveloppe.

— Oui, je les vois. Vous les voulez ?

— Pouvez-vous les emporter avec vous ?

— Comment ça ?

Candice l'observa, dépassée.

— J'ai peur qu'on ne me les vole.

— Si vous voulez, je peux demander au docteur Roche qu'il les mette au coffre.

— Gardez-les pour moi, s'il vous plaît. Vous me les rendrez quand… Quand vous le pourrez.

Comment cette femme pouvait-elle faire autant confiance ? Elle ne la connaissait pas ; elle ne savait rien de Candice.

La petite enveloppe tenait dans sa main.

— Chez moi, je n'ai pas de coffre, vous savez.

— Elles n'ont qu'une valeur sentimentale. Je ne supporterais pas de les perdre. L'ultime cadeau de mon père.

— Oui, je me souviens. Votre dernier Noël avec lui.

— Ouvrez l'enveloppe, Candice.

Elle avait une jolie façon de prononcer son prénom ; avec le sourire.

Deux perles grises, montées sur des brides dorées. Elle lui expliqua qu'elles venaient de Tahiti. Son père s'était occupé de tout ; il s'était donné du mal, il voulait faire un beau cadeau à sa fille.

Candice pensa à son propre père, parti si vite. Il n'avait pas eu le temps d'offrir de derniers cadeaux, ni à sa sœur ni à elle ; il avait été aussi pressé dans la mort qu'il le fut dans la vie. Si son père lui avait fait un si joli présent, elle l'aurait conservé précieusement.

— Je les garderai pour vous avec plaisir. Je ferai attention que Timothée ne joue pas avec.

La patiente eut l'air surpris. Candice précisa qu'il s'agissait de son fils.

— Il a quel âge ?

Elle répondit que Timothée avait trois ans.

— Vous êtes mariée, alors ?

Candice ne parvenait pas à décrypter son expression. Envie ? Jalousie ? Curiosité ?

— Séparée.

— Si jeune, déjà maman et divorcée.

— Non, pas divorcée. Je n'ai jamais été mariée.

Candice risqua un « Et vous ? », car elle en avait légèrement assez d'être le centre de la conversation.

La patiente se tut pendant quelques instants, puis avec un sourire amer, presque une grimace, elle soupira :

— Moi ? Rien.

Candice ignorait ce qu'il y avait dans ce « rien ». Cela signifiait-il qu'elle n'avait jamais été ni épouse, ni mère ? Elle n'osa pas poursuivre avec ses interrogations, importuner cette femme amputée, visiblement si seule.

— Timothée a bien de la chance d'avoir une maman comme vous. Que faites-vous dans la vie ?

La patiente avait des tournures de phrases un peu désuètes, comme dans ces films des années soixante-dix que la mère de Candice appréciait, ceux avec Romy Schneider et Michel Piccoli.

— Je suis ingénieure du son.

— Pour le cinéma ?

Candice expliqua la nature de son travail au studio Violette. La blessée écoutait avec attention, comme si ce que Candice racontait était captivant ; elle posait des questions, Candice répondait : l'échange était agréable. La jeune femme ne vit pas le temps passer. Le docteur Roche vint la chercher ; l'heure de s'en aller avait sonné.

— Vous reviendrez me voir ?

Tant d'espoir vibrait dans ses yeux. Candice ne trouva pas le courage de dire non ; elle promit de revenir bientôt.

Candice quittait l'hôpital lorsque son portable sonna. Sa sœur, Clémence. Elle avait sa voix impérieuse qui l'agaçait. Il fallait qu'elles se voient ce soir ; c'était important. Candice s'imagina qu'elle avait dû se disputer avec son mari, ce qui arrivait parfois, et qu'elle avait besoin qu'on lui remonte le moral. Ou alors, peut-être qu'elle voulait lui déposer sa fille cadette, Nina, qui avait l'âge de Timothée ; Candice la dépannait de temps en temps.

Candice pensa à Timothée et à Arthur qui l'attendaient, il était déjà tard. Arthur qui avait encore une fois fait les courses, préparé le dîner. Elle ne pouvait pas les laisser tomber, tous les deux. Elle essaya d'expliquer la situation à sa sœur, l'accident, l'hôpital, l'amputation. Cette pauvre femme seule. Et puis les garçons qui patientaient.

Clémence l'interrompit :

— Écoute-moi. Ça concerne papa.

— Quoi, papa ?

— Si tu ne peux pas venir chez moi, alors c'est moi qui viens.

— Attends ! Je sors de Cochin, je ne serai pas rue des Cinq-Diamants avant vingt-cinq minutes.

— Alors je poireauterai en bas. À tout de suite.

Sa sœur savait tout d'elle. Ou presque. Clémence ne connaissait pas l'horrible secret de Candice qui se révélait dans l'intimité de sa salle de bains, de sa cuisine. Clémence n'en savait rien, leurs parents non plus : ce mal était passé sous leurs radars. Quatorze ans que cela durait. La moitié de sa vie. Et la mort de leur père avait tout aggravé. Un mal insidieux, lent, qui la rongeait jour après jour tel un poison. Julien, son ex, n'avait rien repéré. Pourtant, leur histoire avait tenu quatre ans. Arthur, lui, ignorait tout. Candice faisait très attention, à la manière d'une criminelle qui efface chaque trace ; elle portait ce secret comme un lourd vêtement qui la dégoûtait, qui lui collait à la peau, qui l'étouffait. En parler ? À qui ? Trop tard. Elle aurait dû s'en occuper plus tôt, au sortir de l'adolescence ; mais elle avait rencontré Julien, qu'elle avait cru aimer, puis Timothée était né. Elle avait pensé que la grossesse la sauverait un temps de cette saloperie, que l'obsession la quitterait enfin. Peine perdue. Le poison était revenu insidieusement, petit à petit. Elle savait que tant de filles, de femmes souffraient comme elle ; elle savait qu'il existait des endroits dédiés pour se faire soigner. Mais elle ne faisait rien, empêchée par la peur, par la honte. Elle se disait toujours qu'elle finirait par s'en sortir, qu'elle reprendrait le dessus. Parfois, oui, elle y parvenait ; c'était un miracle, une sensation merveilleuse, une trêve, puis la saloperie la dominait à nouveau, et Candice était alors réduite à la soumission, telle une esclave. Elle se haïssait, elle méprisait son corps dans le miroir ; le dégoût l'envahissait.

Sa sœur l'attendait devant son immeuble, une cigarette aux doigts. Candice savait qu'elle ne fumait pas dans son appartement, devant ses filles, mais dès qu'elle sortait de chez elle, elle en allumait une. Sa sœur était aussi brune que Candice était blonde, un mystère de la génétique ; elle avait les prunelles sombres de leur père, et Candice avait hérité des yeux clairs de leur mère. Elles partageaient un anniversaire, nées le même jour avec deux ans d'écart.

— Tu ne veux pas monter ? On gèle !

— Non. On reste là, répondit Clémence.

Elles se firent la bise, visages rougis par le froid. Même avec son ridicule bonnet à pompon, sans maquillage, le nez écarlate, Clémence était belle. Candice proposa le hall de l'immeuble ; elles pourraient se réchauffer près du gros radiateur dans l'entrée. Clémence éteignit sa cigarette, la suivit à l'intérieur.

L'aînée prenait son temps pour parler, et au début, rien n'était clair ; une histoire de portable. Elle le posa dans les mains de Candice, un modèle Samsung assez ancien. Celle-ci le regarda sans comprendre.

— Le second téléphone de papa, dit Clémence.

— Il en avait deux ?

— Oui.

— Mais qu'est-ce que tu racontes ?

Clémence poursuivit à voix basse. Deux semaines auparavant, leur mère avait décidé de ranger la penderie de leur père ; elle n'avait pas eu jusqu'alors le courage de s'y atteler. Clémence était venue prêter main-forte. Cela avait été une épreuve ; le parfum de leur père flottait encore sur ses pulls, ses foulards. Elle avait dû lutter contre les larmes, tandis que leur mère parvenait à rester stoïque. Ensemble, elles triaient les vêtements, les affaires, que personne n'avait touchés depuis la mort de Daniel, survenue l'année dernière. Clémence était tombée sur ce téléphone portable dans la poche d'une veste, au fond d'un placard. Elle l'avait observé quelques instants ; elle n'avait jamais vu ce mobile, leur père possédait un iPhone récent, offert par Faustine et ses filles pour son dernier anniversaire. Instinctivement, elle choisit de ne pas en parler à leur mère, et glissa l'appareil dans son sac ; elle n'avait pas su comment se l'expliquer, mais elle avait compris qu'il ne fallait pas que Faustine le voie, une sorte de prémonition.

Clémence était revenue chez elle avec le Samsung. Il ne s'allumait plus, mais elle avait trouvé un chargeur en ligne. Une fois que l'appareil avait été en état de marche, il lui manquait le code secret et le code PIN pour le déverrouiller. Elle avait hésité avant de faire les démarches. Était-ce une bonne idée, d'en savoir plus sur ce téléphone ? Il semblait si bien dissimulé, dans une veste oubliée. Leur père avait été un homme exubérant, jovial, avec son embonpoint, sa barbe foisonnante, son rire communicatif. A priori, pas le genre à avoir des secrets. Le doute s'était emparé d'elle. Peut-être qu'il ne s'agissait même pas de son mobile ?

À la boutique où elle s'était rendue avec son livret de famille, ses papiers et le certificat de décès de son père, cela n'avait pas été compliqué. Le portable était bien au nom de Daniel Louradour ; on lui fournit le code PIN et l'appareil fut déverrouillé. La vendeuse derrière le comptoir l'avait observée avec un sourire ironique : selon elle, il ne fallait pas fouiller dans la mémoire des vieux portables ; personne n'était à l'abri d'une mauvaise surprise. En rentrant, Clémence n'avait pas osé l'examiner ; elle l'avait enfoui dans un tiroir et tentait de ne pas y penser. Jusqu'à ce que, n'y tenant plus, elle ait enfin décidé d'en parler à Candice.

Les deux sœurs s'étaient blotties près du radiateur en fonte à la peinture écaillée. À cette heure tardive, le petit immeuble était silencieux, on n'entendait plus les enfants du premier chahuter le long du couloir, ni la télévision de Mlle Lafeuille, la vieille dame du second ; le trafic qui provenait de la rue semblait lui aussi atténué. Le silence s'éternisa. Le regard de Candice se posa sur les boîtes aux lettres métalliques, le carrelage usé sous leurs pieds, les murs défraîchis du hall, avant de se fixer sur le visage tendu de sa sœur.

— Mais qu'est-ce que tu veux que je fasse ? lui demanda-t-elle.

— C'est toi qui vas regarder dans ce portable. Moi, je n'en ai pas la force.

— Pourquoi moi ?

— Parce que tu es plus courageuse.

— C'est faux !

Clémence lui caressa la joue ; mais elle n'avait pas besoin d'expliquer : Candice était celle qui les avait portées, elle et leur mère, à la mort de Daniel, celle qui les avait soutenues lors de l'épreuve de la levée du corps, de la mise en bière, celle qui avait fait toutes les démarches ; celle qui encaissait, celle qui serrait les dents, qui ne se laissait pas faire, qui avait l'air de n'avoir peur de rien. Il n'y avait qu'à les regarder physiquement : Clémence, longue et fragile liane, Candice, robuste et ronde.

— On peut le faire ensemble, si tu veux.

Clémence secoua la tête.

— Prends-le. Je t'enverrai le code par SMS. Il n'y a peut-être rien. Je me fais un film, comme d'habitude...

Candice avait l'impression que le mobile pesait lourd dans sa main, qu'il lui brûlait la peau. Elle monta l'escalier après avoir embrassé sa sœur. Lorsqu'elle pénétra dans le petit appartement, tout était sombre, seule une lampe brillait dans l'entrée ; elle se déchaussa, posa son sac et le portable. Arthur dormait certainement, Timothée aussi. Elle prit garde à marcher doucement ; elle aurait aimé préparer une tisane, mais la bouilloire était trop bruyante : les cloisons étaient fines.

Devait-elle fouiller dans ce vieux portable cette nuit, ou attendre demain ? Son anxiété s'intensifiait. Elle avait faim, n'avait pas dîné. À un autre moment, elle se serait réjouie de l'opportunité de sauter un repas, mais cette nuit, l'angoisse forait un trou en elle, toujours au même endroit, son ventre. Elle redoutait ce qu'elle pourrait découvrir dans ce mobile, comme elle ne parvenait pas à oublier cette jambe amputée qu'elle n'avait pas vue, mais qui la hantait. Le trou l'aspirait et son corps entier allait se vider avec l'horrible gargouillis d'une baignoire qui se vidange. Elle essaya de lutter, elle essayait toujours, au début ; elle ferma les yeux, tenta de respirer calmement, mais elle savait déjà que c'était peine perdue. Elle n'avait pas succombé à une crise depuis un certain temps.

Dans le réfrigérateur, elle trouva les restes du dîner des garçons. Elle était consciente qu'elle ferait mieux de s'asseoir, de mettre le couvert, rien que pour elle, de prendre son temps, mais elle en était incapable : il lui fallait la bouffe, là, tout de suite, pas réchauffée, à même les doigts, debout, la porte du frigo entrouverte ; il lui fallait les gnocchis froids enveloppés de sauce gluante, saupoudrés de parmesan, engouffrés frénétiquement, à peine mâchés, à peine savourés ; ils l'emplissaient, la gavaient, et seule cette sensation de satiété pourrait lui apporter un court répit, afin de colmater le vide qui la transperçait jusqu'à la moelle. L'oreille aux aguets, surveillant le moindre bruit, dos tourné à la porte si jamais on la surprenait, elle raclait le fond du bol avec ses ongles, suçait les bouts de son pouce, index et majeur. Ce n'était pas encore assez : tout allait y passer ; tout ce qu'elle pouvait engloutir : la croûte du fromage, le reliquat du gruyère râpé, la pâte à tarte crue, puis, dans le placard, le pain rassis, le reste de la chapelure, les gâteaux de Timothée, les flocons de purée. En silence. En quelques minutes enfiévrées.

Elle se sentait enfin remplie, et l'écœurement vibrait au bout de ses lèvres. Elle se dirigea vers les toilettes sur la pointe des pieds, s'attacha les cheveux avec l'élastique qu'elle portait toujours au poignet. Elle n'avait plus besoin de glisser ses doigts jusqu'à sa glotte, le mouvement venait de lui-même ; il lui suffisait de se pencher au-dessus de la cuvette, et ce qu'elle avait ingurgité remontait d'un bloc, en un léger hoquet, tout glissait hors d'elle, souplement, accompagné d'un jet acide qui brûlait sa trachée, refluait jusqu'à ses narines, déclenchait des larmes instantanées. Elle ne s'acharna pas, ce serait trop risqué, trop sonore ; elle savait qu'elle avait éliminé la plus grosse partie de la nourriture. Une vaporisation de parfum d'intérieur pour évacuer toute odeur suspecte, puis elle tira la chasse d'eau et brossa la cuvette pour ôter les dernières traces.

L'ultime étape l'attendait : la salle de bains et le brossage des dents. Elle tendit l'oreille ; les garçons dormaient. Elle avait réussi, une fois de plus. Demain, elle ferait les courses pour remplacer ce qu'elle avait mangé, mais elle savait déjà qu'Arthur ne discernerait rien. Elle était bien trop maligne. Personne n'avait remarqué, ni ses parents, lorsqu'elle vivait chez eux, ni le père de son fils. Elle changeait les aliments de place, rusait, faisait mine de constater avec surprise qu'il n'y avait plus de gâteaux ou de pâtes.

Elle se démaquilla, enleva ses vêtements, s'apprêta à enfiler sa chemise de nuit. La balance mécanique glissée sous la commode la narguait. Elle monta dessus ; le chiffre affiché la révulsa. Candice avait beau changer l'appareil de place, caler sa main sur le lavabo en remontant sur l'appareil, tourner le disque pour que l'aiguille recule un peu plus vers la gauche, rien n'y faisait. Le chiffre ignoble allait déteindre sur sa nuit entière et même sur le lendemain ; il allait asseoir son emprise sur chaque événement, chaque conversation, chaque action qu'elle entreprendrait. Despotique, il déciderait de la couleur de son humeur. En grimaçant, elle regarda son corps bien en face et elle l'exécra encore plus que d'habitude ; tout en lui pesait sur elle, ses seins volumineux qu'elle aurait voulu tronçonner, ses flancs pleins, ses cuisses qui se touchaient, le bombement de son ventre, ses genoux potelés ; mais ce qu'elle détestait par-dessus tout, c'étaient ses épaules arrondies, pas assez larges à son goût, qui ne lui donnaient pas le port de tête de Faustine et de Clémence, ni leur ligne, cette silhouette à l'égyptienne, larges épaules, hanches fines, abdomen plat. Elle se voyait comme un disgracieux têtard, une boule, un paquet.

Son sac se trouvait dans l'entrée ; elle l'attrapa, ainsi que le mobile de son père, et s'installa à nouveau dans la cuisine. Clémence lui avait envoyé le code, mais elle hésitait encore. Tandis qu'elle réfléchissait, elle ouvrit la petite enveloppe qui contenait les perles de Dominique Marquisan et les cala dans le creux de sa paume. Les billes nacrées luisaient dans l'obscurité et elle perçut un trouble soudain ; elle avait l'impression qu'elle avait rapporté des objets malfaisants – les perles, le portable – dans l'intimité de son refuge et que ce geste imprudent contaminait jusqu'à l'air qu'elle respirait.

Elle rangea les perles dans un tiroir en hauteur, loin des mains curieuses de Timothée. En se munissant du code fourni par sa sœur, elle déverrouilla le vieux Samsung. Pas d'image particulière en fond d'écran ; dans le répertoire, des noms qu'elle ne connaissait pas et qui ne lui disaient rien. Elle vérifia les derniers SMS : des publicités pour de nouveaux forfaits. Ces messages remontaient au mois précédant le décès de son père. Il avait été hospitalisé, et vers la fin, il n'avait plus été capable de se servir d'un mobile, de lire, ni même de parler. Daniel travaillait dans une agence immobilière depuis une quinzaine d'années. Candice avait rencontré la plupart de ses collaborateurs au fil du temps. Certains étaient venus à son enterrement.

Candice finissait par se dire que ce portable avait été utilisé uniquement pour des raisons professionnelles, et se voyait déjà en train de rassurer sa sœur, lorsqu'une petite main posée sur son genou la fit sursauter. Son fils, Timothée.

— Oh, tu m'as fait peur !

— Pourquoi tu dors pas, maman ? C'est pas ton portable, ça.

Rien n'échappait aux yeux observateurs du garçon.

Elle le câlina, respira l'odeur tiède de sommeil qui rôdait sur son cou, sous ses boucles blondes.

— Tu as raison ! C'est un vieux téléphone que m'a donné tante Clem. Allez, on retourne au dodo, il est tard ! Et on ne fait pas de bruit pour Arthur !

Il avait fallu chanter une comptine, redresser la couette, trouver le doudou qui avait roulé sous le lit ; lorsque Candice se glissa enfin aux côtés d'Arthur, il était déjà deux heures du matin.

Candice se réveilla avec un goût métallique désagréable sur la langue, ce qui arrivait souvent après une crise ; lorsque Arthur tenta de l'embrasser, elle le repoussa doucement. Il fallait qu'elle se lave les dents, tout de suite. Pendant que l'eau du robinet coulait, elle se pesa rapidement tout en prenant appui d'une main sur le lavabo, puis en relâchant doucement la pression, ce qui évitait de faire claquer la balance mécanique. Elle ne supportait pas l'idée qu'on puisse l'entendre se peser ; toujours ce chiffre odieux qui l'enfermait dans sa haine d'elle-même, lourde comme la porte d'une prison.

Aujourd'hui, elle ne travaillait pas, en accord avec Luc et Agathe, car en raison de la grève, l'école de Timothée resterait fermée, et elle n'avait pas d'autre choix que de s'occuper de lui, ce dont elle se réjouissait ; son fils était un enfant espiègle et attachant. Elle prépara le petit déjeuner, mit le couvert pour les garçons ; Arthur allait rejoindre sa startup, à deux pas, et il était déjà en retard. Il avala un café et un toast en vitesse.

— Tu vas rendre visite à ton éclopée ?

— Non, j'ai Timothée avec moi. Peut-être un autre jour.

— La pauvre…

— Oui, la pauvre.

Il lui sourit, passa une main dans ses cheveux.

— N'en fais pas trop, Candi. N'oublie pas, c'est quelqu'un que tu ne connais pas.

Candice se contenta de sourire. Depuis hier soir, l'histoire du téléphone secret de son père avait occulté le drame vécu par Dominique Marquisan. Arthur avait raison : cette personne était une étrangère dont elle ne savait rien, elle avait assisté à l'accident dans toute son horreur, elle avait fait ce qu'elle pensait devoir faire, se rendre à son chevet. Elle n'aurait sans doute pas dû accepter de garder les perles ; cet acte la liait à cette femme, malgré tout. Ce n'était pas bien grave, se dit-elle, elle les lui rapporterait.

Après le départ d'Arthur, le portable de Candice sonna : Clémence. Elle lui apprit qu'elle n'avait rien trouvé pour le moment, qu'elle allait poursuivre son exploration du mobile, mais elle pensait en toute honnêteté qu'elles avaient affaire à un appareil professionnel, peu utilisé par leur père. La journée s'écoula doucement, rythmée par l'attention qu'elle portait à son enfant : les jeux, la promenade dans le quartier, les repas, la sieste, les chansons, les câlins. Elle s'était habituée à l'élever seule. Son ex, Julien, avait eu un bébé avec une autre femme et Timothée ne souffrait nullement de la naissance de son petit frère ; au contraire, il paraissait curieux et enthousiaste.

En fin de journée, pendant que son fils regardait un dessin animé, Candice reprit l'examen du Samsung de son père ; elle faisait défiler les courriels qui avaient tous un rapport avec l'agence immobilière pour laquelle son père travaillait.

Il classait méthodiquement ses dossiers, remarqua-t-elle, par nom de clients et par date; visites, estimations, loyers, charges, loi Carrez, chauffage, travaux à prévoir. Tout cela semblait très professionnel; Clémence s'était inquiétée pour rien. Candice esquissa un petit sourire, comme pour se moquer gentiment de sa sœur qui se faisait souvent une montagne de tout.

Elle souriait encore lorsqu'elle s'aperçut que tous les courriels ne provenaient pas de la même adresse électronique : il y avait deux boîtes mails sur ce portable, l'une au nom de *louradour.daniel@vintimmobilier.fr* et une autre intitulée *gabriellelettre28@mymail.com*. Ce nom ne lui évoquait rien. Une collaboratrice de son père? Elle cliqua dessus par simple curiosité, histoire de faire un tour complet avant de refermer le mobile pour de bon. Un seul dossier avait été créé, nommé d'une lettre : « O ». Elle ouvrit le premier mail, envoyé une dizaine d'années auparavant par *valentinpaprika333@jet.fr*.

La maison plairait à Gabrielle. Elle est grande, avec un étage, des mansardes, et le jardin a été livré à lui-même, mais il est charmant. Il y a un chêne et un figuier. Oui, il y a des travaux à prévoir, mais c'est tout ce que nous aimons. À une heure de Paris, vers le sud. Sortie Courtenay, puis un joli hameau à quelques kilomètres de là, perdu dans les champs. Que dirait Gabrielle de passer la voir? Valentin pourrait l'emmener. Ce vendredi, par exemple.

Candice cliqua sur le courriel suivant envoyé par le même Valentin, toujours avec cette désagréable sensation d'indiscrétion. Elle découvrit la photographie d'une maison de campagne, accompagnée d'un plan cadastral; on y voyait la façade en pierre blanche, couverte de vigne vierge, et des volets à la peinture bleue écaillée.

Villa O semble avoir été construite pour Gabrielle et Valentin. Il paraît qu'elle n'a pas été habitée depuis des lustres, et que des chauves-souris sont venues vivre là, mais quelle importance? Valentin se demande s'il ne serait pas judicieux de faire une offre. Il ne faudrait pas que cette maison leur passe sous le nez, tout de même! Ce serait fou de ne pas essayer. Qu'en pense Gabrielle? Valentin attend son appel.

Qui étaient ces gens? Pourquoi cette correspondance se trouvait-elle dans le téléphone de son père? Quel rapport avec lui? Elle fit défiler d'autres courriels qui détaillaient l'avancée de travaux.

Le dernier, le plus récent, datait d'un an.

Valentin a attendu l'appel de Gabrielle longtemps, puis il a fini par comprendre qu'elle n'allait pas pouvoir le rejoindre à la Villa O. Il ne lui en veut pas. Mais elle lui manque. Terriblement. Il ne peut pas faire un pas sans penser à elle. Il s'inquiète pour elle. Souvent, comme hier, il passe sous ses fenêtres. Il sait qu'elle n'est pas là, et de toute façon jamais il n'oserait sonner. La villa est si belle en cet automne douloureux. Elle irradie de leur amour. V.

Le souffle de Timothée sur son cou la fit tressaillir.

— Maman, pourquoi tu regardes encore ce portable?

À trois ans, Timothée s'exprimait déjà très bien, d'une voix affirmée et claire. Candice se leva, en fourrant le mobile dans sa poche. Pour faire diversion, elle proposa un nouveau jeu, un nouveau goûter. Pourquoi était-elle gênée par la question de son fils? Elle ne faisait rien de mal, après tout. L'ancienne correspondance de cette Gabrielle et de ce Valentin se trouvait certes sur un portable qui avait appartenu à son père, mais ne l'incriminait nullement; elle n'avait aucune idée de qui était ce couple, ni pourquoi ces échanges avaient atterri là. Une histoire de maison, peut-être? Cette Villa O?

Sans doute une indivision; elle se souvenait que son père s'entretenait couramment avec des notaires pour des affaires compliquées de succession et d'héritage, et qu'il disait souvent que les maisons étaient sources de joie et de peine, surtout quand on devait les quitter.

Le reste de la soirée s'écoula. Arthur n'allait pas venir ce soir; il dormirait chez lui, rue Monge. Candice prépara un dîner pour son fils : sa soupe préférée, avec du riz et du jambon. La dernière crise, encore récente, l'empêchait de succomber à la tentation. Elle se tenait bien, ne se ruait pas sur des morceaux de nourriture; elle parvenait à servir Timothée, à le faire manger, sans craquer, sans prendre des bouchées pour elle. Elle se sentait fière, même si elle savait que cela n'allait pas durer; un nouveau dérapage surviendrait de plus belle, violent, tyrannique, et elle s'y soumettrait.

Quand elle eut baigné et couché le petit, elle téléphona à sa sœur pour lui décrire ce qu'elle avait trouvé sur le portable de leur père.

— Il y a juste un dossier un peu bizarre, une correspondance mail entre deux personnes inconnues au bataillon à propos d'une maison.

— Ah! Papa et les maisons, fit Clémence.

— Oui, et je ne vois pas comment cette histoire de maison est liée à papa, à part pour une vente. Et puis ça date. Le premier mail, c'était il y a dix ans.

— Tu es sûre? (Clémence semblait presque déçue.) Rien de plus?

— Non. J'ai tout vérifié.

— C'est peut-être mieux ainsi.

Elles continuèrent leur conversation, en changeant de sujet.

Plus tard, tandis qu'elle regardait une série sur son ordinateur portable, son mobile sonna : un SMS. Elle pensa, vu l'heure tardive, qu'elle recevait un message d'Arthur lui souhaitant bonne nuit, mais le numéro affiché n'était pas dans son répertoire.

Merci encore pour tout ce que vous avez fait pour moi.

Dominique M

Candice ne savait pas quoi répondre. Le docteur Roche avait dû transmettre son numéro à Dominique Marquisan. Candice l'imaginait, seule dans cette chambre d'hôpital toute blanche. Elle devait bien avoir un travail, des collègues, des voisins, qui avaient fini par remarquer son absence ?

Les doigts de Candice hésitaient au-dessus de son écran. Les mots ne venaient plus ; elle ne parvenait pas à les choisir. Elle se sentait gauche, retenue par la peur d'en faire trop, ou pas assez ; alors, au bout de dix minutes, elle envoya une émoticône, celle d'une rose.

La réponse de Dominique Marquisan fut immédiate : l'émoji des mains jointes, à la manière d'une prière, mais Candice savait que cette image, très populaire, signifiait aussi « merci ».

La grève cessa enfin, au bout de deux semaines, et la vie normale reprit son cours. Candice enchaînait les séances au studio Violette, et rentrait chez elle le soir, après avoir récupéré son fils ; Arthur venait toujours plusieurs fois par semaine. Candice n'avait pas eu de nouvelles de Dominique Marquisan depuis, mais il lui arrivait de penser à elle. Elle se doutait qu'une opération telle que l'amputation d'une jambe nécessitait de longs soins et un suivi minutieux ; une certaine timidité la retenait, mais elle finirait peut-être par se manifester. Pour le moment, elle n'osait pas.

Un matin, alors qu'elle venait d'arriver au studio, un message s'afficha sur l'écran de son portable.

Bonjour Candice, j'espère que vous allez bien ? J'ai été transférée dans un centre de rééducation près de l'hôpital Cochin. Je vais devoir y rester assez longtemps. Je voudrais vous demander un service. Merci de me téléphoner. DM

Candice se prépara un thé dans la cuisine, heureuse de pouvoir aider Dominique Marquisan. Celle-ci répondit dès la première sonnerie ; toujours cette voix posée et grave.

— C'est gentil de me rappeler, Candice. J'espère ne pas vous déranger dans votre travail. Je me demandais si vous auriez pu m'apporter quelques affaires ? Cela va bientôt faire quatre semaines que je ne suis pas rentrée chez moi.

— Mais certainement ! balbutia Candice.

Dominique Marquisan la remercia, et lui précisa qu'elle habitait dans le neuvième arrondissement, au 66 de la rue Saint-Lazare ; elle tenait les clefs à sa disposition. Candice hésita. Décidément, cette femme lui faisait une confiance aveugle, et elle se sentait à la fois confuse et honorée de recevoir cette marque de reconnaissance de la part d'une inconnue. Le lendemain, à l'heure de sa pause déjeuner, elle finit par aller chercher les clefs à la clinique de rééducation de la rue Méchain, juste derrière l'hôpital Cochin ; elle ne vit pas la convalescente, prise par une séance de kinésithérapie, mais une aide-soignante qui lui transmit une enveloppe ainsi qu'une liste.

Candice marcha jusqu'à Montparnasse pour emprunter la ligne 12 ; il faisait beau et froid, le ciel était d'un bleu vif. Elle sortit à Trinité-d'Estienne d'Orves et trouva facilement le 66 de la rue Saint-Lazare, à l'angle de la rue Blanche. Elle tapa le code et pénétra dans l'immeuble ; pas d'ascenseur, quatrième étage, droite. Elle ne put s'empêcher de penser à Dominique Marquisan qui allait devoir affronter toutes ces marches avec une prothèse.

L'ensemble était assez bien tenu, trois logements par palier. La porte d'entrée grinça, et la jeune femme s'engagea dans un vestibule étroit, qui donnait sur un salon lumineux aux tons gris et sable. Dominique Marquisan lui avait demandé d'aérer, donc elle s'exécuta, en ouvrant grand la fenêtre qui surplombait la place arborée de l'église de La Trinité ; la vue était jolie et ensoleillée. À part une odeur de renfermé, tout était en ordre : l'appartement était rangé, à peine poussiéreux ; l'ambiance des lieux, raffinée. Candice nota peu d'objets personnels, aucune photographie. La chambre n'était pas grande, mais claire et agréable, avec une cheminée en marbre, et un épais couvre-lit grenat.

Elle se munit de la liste : elle contemplait pour la première fois l'écriture de Dominique Marquisan, précise, soignée, à l'ancienne. Candice se dirigea vers la penderie, à droite du lit, pour prélever quelques sous-vêtements. Le linge était immaculé et plié comme dans une boutique ; manipuler ces étoffes, qui allaient se trouver en contact intime avec le corps de la patiente, lui procurait une sensation bizarre. Elle balaya cette vision de son esprit, et choisit ensuite des pulls et des pantalons. Puis, Candice saisit le gros sac en cuir, en bas de la penderie, pour y déposer les habits. Une fois dans la salle de bains, elle s'empara de quelques produits de beauté et de la brosse à dents. Candice dénicha une trousse de toilette sous l'évier impeccable ; elle ne pouvait s'empêcher de noter que les crèmes étaient de bonne qualité, souvent de marque. Elle aperçut un parfum, *Oxalys*, dans un flacon mauve, d'une griffe qu'elle ne connaissait pas. Elle l'ouvrit et libéra quelques effluves ; la même odeur discrète et poudrée que celle de son sac à main. La patiente n'avait pas réclamé son parfum ; Candice le laissa sur l'étagère.

Sur la liste de Dominique Marquisan, étaient mentionnés des livres. Candice retourna dans le salon. Elle remarqua qu'il n'y avait pas de télévision ; la bibliothèque prenait tout un pan du mur. Visiblement, une grande lectrice ; Candice, elle, ne l'était pas. Elle aimait bien lire, mais manquait de temps, et le soir venu, elle s'assoupissait lorsqu'elle s'y essayait. Il y avait tant de livres sur ces étagères, des classiques, mais des romans contemporains aussi ; Dominique Marquisan les avait-elle tous lus ? Elle en prit un au hasard : *Villa triste*, de Patrick Modiano. Elle l'ouvrit à la page de garde ; la même écriture appliquée, au feutre noir. *Dominique M. Avril 1977. Saint-Pierre-du-Lac.* Quel âge avait Dominique Marquisan en 1977 ? À quoi ressemblait-elle, adolescente ? Où se situait Saint-Pierre-du-Lac ? Candice n'en avait jamais entendu parler. Une fleur était nichée à l'intérieur des pages, fine et desséchée ; Candice prit garde à ne pas la laisser s'échapper et remit le livre à sa place. Elle en saisit un autre, au hasard : les *Mémoires* du général de Gaulle. Sur la page de garde, elle découvrit une nouvelle écriture, plus masculine. *Roger Marquisan, été 1963.* Son père ? Sans doute. Elle rangea le livre.

Candice s'installa sur le canapé gris perle au revêtement moelleux, tout en se sentant coupable de le faire, mais elle ressentait le besoin de se poser là, imprégnée d'une curiosité légèrement malsaine. Devant elle, une table basse laquée et noire, avec un cendrier en bronze et un petit cactus posé dessus ; à sa gauche, une grande lampe au style contemporain. Plus loin, un bureau en chêne, et une autre lampe, plus petite. Il y avait peu de meubles, ici, mais Candice avait la conviction que tout avait été choisi avec soin. Elle se figurait Dominique Marquisan penchée sur des catalogues, à l'affût du coloris ou de la matière qui lui plaisait ; elle la voyait dans les boutiques de décoration, certaine de sa sélection, en train d'énoncer avec aplomb aux vendeurs qu'elle prendrait ceci, qu'il lui fallait cela, et les commerçants approuvaient, sans doute impressionnés par cette cliente qui élisait motifs et nuances avec une élégance si subtile.

Pourquoi Candice avait-elle envie d'entrouvrir des tiroirs, de fouiller dans l'intimité d'une existence dont elle ne savait rien ? Quelle était la vie de cette femme ? Sa profession ? Elle l'imaginait avocate, éditrice, notaire, ou peut-être journaliste, directrice d'une galerie, antiquaire ; elle se trompait sûrement, mais il était tentant d'essayer de deviner son métier. Ce mystère l'attirait, malgré elle. Et sa famille ? S'était-elle brouillée avec tout le monde ? Cette solitude fascinait Candice : cachait-elle quelque chose ? Mais quoi, précisément ? De toute façon, cela ne la regardait pas.

Elle songea que, lorsque Dominique Marquisan avait quitté ces lieux, ce matin d'hiver, vêtue de son manteau bien coupé, elle ignorait qu'elle allait subir cet accident le soir même. Tout à l'heure, Candice avait contemplé les paires de chaussures dans son armoire : à présent, il manquait un pied, un tibia, à cette femme. Une sensation d'horreur l'emplit. Comment se remettre d'une telle épreuve ? Elle frissonna ; Dominique Marquisan avait-elle un amant, un homme qui l'aimait, qui aimait son corps ? Cet homme, venait-il ici ? Dormait-il dans cette jolie chambre avec elle ? Faisaient-ils souvent l'amour ? Redouterait-elle à présent de l'affronter nue depuis son amputation ?

Candice se reprocha d'avoir des pensées aussi incongrues. Elle se leva, se hâta de choisir les livres que la patiente avait notés. *Le Bal*, d'Irène Némirovsky. *Madame de*, par Louise de Vilmorin. *La Promesse de l'aube*, de Romain Gary. Elle n'en avait lu aucun ; elle les fourra dans le gros sac. On lui avait demandé de vérifier le contenu du réfrigérateur. La cuisine était minuscule, très propre ; Dominique Marquisan avait dû descendre les ordures lors de son dernier jour ici, car la poubelle était vide. Dans le frigo, Candice trouva des yaourts et du fromage périmés, des fruits et légumes flétris ; elle se munit d'un sac-poubelle pour les jeter. Elle ouvrit au hasard quelques placards. La maîtresse des lieux aimait le thé et les tisanes ; il y en avait des dizaines de boîtes. Elle retourna une dernière fois dans le salon. Bizarrement, elle n'avait plus envie de partir ; elle serait bien restée plus longtemps dans ce cocon où elle se sentait au calme, sereine.

La sonnerie de son téléphone la fit sursauter. Elle fouilla dans son sac à main pour répondre. C'était Dominique Marquisan. Candice se sentit tout à coup honteuse, comme si elle avait agi de manière répréhensible. La patiente lui demanda gentiment de récupérer son courrier ; la clef de la boîte aux lettres se trouvait sur le trousseau en sa possession. Puis elle voulut savoir si cela se passait bien chez elle. Candice bredouilla que tout était en ordre, et qu'elle s'apprêtait justement à repartir.

— Je vous remercie, dit Dominique Marquisan. Je vous attends.

Candice ferma la fenêtre du salon, puis quitta l'appartement en verrouillant la porte derrière elle. Elle déposa la poubelle dans le local dédié dans la cour, et vérifia la boîte aux lettres. Il s'y trouvait quelques factures, de la correspondance administrative, des prospectus, et deux enveloppes crème épaisses, marquées d'une écriture ronde et régulière, presque celle d'un enfant. Sans adresse retour au verso.

Candice s'engouffra dans le métro. Il lui restait peu de temps pour déposer les affaires et ensuite retourner au studio d'enregistrement. Elle arriva essoufflée à la clinique de la rue Méchain ; la patiente se trouvait dans une chambre bien plus accueillante que celle de l'hôpital, donnant sur un jardin. Assise dans un fauteuil, elle était vêtue d'un long peignoir ;

à côté d'elle, un plateau-repas. Ses cheveux cendrés étaient ramenés vers l'arrière ; son visage semblait moins blanc, plus serein. Elle tendit la main à Candice, serra la sienne avec un beau sourire. Candice avait déposé le sac au sol, en évitant de regarder vers la jambe sectionnée. Elle sentait que Dominique Marquisan souhaitait la retenir, passer du temps avec elle, mais l'heure tournait ; elle lui expliqua qu'elle ne pouvait pas rester. Une tristesse figea le regard de la patiente, à un tel point que Candice lui promit de revenir bientôt.

— S'il vous plaît, murmura Dominique Marquisan. Cela me ferait plaisir.

Candice prit congé, et se hâta pour rejoindre le studio Violette. Ce ne fut que plus tard, dans la soirée, qu'elle avait pour elle puisque Timothée était chez son père, qu'elle repensa à l'appartement du 66, rue Saint-Lazare, et à cette rare quiétude qu'elle avait goûtée là-bas, à l'abri de tout.

Mais à présent, d'autres pensées plus sombres la taraudaient, essentiellement ce que lui avait révélé son dentiste, lors de son détartrage annuel, quelques jours auparavant ; elle ne voulait pas y revenir, mais ces mots résonnaient, comme un écho incessant. *Il va falloir s'en occuper, Candice. Il va falloir faire quelque chose. Vous ne pouvez pas rester ainsi.* Elle lui avait demandé, en balbutiant, ce qu'il voulait dire. Le dentiste l'avait priée de quitter le fauteuil et de s'asseoir face à lui devant son bureau ; il ne souriait plus. Il lui avait expliqué qu'il s'en était douté, déjà, depuis les dernières consultations.

De quoi parlait-il ? De l'émail de ses dents, de plus en plus érodé. Un signe caractéristique du mal dont elle souffrait ; ses dents avaient subi une érosion massive consécutive à l'acidité gastrique liée aux vomissements fréquents. Il avait plusieurs patientes dans son cas ; elle pouvait se confier à lui. Le corps médical savait comment venir en aide aux jeunes femmes comme elle. Mais Candice, tétanisée, n'avait rien pu ajouter ; elle était restée silencieuse, n'osant plus affronter le regard du dentiste. Donc, cela se voyait. L'état de ses dents l'avait trahie. Le docteur avait murmuré, alors qu'elle partait, qu'il se tenait à son entière disposition, si elle avait besoin de ses conseils. Depuis, Candice se sentait fragile ; elle avait l'impression qu'on avait entrouvert une brèche en elle, une blessure suintante qui ne cicatriserait jamais. Était-ce depuis le décès de son père, depuis ce deuil qui avait été si long à faire ? Ou alors, ce mal puisait-il dans des racines bien plus profondes, se gorgeant à son insu de vulnérabilités anciennes ?

Il fallait avancer, malgré tout. Prendre sur soi, ce qu'elle avait toujours fait, ce qu'elle continuerait à faire. Un brave petit soldat, c'était ainsi qu'elle se voyait, avec son bâton de pèlerin, engagé sur les chemins hasardeux de la vie. Les seuls moments de bonheur, de plaisir, se nichaient dans les bras d'Arthur ; lorsqu'il lui faisait l'amour, elle oubliait tout, la haine qu'elle nourrissait envers son corps, le vide que laissait la mort de son père.

Le samedi suivant, Candice passa rendre visite à sa mère avec Timothée. Faustine vivait toujours dans l'appartement familial, rue Raymond-Losserand, dans le quatorzième arrondissement, au coin de la rue d'Alésia. La jeune femme y retournait avec un chagrin mâtiné de nostalgie, et il lui semblait que le sillage de son père flottait dans les pièces ; la plupart de ses effets personnels étaient encore là : sa boîte à cigares, son jeu d'échecs, sa guitare acoustique. Lorsqu'elle pénétrait dans le logement, Candice flairait immanquablement (ou était-ce son imagination ?) l'odeur de l'eau de toilette citronnée italienne que portait son père, *Acqua di Parma.*

Elle était persuadée que son fils n'avait gardé aucun souvenir de son grand-père, mais quand Timothée voyait une photo de Daniel avec sa grosse barbe blonde, il s'écriait toujours « Daddy ! ». Daniel était tombé malade de façon si soudaine ; cette toux sèche, qu'il avait traitée avec mépris, comme à son habitude. Son père n'aimait pas prendre soin de lui ; il se fichait de son adiposité, de son cholestérol, de son penchant pour la bonne chère. Il était un bon vivant, fier de l'être, jouissant d'un cigare ou d'un verre de bordeaux. Tout était arrivé si vite. Il avait attrapé le coronavirus à l'automne, pendant la deuxième vague qui avait surpris tout le monde; tout à coup, il avait eu du mal à respirer, il avait fallu l'hospitaliser. C'était terminé en moins d'un mois.

Candice observa sa mère préparer le goûter pour son petit-fils. Tous les gestes de Faustine étaient gracieux; elle était longiligne, avec une silhouette d'adolescente et des cheveux châtains qui n'avaient pas encore viré au gris. Même si elles s'entendaient à merveille, Candice n'était pas particulièrement proche de sa mère; Clémence demeurait la grande confidente, toujours. En revanche, Candice, elle, avait été la complice de Daniel, sa favorite. L'équilibre familial avait fonctionné ainsi, mais avec la mort de leur père, Candice se sentait orpheline, alors que Clémence s'était encore plus rapprochée de leur mère.

Depuis son adolescence, se trouver sur une plage, en maillot de bain, à côté de Faustine et de Clémence, était un supplice pour Candice; deux cygnes et un vilain petit canard replet. Elle avait tout hérité de son père, mais lui n'avait jamais eu aucun complexe envers sa propre corpulence; rond et bien dans sa peau, Daniel rayonnait. Pourquoi n'avait-elle jamais su faire comme lui? Candice le revoyait, lors de ce dernier été à Royan, sortant de l'eau, le sourire aux lèvres. Il se dégageait de lui une aura tranquille et solaire, l'image d'un homme à l'aise avec lui-même, en pleine sérénité; elle se rappelait la force rassurante de ses bras, de son étreinte, douce et puissante.

Dès son plus jeune âge, Candice avait perçu sur les lèvres d'autrui cette phrase, qui revenait sans cesse: «C'est fou comme elle est le portrait de son papa»; ses rondeurs, sa blondeur, sa démarche, elle les devait à Daniel, tandis que Clémence était le clone filiforme de Faustine. Son père, de son vivant, n'avait jamais su qu'à l'âge de quatorze ans, Candice avait commencé à détester ce corps qu'il lui avait légué, sa robustesse, ses lignes pleines, et ni lui ni Faustine ne s'étaient doutés de l'enfer que vivait leur fille, de l'obsession qui empiétait sur son quotidien, et quand elle avait maigri de façon spectaculaire à dix-huit ans, perdant plus de quinze kilos en à peine trois mois d'un régime draconien, toute la famille avait applaudi. Ses amis aussi. Candice était devenue aussi mince que sa sœur et sa mère ; elle avait fondu. Elle passait ses soirées à cuisiner pour les autres, en ne touchant à rien ; elle se nourrissait uniquement de pain au son et de yaourts écrémés ; elle buvait trois litres d'eau par jour. Son cycle menstruel s'était arrêté ; elle avait eu peur, mais n'en avait parlé à personne. Elle était si fière de ce nouveau corps de sylphide qu'elle affamait en permanence. Pendant la journée, en classe, elle se sentait à la fois légère comme une plume, mais faible, car la tête lui tournait, et plusieurs fois, elle s'était évanouie ; l'infirmière scolaire lui avait fait comprendre qu'il fallait qu'elle cesse de se priver, qu'elle devait manger à sa faim, mais la jeune fille était terrorisée à l'idée de reprendre les kilos perdus. Ils étaient pourtant revenus, sournoisement, surtout depuis sa grossesse, et ils s'étaient installés pour de bon.

— Tu ne veux pas un morceau de gâteau ? demanda Faustine. C'est ton préféré !

— Non, merci, dit Candice.

— Tu fais encore un régime ?

— Non, non.

À l'époque où Candice vivait chez ses parents, ils ne l'avaient jamais entendue se faire vomir le soir après le dîner familial ; à aucun moment ne s'étaient-ils doutés du calvaire de leur fille, ni des séquelles laissées par le fameux régime de ses dix-huit ans. Mais ses parents n'avaient-ils rien vu, s'interrogeait souvent Candice, rien deviné, parce qu'elle dissimulait à merveille son obsession ou parce qu'ils ne prêtaient pas une attention particulière à ses états d'âme ?

— Ça va, ma chérie ? lança Faustine à sa fille. Tu dois être contente de la fin des grèves. Quelle galère ça a dû être pour toi !

Candice hocha la tête. Elle était sur le point de lui parler de Dominique Marquisan : l'accident, l'amputation, la détresse de cette femme esseulée, mais quelque chose la retint ; pour une raison mystérieuse, elle souhaitait garder cette histoire pour elle. Alors, elle s'aventura sur un autre sujet ; elle évoqua son travail en cours, les séances avec une comédienne qui se rendait au studio chaque jour, une femme d'un certain âge, à l'humour et au sourire malicieux. Les collègues de Candice faisaient souvent appel à elle pour des voix dites « matures ». Faustine écoutait avec plaisir, tout en caressant les boucles de Timothée, assoupi sur ses genoux.

Après avoir pris congé de sa mère, Candice rentra rue des Cinq-Diamants avec le petit, et eut la surprise de tomber sur Arthur, en train de cuisiner. En dépit du sourire qu'elle affichait, elle était lasse : pourquoi son plaisir devait-il être gâché par le nombre de calories qu'elle redoutait d'ingurgiter ? Pourquoi ne pouvait-elle pas se laisser aller à la joie de savourer un repas confectionné par un homme épris d'elle ? Chaque fois, une vague semblait la submerger et l'empêcher de ressentir le moindre instant de bonheur, de le capter, de le savourer.

Elle donna le bain à Timothée, le fit dîner dans la cuisine avec Arthur, un moment drôle et joyeux. Mettre le petit au lit était compliqué, mais Arthur y arrivait sans peine ; Candice l'observa tandis qu'il redoublait de ruses pour faire glisser Timothée sous la couette : Arthur était de taille moyenne, avec une épaisse chevelure tirant sur le roux ; il était un peu plus jeune que Candice. Ils s'étaient connus grâce à un ami commun, quelques mois après la mort de son père. Cet ami avait organisé une rencontre, persuadé que ces deux-là allaient s'entendre. Il avait eu raison. Candice avait l'habitude de dire qu'Arthur l'avait « ramassée à la petite cuiller », mais ils étaient tout simplement tombés amoureux. Un « coup de foudre », répétait-il ; il la trouvait belle, désirable, telle qu'elle était. Elle parvenait à s'abandonner dans ses bras et à goûter au plaisir, car il adorait ses rondeurs, lui montrait à quel point, mais le regard et les gestes tendres d'Arthur ne suffisaient pas à apaiser la haine que Candice vouait à son corps, ni la guerre sans pitié qu'elle lui avait déclarée à l'insu de tous.

Cette nuit, pendant qu'Arthur dormait, elle rendit tout le repas dans les toilettes ; elle ne put s'empêcher de sangloter en silence, appuyée contre le mur de la salle de bains, secouée par le mal-être et le chagrin.

Le lendemain, à l'heure du déjeuner, elle passa voir Dominique Marquisan, comme elle avait promis de le faire. Elle la trouva prostrée sur sa chaise roulante, affreusement pâle. La malade semblait incapable de parler ; ses yeux étaient noyés de larmes. Embarrassée et impuissante, Candice parvint tout de même à articuler quelques mots de réconfort.

— Je vous prie de bien vouloir m'excuser, murmura enfin Dominique Marquisan, en s'essuyant les paupières. Tout à l'heure, il est venu, et ça m'a bouleversée.

— Qui est venu ? demanda Candice, déconcertée.

— Celui qui m'a renversée.

La patiente lui raconta que ce monsieur s'était présenté comme étant un ami, muni d'un bouquet, et qu'il avait fait irruption dans sa chambre. Au début, elle n'avait pas compris, car le soir de l'accident, tout s'était passé si vite, elle n'avait pas pu voir son visage. Il lui avait expliqué qui il était, et il s'était effondré à genoux devant elle ; il avait gémi qu'il ne parvenait plus à dormir, que cette scène atroce le hantait, qu'il y pensait chaque matin, chaque soir. Tout était sa faute, il ne se pardonnait pas ; il était un homme honnête, un type bien, qui n'avait jamais rien fait de mal de sa vie. Maintenant, il avait tout gâché, et elle était infirme.

La voix de Dominique Marquisan paraissait éteinte. Elle fermait les yeux, comme si elle cherchait à s'endormir ; sa pâleur ne s'estompait pas.

— Il a voulu voir…

Elle s'étrangla.

— Voir quoi ?

— Il a voulu voir… ma blessure…

La patiente se remit à frémir, et ses larmes coulèrent à nouveau ; elle chuchota que l'homme s'était approché, et qu'elle n'avait rien pu faire, paralysée. Il avait écarté son peignoir et regardé ce qui restait de sa jambe ; il avait frôlé ses pansements en glapissant, et elle avait eu le sentiment d'être humiliée, outragée. Il l'avait suppliée de ne pas l'envoyer en prison, car il allait tout perdre, son travail, sa famille, ses enfants, tout dépendait d'elle, tout ; il se tenait beaucoup trop près, ses mains à lui sur sa cuisse, son haleine sur son visage, et elle n'avait pas supporté cette proximité : elle avait senti la panique la gagner.

— Alors, j'ai crié très fort. Les infirmières sont arrivées. Il est parti.

Candice percevait l'horreur que cette femme avait éprouvée, comme si elle avait vécu la même scène : l'avancée de cet homme, un bourreau, qu'elle voyait ramper vers elle, griffes tendues tel un rapace. Spontanément, elle passa son bras autour des épaules chétives ; elle tenta de la consoler, lui offrit un mouchoir en papier pour sécher ses larmes.

— Vous êtes gentille.

— Je vous en prie, répondit Candice.

Dominique Marquisan se redressa tant bien que mal dans son fauteuil. La jeune femme remarqua un superbe bouquet de roses blanches placé dans un vase près du lit ; la patiente suivit son regard et esquissa un petit geste.

— Non, non, rien à voir avec le chauffard. Lui, il est reparti avec son bouquet. Ces roses sont de la part de M. Agapanthe.

Elle avait une façon bien particulière de prononcer ce nom, avec une certaine emphase, comme si elle voulait faire comprendre d'emblée à son interlocutrice que ce monsieur était de la plus haute importance.

— Elles sont belles, fit Candice, ne sachant pas très bien quoi dire.

— M. Agapanthe a un goût exquis.

Un silence. Il semblait qu'elle attendait, qu'elle souhaitait que Candice l'interroge, « Qui est ce monsieur ? », mais la jeune femme restait muette : elle aussi pouvait jouer à ce petit jeu.

— C'est mon patron, révéla enfin Dominique Marquisan.

— Quelle adorable attention !

Candice brûlait de connaître son métier, de savoir quel genre de patron était ce type qui portait un nom de plante ridicule, mais petit à petit, elle commençait à saisir qu'en gardant le silence, la patiente finirait par se livrer. Ce que fit cette dernière.

— Oui, il est fort aimable. Je travaille pour lui depuis de longues années. Il est exigeant, mais d'une grande rectitude.

Un sourire éclaira enfin le visage exsangue. Elle continua sur sa lancée, décrivit à Candice le statut d'un homme haut placé, influent, respecté, un ancien ministre, puis elle précisa qu'évidemment, son directeur ne s'appelait pas Agapanthe.

Un nom de code ; il était connu, donc elle n'utilisait jamais son patronyme. Candice trouvait tout cela infiniment mystérieux, mais ne posa aucune question.

Les médecins ne donnaient pas de date sur son retour possible au travail, ils restaient flous. Cela en devenait usant. Elle devait en plus s'habituer à la prothèse, apprendre à marcher avec, à vivre avec ; elle ne la portait pas encore en permanence, mais elle allait devoir s'y faire.

— J'imagine que ce doit être bien difficile, dit Candice.

— Le plus dur pour moi, c'est que je ne pourrai plus danser.

— Danser ?

— Oui, j'étais ballerine dans ma jeunesse. Pas professionnelle, je précise. La danse classique est un de mes plus grands bonheurs.

Candice le voyait à présent, le port de tête, le dos droit comme un i, le long cou gracieux, les mains fines et expressives. Une ballerine... Une nouvelle vague de pitié la parcourut. Pourquoi le sort s'était-il acharné sur cette pauvre femme ? Comment pouvait-on se remettre d'une pareille épreuve, surtout lorsqu'on faisait face à la solitude ? Elle écoutait la voix de Dominique Marquisan évoquer sa passion, et elle l'imaginait en train d'esquisser des pas de danse, des pliés, des arabesques, tout ce qu'elle-même ne savait pas faire avec grâce ; elle la voyait en tutu rose, sur des pointes, divine et légère, ses cheveux cendrés ramenés en chignon, et puis, tout naturellement, ses pensées s'échappèrent, hors des murs, loin de la clinique, et elle réfléchit à son travail en cours, aux emplettes à effectuer en rentrant, et au gros rhume qu'avait attrapé Timothée. Il allait mettre des heures à s'endormir ce soir, avec son nez bouché; elle allait devoir s'armer de patience.

— Je vous barbe avec mes histoires.

Il n'y avait aucune remontrance dans son ton, et même un léger sourire qui animait ses lèvres fines.

— Pas du tout! balbutia Candice, se sentant fautive.

— Parlez-moi de vous, dit la patiente, posément. Je ne sais pas grand-chose de vous, au fond. Je sais que vous êtes maman et ingénieure du son. C'est tout.

Les yeux noirs semblaient l'observer avec une attention infinie, ne manquant aucun détail de la peau de son visage, de sa chevelure; Candice s'empressa de dire que tout ce qui la concernait était inintéressant – comment allait-elle échapper à l'interrogatoire?

— Vous avez des frères, des sœurs?

— Oui, une sœur, Clémence. Elle a deux ans de plus que moi.

— Et vos parents? Que font-ils?

— Ma mère travaille dans un cabinet comptable. Mon père était dans l'immobilier. Mais depuis sa mort, en novembre de l'année dernière, maman a pris du temps pour elle.

— Je suis navrée d'apprendre que vous avez perdu votre père. Je ne me suis toujours pas remise de la mort du mien.

— Merci, souffla Candice.

Une pause.

— Votre père était encore jeune?

— Oui, assez. Cinquante-sept ans.

— C'est jeune, en effet.

— Il a eu la Covid-19. Tout s'est passé très vite.

Un petit silence.

— Je suis désolée. Vous lui ressemblez ?

— Oui. On me le répète depuis que je suis née.

— Et Clémence, votre sœur ?

— Elle est graphiste. Elle a beaucoup de talent.

— Je voulais dire, elle ressemble aussi à votre père ?

— Non, pas du tout, à maman.

— Je vois…, répondit lentement Dominique Marquisan, et la jeune femme songea, effrayée, que le laser noir de son regard avait dû tout saisir de ses inhibitions, car ce dont elle souffrait en secret devait flotter là, juste sous la surface, à peine dissimulé pour quelqu'un qui sait bien chercher, et elle ressentit le même désarroi que lorsque son dentiste avait deviné sa maladie à l'émail abîmé de ses dents.

Tout à coup, devant l'intensité des prunelles sombres, Candice frissonna.

— Je dois partir ! dit-elle. On m'attend au studio.

Et elle s'en alla, la tête basse, les joues rouges, en faisant au revoir de la main ; elle se promit dans le métro qu'elle rapporterait les perles dès que possible, et qu'après, elle ne reviendrait plus.

Le vieux téléphone portable de son père était presque déchargé. Candice avait prévu de le ranger, et de l'oublier. Mais alors qu'elle s'apprêtait à le faire, une idée l'effleura ; il fallait qu'elle vérifie une dernière chose. Le soir, tandis que Timothée s'était endormi, elle chargea la batterie et alluma l'appareil. Dans les échanges de courriels, elle sélectionna la boîte aux lettres au nom de *gabriellelettre28@mymail.com* et appuya sur l'icône des messages envoyés, ce qui ne lui avait pas traversé l'esprit auparavant. Il y en avait plusieurs, tous destinés à *valentinpaprika333@jet.fr*. Ils étaient courts, presque laconiques.

Gabrielle est triste. Gabrielle attend. Gabrielle aime Valentin.

Gabrielle aimerait que Valentin soit là. C'est si long.

Gabrielle pense aux beaux yeux gris de Valentin.

Bientôt, fêter nos retrouvailles à la Villa O. Joie. Joie. Joie.

Ne jamais oublier que Valentin et Gabrielle sont libres.

Le dernier courriel datait de l'année dernière.

Gabrielle veut voir Valentin une dernière fois. Elle le supplie. Une dernière fois.

Qui était cette femme ? Qui était Valentin, et encore une fois, pourquoi son père avait-il gardé ces échanges ? Devant son ordinateur, Candice inspecta l'organigramme de Vintimmobilier, l'agence où son père avait travaillé jusqu'à son décès. Aucune Gabrielle, et aucun Valentin non plus. Elle effectua une recherche sur les réseaux sociaux avec les mots « Gabrielle lettre », « Valentin paprika », « Villa O », « Courtenay », mais ne trouva rien. À quoi bon ? Elle se persuada qu'elle devait laisser tomber ; elle fabulait, certainement, à l'instar de sa sœur. Un instant, elle songea à téléphoner à Clémence pour en discuter avec elle, puis abandonna l'idée, convaincue qu'elle ne ferait que raviver la fragilité de sa sœur.

Après s'être assurée que son fils dormait bien, elle s'installa dans le salon, avec une tasse de chocolat chaud. Elle avait réussi à ne pas céder à la tentation de racler le fond de la boîte de chocolat en poudre avec une cuiller ; d'ailleurs, ce reste, elle l'avait jeté à la poubelle, promptement, ce qu'elle faisait lorsqu'elle craignait de ne pas pouvoir se retenir, comme de verser du liquide vaisselle sur un aliment pour empêcher tout dérapage.

Candice se sentait bien chez elle ; son père lui avait déniché ce petit appartement plein de charme de la rue des Cinq-Diamants, il y avait huit ans, alors qu'elle était encore étudiante. Ses parents l'avaient aidée financièrement au début, puis quand elle avait commencé à gagner sa vie, elle avait pris en charge le loyer. Grâce à son père, qui l'emmenait se promener là petite, Candice avait toujours aimé ce quartier de la Butte-aux-Cailles, ses rues étroites et pavées, ses anciens lampadaires, ses pavillons et ses maisonnettes. Daniel lui avait raconté que ce coin de Paris atypique, longtemps insalubre, avait échappé aux ambitions du baron Haussmann à cause des carrières de calcaire trop friables pour permettre la construction de gros bâtiments. Candice aimait aussi les œuvres d'art éphémères qui ornaient les murs du quartier, le street art sans cesse renouvelé de graffitis, dessins et collages qui donnaient aux rues l'aspect d'un musée à ciel ouvert.

Elle vivait dans un immeuble étroit d'apparence modeste, à la façade lézardée, sans ascenseur, au quatrième et dernier étage sous les toits ; certains pans de murs étaient mansardés, ce qui n'était pas pour lui déplaire. À la naissance de Timothée, et alors que Julien vivait encore avec elle, ils avaient emménagé dans le salon pour que le bébé puisse avoir une chambre à part. Même si Julien avait passé plusieurs années dans ce lieu, il ne restait pas grand-chose de lui ici ; il n'avait pas participé à la décoration et n'avait pas laissé d'objets personnels. Cet appartement, c'était chez Candice. Avec son amie Mélanie, elle avait repeint le salon d'un vieux rose pâle qu'elle trouvait apaisant ; le double lit, à présent dans la pièce à vivre, calé sous le mur mansardé, était déguisé en divan, recouvert de coussins colorés dans lesquels Timothée aimait se rouler. Candice avait accroché une série de tirages originaux d'une photographe prometteuse dont elle suivait le travail sur Instagram ; un univers délicat et sensible qui lui plaisait et dans lequel elle se reconnaissait. Sa photo préférée était un assemblage d'étoffes et de flux d'eau, saisi par le prisme d'un rayon de soleil ; on ignorait ce que cela représentait au juste, : une rêverie, ou au contraire, l'annonce d'un cauchemar, mais l'ensemble était fascinant. L'artiste l'avait appelé *Plongée dans les songes.*

Dans un coin de la pièce, trônait le bureau de son père, qu'elle avait récupéré après son décès : une large table à tréteaux à la surface rayée qu'il possédait depuis ses années d'étudiant ; elle l'avait si souvent vu assis devant, penché sur ses dossiers ou sur son ordinateur, tenant un cigare éteint entre les doigts, sa femme et ses filles n'appréciant pas l'odeur de la fumée. Autant son père, de son vivant, accumulait papiers, magazines et journaux, dissimulant la table sous un fatras permanent, autant Candice, elle, la gardait vierge ; seule une lampe était posée dessus. Elle travaillait peu à domicile ; tout le matériel dont elle avait besoin se trouvait au studio. Chez elle, il n'y avait pas trace de sa profession. Personne ne pouvait imaginer, en pénétrant ici, qu'elle était ingénieure du son ; son métier était technique, précis, exigeait une certaine maîtrise, une bonne connaissance informatique mais, surtout, une oreille ; derrière chaque voix, elle traquait le mot mal prononcé, la syllabe tronquée, et la redoutée bouche sèche qui prêtait une consonance pâteuse à une lecture. Pour parer à ce désagrément, elle possédait la cure idéale : quelques bouchées de compote de fruits, qu'elle stockait précieusement dans le réfrigérateur du studio ; elle n'hésitait pas à en proposer aux artistes victimes de ce petit ennui.

Il y avait peu de livres chez Candice, sauf ceux qu'elle achetait pour son fils, car chaque soir, elle lui lisait une histoire à voix haute, un moment qu'il adorait. Souvent, ils se rendaient à la librairie voisine pour dénicher des ouvrages qui pourraient lui plaire. Les fêtes de fin d'année approchaient, et Timothée avait déjà fait sa liste au père Noël ; plusieurs livres y figuraient. Candice pensa à tous ces romans qu'elle avait aperçus chez Dominique Marquisan. Sans doute, les livres pouvaient être d'un grand réconfort pour certains ; pour elle, la consolation venait par la musique, qu'elle écoutait à partir de son ordinateur et de son téléphone. Avec Timothée et Arthur, il leur arrivait de mettre le son au maximum, juste le temps d'une chanson, pour danser.

Arthur était rue Monge, et elle regrettait qu'il ne fût pas là cette nuit, car elle se sentait seule ; un drôle de poids pesait sur son cœur. Debout devant la fenêtre, elle regarda en bas vers la rue. Le bar à tapas d'en face ne désemplissait pas ; les clients semblaient absorbés par une ivresse joyeuse qu'elle enviait. La rue était calme le jour, parfois bruyante la nuit, ce qui ne la dérangeait pas. Elle aurait voulu se mêler à ces convives enjoués qui se poussaient du coude en chantonnant.

Candice se réveilla chaque matin de la semaine avec la même tristesse persistante ; impossible de s'en débarrasser. Lorsqu'elle reçut un message de Dominique Marquisan qui lui proposait de passer la voir à la clinique, elle n'eut pas le cœur de refuser. Elle éviterait de parler d'elle-même ; elle prendrait garde à ne pas aborder de sujets personnels. Elle laissa les perles dans le tiroir ; ce serait pour une autre fois.

Ce soir, elle trouva le visage de la patiente plus animé.

— Vous êtes mon rayon de soleil, fit cette dernière avec un sourire.

Candice remarqua la prothèse posée sur le lit : une demi-jambe à l'allure fine, revêtue de silicone couleur chair. Elle ne put en détacher son regard.

— Je dois encore m'y faire, avoua la convalescente en notant son émoi. Les médecins sont satisfaits de la cicatrisation, mais je vous avoue qu'apprendre à porter cette chose n'est pas facile. Question d'équilibre, sans doute.

— Je comprends, murmura Candice tout en s'asseyant.

La patiente désigna les cannes anglaises calées près de son fauteuil. Elle se débrouillait, parvenait à se lever, à aller dans la salle de bains et elle n'avait plus besoin de la chaise roulante pour se déplacer. Ses kinés étaient contents d'elle et la félicitaient, mais elle trouvait le chemin encore long ; la prothèse était inconfortable, faisait mal à son moignon, et même si on lui avait précisé que c'était normal, elle se sentait souvent découragée. Candice écoutait poliment. Elle ne trouvait pas le temps long auprès de son interlocutrice ; il y avait chez cette femme un élément apaisant qui la réconfortait, mais elle aurait été incapable d'expliquer quoi, précisément.

— J'aimerais tant pouvoir être chez moi, soupira Dominique Marquisan. Même si tout le monde est gentil ici, cela me manque, de ne pas dormir dans mon lit.

— Je comprends, répéta Candice.

— J'ai pourtant l'habitude des hôpitaux, des cliniques. Si vous saviez !

Avant que Candice puisse l'interroger en retour, l'infirmière entra dans la chambre pour poser des médicaments sur la tablette près de la fenêtre. Elle leur sourit.

— C'est votre fille ?

Les joues de Dominique Marquisan s'empourprèrent d'un coup ; elle semblait mal à l'aise.

— Ma fille ? Non, non, pas du tout, marmonna-t-elle.

L'infirmière s'excusa et partit.

Candice devina qu'il y avait là un dossier sensible, et laissa s'écouler un instant de silence.

— Quand pourrez-vous rentrer chez vous ? demanda-t-elle, enfin.

— J'espère pour Noël, répondit la patiente. Mais on ne m'a rien confirmé.

Ses doigts fins remirent en place une mèche échappée de son chignon ; elle avait les ongles faits et portait une bague à la main gauche que Candice n'avait pas remarquée auparavant.

— Je vais vous raconter un secret, dit soudain Dominique Marquisan en se redressant, plus droite que jamais.

Elle paraissait enfiévrée ; une petite flamme dansait dans ses prunelles noires.

— Un secret ? répéta la jeune femme, intriguée malgré elle.

— Je n'en parle pas souvent, pour ainsi dire, jamais, mais j'ai envie de le partager avec vous.

— C'est gentil... Vous n'êtes pas obligée...

— Je vous apprécie, Candice. C'est sincère. Vous êtes quelqu'un de bien.

Ces compliments inattendus gênaient la jeune femme. La patiente le perçut, alors elle commença son histoire ; elle fixait Candice dans les yeux, et celle-ci se sentit happée par son regard, mais aussi par sa voix envoûtante, par son timbre si particulier, à la fois rauque et velouté. Elle précisa qu'il fallait repartir trois décennies en arrière, alors qu'elle vivait dans un autre quartier ; c'était une autre vie, sauf qu'elle travaillait déjà pour M. Agapanthe (Candice calcula qu'elle devait avoir une petite trentaine d'années), son bail expirait, il lui fallait se mettre à chercher un nouvel appartement, et au bout de quelques semaines, en visitant celui du 66, rue Saint-Lazare, elle avait compris sur-le-champ qu'elle souhaitait habiter là. Cependant, le logement, assez vétuste, devait être refait ; le propriétaire, compréhensif (il avait été rassuré à propos du dossier de Mlle Marquisan à la suite d'une intervention de M. Agapanthe), avait accepté de prendre la plupart des travaux à sa charge, comme la réfection du chauffage, de l'installation électrique, ainsi que la peinture. Tout cela devait durer plusieurs mois. Aussi le propriétaire avait-il décidé de faire enlever la cheminée du salon pour agrandir la pièce principale, et avait demandé à Dominique Marquisan de venir surveiller l'opération ; elle s'était donc rendue, un matin d'hiver, rue Saint-Lazare, pour observer les ouvriers en train de desceller la cheminée.

— Et c'est là, dit-elle, que tout a commencé.

Curieuse malgré elle, Candice se rapprocha pour l'entendre mieux ; Dominique Marquisan semblait habitée, son teint paraissait plus lumineux, ses mains virevoltaient. Elle poursuivit son récit. Les ouvriers avaient prévu de ne pas détruire le manteau, afin de le revendre ; lorsqu'ils avaient démonté le bloc de marbre pour le faire ensuite glisser sur un diable, une carte bloquée dans l'interstice entre la pierre et le mur s'était échappée comme un papillon, et elle s'était baissée pour la ramasser. Personne n'avait fait attention à son geste, et elle avait conservé le papier dans sa poche, sans en parler. Plus tard, de retour chez elle, elle l'avait étudié de près : le papier était a priori ancien, jauni, mais l'écriture qui se détachait sur la surface au crayon noir n'avait rien perdu de sa vigueur avec les années ; des mots qu'elle avait appris par cœur. Elle les récita à Candice, d'un ton fiévreux, les yeux mi-clos :

— « Chère femme adorée, je t'écris à la hâte. Hélas, je ne pourrai pas venir demain mardi. Je suis retenu chez moi. Je viendrai dès que possible, et en attendant, je t'envoie mon cœur qui est tout à toi. Il ne se passe pas une heure sans que je pense à toi. Je te serre de toutes mes forces dans mes bras. Mille et mille baisers sur tes beaux yeux, tes beaux cheveux, sur ta longue tresse parfumée. »

Puis elle se tut, un sourire extatique sur ses lèvres fines. Candice ne savait pas quoi répondre ; elle ne comprenait pas au juste pourquoi la découverte de ce mot d'amour pouvait mettre quelqu'un dans un tel état, presque en transe. Mal à l'aise, elle lui rendit son sourire et attendit la suite. Le billet n'était ni daté ni signé, précisa la patiente avec ardeur ; elle se sentait intriguée par ce mot anonyme adressé à une femme mystérieuse, et elle adorait l'idée que cette missive ait dormi là depuis de longues années pour tomber entre ses mains à elle.

— Mais ce n'était pas le hasard, déclara Dominique Marquisan solennellement. C'était le destin. Mon destin.

Candice lutta contre un fou rire, se demanda si cette femme n'était pas un peu folle. Timbrée, aurait dit Clémence. Zinzin, aurait dit son père. Et voilà qu'elle avait accepté de l'écouter ; elle allait donc être coincée ici encore un moment, à subir la narration d'une péripétie qui l'intéressait peu. On lui disait souvent qu'elle savait écouter, qu'elle était patiente, généreuse avec son temps ; alors, elle n'allait pas faillir.

Dominique Marquisan lui parlait à présent du propriétaire, un monsieur d'une soixantaine d'années, très sympathique.

— Il est décédé, depuis, ajouta-t-elle. Le logement appartient à présent à sa fille. Mais c'est lui qui m'a transmis l'historique de l'appartement. Il l'avait acheté dans les années soixante-dix, après un héritage. Il ne s'était jamais penché sur l'identité des locataires précédents. Moi, je suis sensible à la mémoire des murs. Vous comprenez ?

— Tout à fait, fit Candice, spontanément. Mon père était comme ça aussi. Il nous répétait que les maisons avaient toujours des histoires à nous raconter, et qu'il fallait les écouter.

La convalescente hocha la tête, approuvant ces mots. On lui avait donc fourni la liste des habitants de l'immeuble. Celui-ci avait été bâti en 1880, dit-elle, et il comportait treize appartements répartis sur cinq étages, avec onze chambres de service ; celui qu'elle allait occuper était le lot numéro 287, et depuis sa construction, une trentaine de locataires s'y étaient succédé.

— J'ai regardé ces noms, un par un. Ils ne m'évoquaient rien. Je voulais tant comprendre qui avait écrit cette carte romantique et passionnée. Ces mots me bouleversaient, me parlaient de façon intime. Je n'arrêtais pas d'y penser. Je me suis demandé pourquoi, justement, ces phrases résonnaient en moi avec tant de force. J'étais persuadée d'avoir trouvé quelque chose d'infiniment précieux et important. Mais je ne me doutais pas encore à quel point.

Candice s'était délestée de son ennui ; elle souhaitait à présent connaître la suite, mais son interlocutrice ménageait ses effets, ne faisant qu'accroître sa curiosité en étirant le récit.

— Aimez-vous lire, Candice ?

La question venait à brûle-pourpoint, interrompant net son histoire.

— Oui, mais je ne lis pas assez, avoua Candice avec une pointe de honte, en se rappelant les nombreux livres dans la bibliothèque du 66, rue Saint-Lazare.

— Avez-vous déjà été séduite par un livre, jusqu'au point de lire toute la nuit ?

Candice déclara vivement, comme pour se défendre :

— Cela m'est arrivé, oui, au studio, en écoutant la lecture d'un texte que j'enregistre, d'être prise par le récit. Même si je ne lis pas les mots sur le papier, comme vous, je les entends et ils me marquent.

Dominique Marquisan sourit.

— Alors, vous comprenez le pouvoir des mots.

La convalescente poursuivit, en décrivant la fin des travaux et son emménagement au début du printemps. Il y avait entre ces murs une sorte de douceur qui la consolait ; elle se réjouissait des rayons de soleil qui illuminaient les lieux grâce à la belle exposition vers l'ouest ; tout lui semblait beau et clair, et la nuit venue, elle dormait d'un sommeil réparateur. Quelques mois passèrent, et elle ignorait toujours qui était l'auteur du mot d'amour, et à qui il était adressé. Puis un soir de mai, alors qu'elle rentrait du bureau, elle croisa dans le hall d'entrée une dame âgée qu'elle n'avait jamais vue ; elle la salua, et s'apprêtait à monter l'escalier, lorsque celle-ci lui demanda si elle était la nouvelle locataire du quatrième étage. Elle répondit que oui, elle l'était.

— « Alors, vous dormez bien chez Jeanne ? » C'est ce que me lança cette octogénaire avec un sourire coquin. Évidemment, je n'ai pas saisi ce qu'elle voulait dire. Elle devait se tromper, certainement. Mais, j'ai eu un doute. J'ai répliqué : « Jeanne qui ? »

Candice écoutait, rivée aux lèvres de Dominique Marquisan. La vieille dame avait répété ce prénom : « Jeanne, là-haut, au quatrième étage à droite, c'était chez Jeanne. » Elle avait ajouté que c'était un véritable nid d'amour, ce devait être douillet, coquet, le tout ponctué d'un gloussement. Perplexe,

Dominique Marquisan était montée chez elle, et avait ressorti la liste des occupants.

En effet, une Jeanne y figurait, Jeanne Rozerot. Ce patronyme ne lui disait rien, non plus. Elle avait repensé au rire égrillard de sa voisine. Qui était cette fameuse Jeanne ? Une cocotte vivant de ses charmes ? Avait-elle emménagé dans un ancien bordel ? Si cette Jeanne était encore dans les mémoires, elle devait être célèbre, d'une manière ou d'une autre. Il ne fallait pas oublier, précisa-t-elle à Candice, que Google n'existait pas trente ans auparavant, et qu'on ne pouvait pas trouver les informations aussi facilement qu'aujourd'hui, d'un simple clic sur son smartphone. Elle avait fini par appeler son père pour lui demander si ce nom lui était familier ; c'était un homme cultivé, un grand lecteur, d'ailleurs, elle avait hérité de tous ses livres. Il avait tout de suite su qui était cette Jeanne.

— Et alors, c'était qui ? piailla Candice.

Dominique Marquisan eut un mince sourire.

— C'est drôle, au début, j'aurais juré que cette histoire vous ennuyait.

— Pas du tout, elle est passionnante. Continuez !

La porte s'ouvrit et le kiné fit son apparition ; c'était l'heure d'une dernière séance avec la prothèse avant le repas du soir. Candice était déçue ; elle aurait voulu rester, écouter la suite du récit. Elle avait moins envie, tout à coup, de rentrer chez elle.

Toujours ce sourire énigmatique, qui donnait à la patiente l'air d'un sphinx aux yeux brillants, figé et élégant.

— Revenez quand vous voulez, dit-elle doucement à Candice.

Candice s'était fait violence pour ne pas taper le nom « Jeanne Rozerot » sur Google ; elle voulait savourer l'histoire, la vivre au rythme de la parole de Dominique Marquisan, suivre son débit, son rythme. Ce serait tout gâcher, d'aller chercher ces réponses immédiates.

Le lendemain, elle profita de sa pause déjeuner pour retourner à la clinique en métro. La patiente ne sembla pas étonnée de la revoir aussi vite ; elle terminait son repas et proposa un café à la jeune femme. Candice accepta, et alla le chercher elle-même au distributeur automatique situé un peu plus loin dans le couloir.

— Où étiez-vous lors du premier confinement ? demanda Dominique Marquisan, en savourant le breuvage.

Candice se sentit ébranlée, elle n'avait pas prévu de parler d'elle ; elle pensait que la patiente allait reprendre la suite de l'histoire de Jeanne et de l'appartement. Elle répondit qu'elle l'avait passé à Paris, avec son fils. Les questions continuèrent, de plus belle, comme si son interlocutrice voulait avoir le plus de détails possible ; Candice se renfrogna instinctivement.

— Je ne voulais pas vous déconcerter, dit la patiente, doucement. Je vois que tout cela vous gêne et je vous prie de bien vouloir m'excuser. En vérité, je m'intéresse à vous, Candice. Vous êtes pudique, vous parlez si peu de vous. Ces confinements successifs ont été des grands moments de solitude, où nous nous sommes retrouvés face à nous-mêmes, et je me demandais comment une jeune personne comme vous l'avait vécu. N'y voyez pas de curiosité malsaine de ma part.

La mansuétude que Candice avait ressentie à son égard se manifestait à nouveau. Elle était gentille, quand même, cette pauvre femme ; elle souhaitait juste en savoir plus, connaître Candice un peu mieux, et il n'y avait rien de mal à cela.

Candice se reprit, afficha un visage moins crispé ; oui, elle avait vécu le premier confinement seule avec son fils. Une expérience enrichissante, bien que fatigante, que d'être enfermée avec un petit enfant. Timothée, gamin joyeux et audacieux, avait beaucoup d'imagination ; et elle avait aimé ces échanges ludiques, même si l'angoisse la taraudait, même si l'incertitude faisait partie de son quotidien, et qu'elle avait appris à vivre avec la peur de ce virus qui finirait par faucher son père quelques mois plus tard. Le deuxième confinement de fin octobre avait été plus difficile, car son père avait déjà contracté la maladie, et il en était mort en novembre.

Dominique Marquisan ne parlait pas, mais elle écoutait Candice attentivement, avec une grande douceur dans le regard, la tête légèrement penchée, ses belles mains courbées autour de sa tasse. Candice avait jusqu'alors peu évoqué la mort de son père ; c'était un sujet qu'elle n'abordait pas, mais devant cette nouvelle interlocutrice qui n'avait jamais connu Daniel, sa langue se délia avec une spontanéité qui l'étonna. Son père n'avait pas fait attention aux gestes barrières, murmura-t-elle ; affectueux, il aimait étreindre ses êtres chers, et il n'avait pas non plus été vigilant à propos des masques, qu'il avait portés avec désinvolture ; le virus l'avait terrassé avec violence, l'empêchant de respirer, encombrant ses poumons, et les derniers instants avaient été insupportables, autant pour lui que pour son épouse et ses filles, témoins malgré elles d'une agonie difficile à regarder.

Pourquoi Candice se confiait-elle ainsi à une étrangère ? Tandis qu'elle s'épanchait, elle ne pouvait s'empêcher d'y penser ; sans doute, justement, parce qu'il s'agissait d'une étrangère, qui ne la connaissait guère, qui ne savait rien de son père, ni de sa famille. Elle décrivit l'enterrement en plein hiver, avec quelques proches masqués, transis par le chagrin et le froid, et ce sentiment d'incrédulité qui n'avait cessé de la poursuivre depuis ; la certitude affreuse que son père n'était plus, qu'elle n'entendrait plus jamais sa voix joviale prononcer « Candi », ne verrait plus sa silhouette râblée, ne sentirait plus le doux fourmillement de sa barbe contre sa joue. Après, il avait fallu soutenir sa mère et sa sœur, anéanties ; il avait fallu les aider à se remettre debout, à continuer, à se projeter malgré tout.

Mortifiée, elle se rendit compte qu'elle s'était mise à pleurer ; la patiente restait muette, l'enveloppant de la vaste aura de ses yeux noirs, puis elle lui tendit un mouchoir en papier d'un mouvement souple et naturel, et posa sa paume sur le bras de la jeune femme.

— Excusez-moi, articula enfin Candice. Je suis nulle.

— Vous n'avez aucune raison de vous sentir nulle. Au contraire. Je vous trouve courageuse.

— Je suis là, à vous déballer mes malheurs, alors que vous, vous…

Elle esquissa un geste vers l'unique jambe de la convalescente ; celle-ci lui lança en retour un sourire qui ressemblait à un rictus.

— Ah non ! Nous ne sommes pas dans une compétition, Candice !

La jeune femme se tut, mal à l'aise.

— C'est ma faute, reprit la patiente. Je n'aurais pas dû vous poser ces questions. Je suis désolée.

— Ce n'est pas bien grave, dit Candice. S'il vous plaît, racontez-moi la suite de l'histoire de Jeanne et de votre appartement.

— Si cela permet de faire revenir votre joli sourire, alors je suis partante !

Dominique Marquisan renoua avec son récit, posément, comme si elle n'attendait que ça ; la première chose à faire, poursuivit-elle, avait été de se rendre chez son père, qui habitait encore à Paris à l'époque, du côté de la place Cambronne. Après sa journée de travail, elle s'invita chez lui, avec ses macarons préférés. Il avait ri en la voyant débarquer : alors, elle voulait en savoir plus sur Jeanne Rozerot ? Mais pourquoi donc ? D'où venait cette curiosité ? Dans l'intimité du salon, elle avait sorti la petite carte de son sac pour la lui montrer. Il l'avait lue, et il lui avait demandé, incrédule, si elle l'avait vraiment trouvée chez elle. Derrière la cheminée, précisa-t-elle. Son père avait longuement contemplé ce bout de papier, les yeux rêveurs derrière ses lunettes ; il semblait si ému qu'elle n'avait pas osé parler, et puis il avait murmuré : « C'est quand même extraordinaire. Tu te rends compte qu'il a écrit ça ! Lui ! De sa propre main ! » Mais enfin, de qui parlait-il ?

Son père s'était levé, il avait jeté un coup d'œil par la fenêtre sur la place et le métro aérien, et il avait commencé à raconter l'histoire de Jeanne, jeune fille sérieuse de vingt et un ans, embauchée comme femme de chambre et lingère par un couple de Parisiens prospères, qui possédaient également une propriété en dehors de Paris ; ils n'avaient pas d'enfants et approchaient de la cinquantaine. Et puis, avait dit son père, il se passa ce qu'il se passa. Ce fut pendant l'été en Charente-Maritime au bord de la mer, Madame était souffrante et devait rester dans sa chambre. Elle avait suggéré à son époux de se promener sur la plage avec la jeune lingère ; ainsi le maître de maison tomba fou amoureux de Jeanne. Et elle de lui. Ils avaient presque trente ans de différence.

Pendant un certain temps, raconta son père, personne n'avait rien su, c'était un secret très bien gardé ; le maître de maison avait cherché un logement pour son jeune amour, un endroit près de chez lui où ils pourraient se retrouver et s'aimer. Jeanne Rozerot avait donc quitté le service du couple ; Madame en avait été très chagrinée ; elle ne comprenait pas pourquoi cette jeune fille, qui travaillait si bien, les abandonnait pour d'obscures « raisons familiales ».

Dominique Marquisan regarda Candice avec un sourire.

— Et à votre avis, Candice, où se trouvait ce petit appartement, ce nid d'amour ?

— Au 66, rue Saint-Lazare. Chez vous.

— Tout à fait. Jeanne Rozerot y emménagea en 1888, et elle y vécut quatre ans.

— Et donc la personne qui lui a écrit cette carte n'est autre que le maître de maison ?

— Oui. Vous avez une idée de son identité ?

— Non...

— Ça vous dit quelque chose, *L'Assommoir* ou *Germinal ?*

— Bien sûr, oui, bafouilla Candice. C'est... C'est...

— C'est ?

Un blanc. Un vague souvenir de lectures scolaires.

— Ah, je l'ai sur le bout de la langue. Un écrivain.

Candice se sentait idiote. Son visage rougissait ; elle devait avoir l'air ridicule. Dominique Marquisan faisait durer l'attente, elle semblait gentiment s'amuser du désarroi de Candice.

— Mon père m'a dit ce jour-là que cette carte était un trésor inestimable, parce que la personne qui l'avait écrite reposait au Panthéon, un de nos plus grands romanciers. Je vous avoue, Candice, qu'à cette époque, je l'avais peu lu encore, juste un ou deux livres de lui au collège, que j'avais beaucoup aimés, d'ailleurs, mais je n'étais pas la lectrice que je suis aujourd'hui. J'étais exactement comme vous, devant mon père, incapable de retrouver le nom du bonhomme, et je me sentais bien bête !

Elle rit, et Candice se joignit à elle, rassurée. La patiente, surtout, n'avait pas saisi pourquoi son père était emballé à ce point. Il l'avait assaillie de questions, notamment au sujet d'une éventuelle expertise, et elle avait répondu, avec désinvolture, qu'il s'agissait d'une petite carte de rien du tout, d'un simple morceau de papier ! Et là, son père avait tonné d'une grosse voix : elle ne se rendait pas compte, elle n'avait aucune idée de sa valeur. La main qui avait tracé ces quelques mots d'amour était très probablement la même qui avait tracé en 1898 la lettre ouverte la plus célèbre du pays, intitulée : « J'accuse ! »

— Émile Zola ! souffla Candice, enfin.

— Émile Zola..., répéta Dominique Marquisan. Lui-même.

Elle ouvrit la bouche pour poursuivre son récit, mais le portable de Candice sonna, les faisant sursauter toutes les deux. Candice prit l'appel en s'excusant.

C'était Agathe, au studio ; il y avait un léger problème avec une des pistes sur lesquelles elles avaient travaillé ce matin. Il fallait que Candice revienne.

— Je dois partir, dit-elle, contrariée. Je voulais tant connaître la suite !

En face, le sourire étincela.

— Ce n'est pas grave, Candice. Vous serez bientôt de retour. N'est-ce pas ?

Le soir même, sur l'écran de son ordinateur, elle contempla un visage ovale, des cheveux bruns, longs, une silhouette souple et élégante, une taille fine. Candice remarqua que sur ces photographies sépia d'une autre époque, le sourire n'était pas de mise, personne ne l'esquissait, jamais, et pourtant, Jeanne Rozerot semblait heureuse ; son expression restait sereine, confiante, et une grande douceur émanait d'elle. La plupart des portraits d'elle trouvés en ligne étaient signés de son amant, Émile Zola, celui qui avait écrit : Mille et mille baisers sur tes beaux yeux, tes beaux cheveux, sur ta longue tresse parfumée.

— Qui est-ce ? demanda Arthur en regardant par-dessus son épaule.

— La maîtresse d'Émile Zola.

— Tu lis Zola ? Toi ?

Elle s'amusa de sa stupeur.

— J'ai dû le faire au lycée. Mais je n'en ai aucun souvenir. Je n'ai jamais aimé lire les classiques.

— Pourquoi tu t'intéresses à elle ?

Arthur ignorait qu'elle avait rendu visite plusieurs fois à Dominique Marquisan à la clinique, qu'elle était même allée chez elle.

— On est en train d'enregistrer un podcast où il est question d'elle, et je voulais voir à quoi elle ressemblait.

Un mensonge facile et fluide.

— Et elle s'appelait comment ? Elle était plutôt jolie !

— Jeanne Rozerot.

Au bout d'un moment, il lui lança de la cuisine :

— Le dîner est prêt, Candi.

Elle se leva du bureau de son père, referma l'ordinateur. Elle n'avait pas envie de manger ce soir ; elle se serait contentée d'un bol de soupe, d'une biscotte et d'un yaourt, et de se coucher légère, l'estomac presque vide, mais Arthur s'était donné du mal – un poulet rôti, des aubergines, du riz pilaf et une tarte aux pommes – et elle savait qu'elle ne pouvait pas refuser. Elle se doutait déjà, avec une pointe de révulsion, qu'elle allait devoir se faire vomir dès qu'il se serait endormi, car plus elle attendrait, plus l'acte de rendre deviendrait douloureux, et pendant qu'elle mâchait, un sourire factice aux lèvres, elle songeait de nouveau aux paroles du dentiste, à ces soutiens, quelque part, dans la ville, peut-être tout près, à ces personnes capables de la soigner de ce mal qui la rongeait, qui faisait de chaque repas un enfer. Peut-être n'aurait-elle jamais le courage d'y recourir, et peut-être ne l'aurait-elle jamais, mais savoir que ces endroits existaient perçait la noirceur de ses pensées comme d'infimes lucioles pleines d'espoir.

Depuis un certain temps, elle ne pensait plus à ce qu'elle avait lu sur le téléphone de son père ; tout avait glissé dans une autre temporalité, un lieu psychique où elle remisait ce qui lui échappait, ce qui demeurait sans réponse. Il fallait bien avancer dans sa vie à elle, s'occuper de son fils, se concentrer au travail, prendre du bon temps avec l'homme qui l'aimait. Cette nuit, dans le salon mansardé, blottis dans les bras l'un de l'autre, Arthur et elle regardèrent des séries sur l'ordinateur calé sur leurs genoux, et elle savoura ces moments tendres qu'elle voyait comme des échappatoires.

Elle avait réussi à se faire vomir aussitôt après le dîner, d'une secousse violente, en enfonçant franchement son majeur et son index jusqu'à la mollesse spongieuse de sa glotte ; elle avait à peine toussé en régurgitant son repas, mais lorsqu'elle fut de retour dans la cuisine, Arthur avait tout de même remarqué son visage rougi et ses yeux luisants, car il lui avait demandé si elle allait bien. Elle avait répondu que oui, juste une miette dans la gorge, rien de grave.

Candice n'avait vu le SMS sur son téléphone qu'en allant se coucher, tard dans la nuit.

Chère Candice, vous ne pouvez pas savoir comme cela me fait du bien de vous parler de Jeanne Rozerot et d'Émile Zola. Leur histoire d'amour m'a tant portée. Vous la raconter m'aide à guérir, m'empêche de penser trop à ce qui m'arrive, même si je l'ai accepté.

À demain. Dormez bien. DM

Le lendemain, Candice était de retour à la clinique. Elle avait avalé un sandwich en chemin, car elle savait que, lorsqu'elle arriverait, la patiente aurait tout juste fini son repas ; elles auraient ainsi une heure devant elles avant le départ de la jeune femme.

Dominique Marquisan l'attendait au beau milieu de la pièce, ce qui déconcerta Candice ; elle avait lâché sa béquille et se tenait bien droite, sans aide. Sous son pantalon, on ne devinait rien de la prothèse, et elle portait un haut moulant qui mettait en valeur la finesse de son buste, et une paire de chaussures de sport noires.

— Vous avez vu ? s'exclama-t-elle, tout sourire et en écartant les bras, en guise de salut.

La jeune femme la félicita. Candice ne put s'empêcher de remarquer la grâce de sa silhouette, l'étroitesse de ses hanches ; Dominique Marquisan ne devait pas mesurer plus d'un mètre soixante et, en dépit de sa taille, elle s'imposait avec élégance. Elle faisait la grimace.

— Me tenir comme ça est assez facile, c'est la marche que je ne maîtrise pas encore. J'ai tout le temps peur de tomber. Le kiné est patient, mais vous allez voir que j'ai des progrès à faire…

Candice lui tendit les deux mains.

— Essayez, lui dit-elle. Venez vers moi.

L'angoisse se lisait sur le visage de la patiente ; elle pencha vers Candice, chancela, puis effectua maladroitement un pas en avant, en tanguant. Elle se rattrapa de justesse puis s'arrima aux mains de la jeune femme.

— Ce n'est pas gagné, soupira-t-elle.

Elle parvint à s'asseoir.

— Cela vous fait mal ? demanda Candice, qui prit place sur l'autre chaise.

— Non, pas vraiment, c'est plutôt une sensation d'inconfort. Mais il paraît que je vais m'y habituer. Bon, ne parlons pas inutilement de moi, je vous ai promis la suite de l'histoire. Vous avez réglé votre problème d'enregistrement hier ?

Candice répondit par l'affirmative ; elle attendait tout simplement que son interlocutrice reprenne. Celle-ci plissa le front, elle en était où, déjà ? Avec son père, place Cambronne, précisa la jeune femme. La patiente la remercia. Son père avait donc réussi à la convaincre de faire expertiser cette carte, et le verdict fut sans appel ; elle était bien de la main d'Émile Zola, il n'y avait aucun doute.

— Alors, vous en avez fait quoi ?

— Je l'ai gardée précieusement. Je n'ai jamais eu envie de la vendre. C'est mon trésor à moi.

À cette époque de sa vie, poursuivit Dominique Marquisan, elle travaillait beaucoup et elle avait peu de temps pour les loisirs, à part la danse ; tous les samedis, elle prenait des cours à la salle Pleyel, avec une professeure exigeante. La lecture était le domaine de son père. Depuis le décès de son épouse, il passait ses journées à lire et à relire. Il avait commencé par lui donner quelques romans signés de ce fameux Émile Zola ; elle ne les avait pas tout de suite ouverts, car elle avait préféré s'attaquer à une biographie de l'écrivain par Henri Troyat, qui venait de paraître. Chaque soir, elle lisait dans sa chambre, avant de s'endormir. Une large partie de l'ouvrage était consacrée à la rencontre entre Jeanne Rozerot et Émile Zola, et lorsque sa propre adresse, 66, rue Saint-Lazare, apparut dans le texte, Dominique Marquisan avait tressailli. Elle avait ressenti une agitation grandissante ; oui, tout cela s'était passé dans cette chambre, là où elle dormait à présent, dans ces lieux où elle vivait. Émile Zola était venu visiter l'appartement, il l'avait choisi, et il avait acheté lui-même le mobilier pour installer Jeanne au mieux. Elle lut que la date du 11 décembre 1888 fut celle où les amants s'aimèrent pour la première fois, une date qu'ils célébraient chaque année. Zola n'avait rien d'un coureur, dit-elle à Candice avec un ton sérieux, c'était d'ailleurs la première fois qu'il trompait Alexandrine, celle qui partageait sa vie depuis plus de vingt ans. Il aimait profondément son épouse, il la respectait, et il avait besoin d'elle ; elle qui avait vu naître toute son œuvre, elle qui l'avait connu à une époque de vaches maigres et de grandes difficultés, elle qui l'avait toujours soutenu et encouragé, mais il était tombé amoureux fou de Jeanne, de sa fraîcheur, de sa jeunesse ; une situation cruelle et classique, qui n'allait pas pouvoir durer.

— Et que s'est-il passé ? demanda Candice, fébrile.

— Vous êtes comme moi. Vous voulez tout savoir, tout de suite !

La patiente adressa un sourire complice à la jeune femme, qui ne put s'empêcher de le lui rendre. Il se passa que le couple adultère put se voir en secret pendant un certain temps, sans encombre. Mme Zola ne se doutait de rien ; elle était occupée à gérer leur déménagement ; en effet, les Zola s'installaient au 21 *bis*, rue de Bruxelles, dans un bel hôtel particulier, toujours dans le quartier, et toujours à quelques minutes à pied du nid d'amour du 66, rue Saint-Lazare. Alexandrine Zola vaquait à sa vie, fière d'être l'épouse du grand Émile Zola, écrivain mondialement reconnu, auteur de la série littéraire *Les Rougon-Macquart,* dont les volumes s'arrachaient comme des petits pains. Alexandrine Zola, qui n'avait jamais pu avoir d'enfants avec son mari, ignorait que son époux était désormais le père d'une petite fille depuis septembre 1889.

— Et cette petite Denise, savez-vous où elle est née ?

— Chez vous..., sourit Candice.

Dominique Marquisan ferma les yeux, et Candice remarqua la longueur de ses cils, fins et recourbés. Elle murmura, d'une voix presque inaudible, qu'elle n'avait pu s'empêcher d'être entraînée dans leur intimité par le truchement de cette chambre à coucher qui avait été le témoin de leur amour ; que la nuit, lorsqu'elle fixait le plafond, elle songeait à Jeanne, qui avait attendu Zola ici, qui s'était donnée à lui, qui avait donné ensuite naissance à leur fille en secret, toujours ici, entre ces quatre murs ; c'était comme si elle assistait malgré elle à tout un pan de leur union, comme si elle voyait en spectatrice avide les moindres détails. Un autre enfant naquit en 1891, Jacques, lui aussi dans la chambre à coucher du 66, rue Saint-Lazare. Dans la biographie par Henri Troyat, elle lut que Zola, père de famille sur le tard, à cinquante ans, était ivre de bonheur. Il revivait ; il goûtait à une deuxième jeunesse, mais il redoutait plus que tout que sa femme apprenne la vérité. Aimant autant Alexandrine que Jeanne, il lui était impossible de choisir.

— Comment elle était, cette Mme Zola ? demanda Candice, curieuse.

— D'après ce que j'ai lu et les photographies de l'époque, c'était une quinquagénaire aux cheveux noirs, les yeux charbonneux, très ronde, avec beaucoup de personnalité. Le contraire de Jeanne, douce, mince, docile. Elles avaient presque trente ans de différence. Mais Mme Zola avait dû être belle, dans sa jeunesse.

Une sonnerie de téléphone, le son d'une harpe, vint interrompre la conversation. La patiente saisit son portable qui se trouvait dans la poche de son pantalon, le regarda et prit l'appel ; son teint semblait tout à coup plus rouge, nota Candice. Elle répondait par monosyllabes, d'une manière assez froide, tête baissée, et Candice finit par se lever et se rendre dans le couloir, où elle compulsa son propre mobile pour se donner une contenance. Dominique Marquisan parlait à présent à voix basse, Candice n'entendait plus grand-chose. Au bout de cinq longues minutes, la patiente l'appela.

— Excusez-moi. C'était M. Agapanthe.

— Et tout va bien ?

Son visage s'était subitement tendu, à croire qu'on lui avait annoncé une mauvaise nouvelle.

— Disons que c'est compliqué...

— Comment ça ?

— Le problème, c'est la remplaçante que M. Agapanthe a embauchée après mon accident. Une intérimaire qui est en train de me piquer ma place.

Sa bouche se tordit soudain, et elle perdit d'un coup sa belle prestance, son calme. Une autre personne faisait face à Candice, une femme rodée à la violence, aux conflits, accoutumée aux injures.

— C'est une garce. Une connasse. Je la hais. Je la conchie.

Candice ne dit plus rien ; elle l'écouta vider son sac d'une voix sifflante. Oui, c'était une immonde petite peste qui avait mis le grappin sur son patron, qui avait tissé sa toile dans l'ombre, lentement, sûrement, à l'insu de tous ; une de ces pétasses qui à première vue semblaient inoffensives, qu'on ne remarquait pas tant elles se fondaient dans le décor, mais qui savaient comment affûter l'intérêt d'un homme aussi puissant que M. Agapanthe. Oh, elle savait comment elle avait procédé, cette Léonor, elle n'avait pas besoin d'être sur place pour comprendre, elle n'avait pas besoin non plus qu'on lui fasse un dessin. Cela faisait plus de trente ans qu'elle, Dominique Marquisan, travaillait pour M. Agapanthe dans un respect et un dévouement absolus, et voilà que cette traînée s'était immiscée dans un rapport professionnel qui n'avait jamais souffert de quoi que ce soit et qui s'en trouvait désormais altéré, car rien n'était comme avant, la faute à cette salope. Elle n'allait pas se laisser faire, certainement pas ; elle ne resterait pas les bras croisés à voir cette grue saccager sa relation avec son patron. Elle se battrait jusqu'au bout.

Dominique Marquisan finit par se reprendre devant le silence embarrassé de la jeune femme.

— Mon Dieu, je suis idiote ! Je n'ai pas à vous mêler à tout ça, ma pauvre Candice. Ça ne regarde que moi, ces histoires de bureau. Oublions, voulez-vous ?

Elle esquissa un large geste de la main, comme pour balayer ses propos orduriers.

— Revenons au 66, rue Saint-Lazare. Et à Alexandrine Zola qui découvre le pot aux roses.

Encore sous le choc de cette violente confession, des insultes proférées par ces lèvres si distinguées, Candice avait du mal à se remettre dans le flot de l'histoire ; elle se sentait désarçonnée, perdue, et à vrai dire, elle n'avait qu'une envie : partir. Au diable Jeanne et Zola, leur amour, au diable M. Agapanthe et la sulfureuse Léonor. Elle rêvait de claquer la porte. Dominique Marquisan comprit qu'elle avait perdu l'attention de la jeune femme ; alors, elle se ressaisit, en affichant un sourire fixe.

— Bien. Le temps passe... Pourriez-vous me rendre encore un petit service, Candice ? Après, vous serez libre, je vous le promets.

— Bien sûr, dit Candice.

La patiente se pencha pour ouvrir son sac à main, posé à leurs pieds, et lui tendit les clefs.

— J'ai besoin de quelques affaires. Des livres, mon parfum. Vous êtes ma « personne de confiance ». Si ça ne vous dérange pas trop, bien sûr.

Candice prit les clefs, se leva.

— Entendu… Envoyez-moi votre liste. Je dois y aller. Au revoir !

Et elle déguerpit sans se retourner.

Elle avait décidé de se rendre le soir même rue Saint-Lazare, vers vingt et une heures ; Timothée dormait chez son père et Arthur, lui, dînait chez son frère, en banlieue. Il avait proposé que Candice se joigne à eux, mais elle avait prétexté du travail en retard.

Surgissait en elle cette envie impérieuse de découvrir à quoi ressemblait l'appartement de Dominique Marquisan dans une ambiance nocturne. La façade se dressait, tranquille, dans le froid de cette soirée de décembre ; un sapin clignotait dans l'entrée et, en montant l'escalier, Candice perçut les bruits de la vie de tous les jours : les cliquetis des assiettes, le bourdonnement de la télévision, le rire d'un enfant, les pleurs d'un nourrisson. Elle imaginait Jeanne Rozerot en train de gravir les mêmes marches à la hâte, dans un ondoiement de longues jupes ; Jeanne qui avait rendez-vous avec son amant.

Elle ouvrit la porte d'entrée, tâtonna pour trouver la lumière, puis alluma dans le salon. Dominique Marquisan avait choisi des lampes à l'éclairage doux et doré. Le salon semblait plus petit de nuit, plus intime ; Candice s'y sentit, comme la dernière fois, aussitôt à l'aise. L'endroit était toujours aussi bien rangé et propre, elle se demanda même si quelqu'un était venu y faire le ménage. Elle se dirigea vers la bibliothèque, car la patiente avait envoyé sa liste, et des livres y figuraient, tous deux de Zola : *Une page d'amour* et *La Curée.* En les sélectionnant, Candice remarqua la biographie de l'écrivain par Henri Troyat que la maîtresse des lieux avait mentionnée. Elle saisit le volume, s'installa sur le canapé pour le feuilleter.

Sur la couverture, et dans le cahier central, elle étudia les photographies d'Émile Zola ; elle n'avait jamais vu ses traits auparavant, et avec sa barbe, sa corpulence, ses yeux sombres, elle trouvait qu'il ressemblait étrangement à son père. Elle s'amusa de cette coïncidence, regarda longuement les portraits de lui, puis chercha les passages qui concernaient le 66, rue Saint-Lazare et Jeanne Rozerot. Page 287, elle lut, avec intérêt, que « l'orage » éclata en novembre 1891, lorsque Alexandrine Zola reçut une lettre anonyme qui dévoilait tout de la double vie de son mari depuis trois ans : la deuxième famille, les enfants, avec cette jeune femme irréprochable, l'ex-lingère qu'elle avait elle-même embauchée.

Candice fixa la porte d'entrée pour revivre la scène ; l'arrivée fracassante de l'épouse trompée, ivre de rage et de douleur, la confrontation avec la pauvre Jeanne, ses deux bébés, apeurés. Des cris, des larmes, des sanglots, un secrétaire brisé, des lettres d'amour arrachées, emportées ; son père avait raison, les murs conservaient l'écho clandestin de tant de choses.

Candice posa le livre, se dirigea vers la salle de bains pour prendre les produits demandés par Dominique Marquisan : le parfum et une crème de soin ; puis elle passa par la chambre à coucher, alluma la lampe de chevet. Elle devinait les ombres de Jeanne et d'Émile qui s'étaient aimés ici ; elle captait les gestes d'amour, de sensualité, les baisers, le plaisir, les promesses, mais petit à petit, ce n'étaient plus les corps entrelacés de l'écrivain et de sa maîtresse, ni les naissances de leurs enfants qui s'imposaient à elle, à son champ de vision, mais plutôt le mystère de la locatrice actuelle, celle qui alliait flegme et fougue comme on souffle le chaud et le froid, celle qui persistait malgré elle à brouiller les pistes. Candice céda, elle s'assit avec lenteur, en effleurant le couvre-lit avec un étrange ravissement.

Elle voulait voir, elle devait voir, tout en sachant que c'était interdit. On ne doit pas fouiller dans les affaires d'autrui, chercher, entrouvrir des tiroirs, parcourir des lettres qui ne nous sont pas adressées. Elle se sentait pourtant incapable de combattre cette pulsion, comme lorsque cette dernière l'intimait d'avaler tout ce qui lui tombait sous la main pour se remplir la panse jusqu'à la garde, l'étouffement, afin de combler le vide qui la creusait en permanence, toujours ce même vertige implacable auquel elle se soumettait encore et encore.

Sous le lit, elle trouva plusieurs boîtes en carton ; elle ouvrit la première avec des doigts tremblants, découvrit un paquet de lettres reliées par un ruban bleu qu'elle dénoua, déplia une feuille recouverte d'une écriture maladroite, dense et serrée.

Jamais une femme ne m'a apporté ce que tu m'apportes. Jamais je n'ai connu ça et parfois je te hais pour ça, je te hais pour ce pouvoir que tu as sur moi. J'ai beau essayer de m'en défaire, de me détacher de toi, mais c'est impossible, tu me prends tout, tu me suces comme un vampire qui aspire tout mon sang, tu me suces jusqu'à la moelle et je te donne tout, à chaque fois. À chaque fois.

Dans l'enveloppe, une photographie de mauvaise qualité d'un jeune homme de profil, brun, bougon, un chat dans les bras. Au dos, la mention : *Pour toi. Septembre 1982.* Elle ouvrit une autre lettre ; toujours la même écriture, petite, noire, enragée.

Je suis con, mais pas à ce point. Ce qui m'énerve, c'est que lui, tu l'admires. Tu lui passes tout. Tu le mets sur un piédestal. J'en ai marre. Qu'est-ce qu'il a de mieux que moi ? Il est vieux en plus ! Il a plus de cinquante ans ! Parfois, je me demande ce que tu cherches. C'est parce qu'il est connu ? Tu perds ton temps.

Vite, il fallait se dépêcher, elle n'allait pas rester des heures ici : une autre boîte, un autre paquet d'enveloppes, un ruban rouge ; des cartes, une écriture fine et distinguée, assez facile à lire. Sur les enveloppes, la seule initiale D.

Je vous attends à l'heure convenue entre nous, au lieu dit. Soyez discrète, je vous prie. Portez les mêmes vêtements, c'était parfait. Pas de parfum, s'il vous plaît.

Une deuxième carte, sans date ni signature.

Vous m'attendrez à l'avance. Vous ne parlerez pas. Vous ferez ce que vous m'avez fait la dernière fois. Vous vous mettrez à genoux. Vous me regarderez dans les yeux. Vous ne baisserez pas le regard.

Fascinée, Candice poursuivit sa lecture.

Les escarpins sont parfaits. Les bas aussi. Mettez le tailleur noir. Tenez-vous bien cambrée. Vous êtes redoutable. Je le devinais dans vos silences. Vos silences parlent. À jeudi.

Elle passa à une autre carte.

Jamais je n'ai connu une telle jouissance. Je pense que vous non plus, même si aucun son, aucun gémissement n'émane jamais de vous. Je l'ai senti à votre corps, à ses frémissements, à ses contractions. J'aime quand vous prenez le dessus. Vous faites de moi ce que vous voulez. Vos si petites mains, ce qu'elles savent faire. Votre bouche aux lèvres si fines, à quoi elle se plie. Votre langue. Votre salive. Lorsque je vous quitte, encore tout imprégné de vous, vidé, endolori, je n'ai qu'une envie, recommencer. Vous êtes une divine salope.

Candice crut entendre un craquement sur le palier. Elle s'immobilisa, le cœur dans la gorge. Que ferait-elle si on la trouvait là, plongée dans la correspondance de Dominique Marquisan ? Alors qu'elle reprenait ses esprits, son portable vibra dans la poche arrière de son jean.

C'était Arthur. Elle avait beau essayer, elle ne parvenait pas à faire sonner sa voix comme d'habitude ; elle n'osait pas lui dire où elle était, ni ce qu'elle faisait.

— Je vais passer chez toi finalement, on aura fini plus tôt, dit-il.

Elle se tut, paniquée.

— Ça va, Candi ? Tu as l'air bizarre.

— Non, non, tout va bien.

— Alors, à tout de suite ?

Elle bredouilla qu'elle préférait dormir seule ce soir, qu'elle ne se sentait pas très en forme ; elle avait dû prendre froid.

— Tu es sûre que ça va ? insista-t-il.

Elle se força à rire avec légèreté ; il était pire que sa mère ! Elle se coucherait tôt, avec une bonne tisane, et tout irait mieux ; puis elle lui demanda s'il s'était bien amusé au dîner chez son frère, et pendant qu'Arthur répondait, elle laissait son œil traîner sur les autres cartes, qu'elle sortait au fur et à mesure de leurs enveloppes.

Des mots inattendus, obscènes, bondirent du papier pour la gifler ; elle n'en revenait pas, elle se les mettait sous le nez pour mieux les lire, tandis qu'Arthur décrivait en rigolant son repas entre garçons. Des phrases pornographiques, crues, sans équivoque, toujours avec cette belle écriture masculine et posée qui ne trahissait aucune émotion, alors pour se donner une contenance, car il le fallait bien, elle s'esclaffait aux blagues d'Arthur et tentait de masquer le trouble qui l'envahissait.

Lorsqu'elle raccrocha enfin, les cartes étalées autour d'elle, tels des papillons de nuit, il lui semblait que les mots vibraient sur le papier, turgescents d'impudeur, que leur rémanence s'imprimait sur les cloisons, sur les rideaux, sur ses vêtements. Il y avait à peine quelques instants, elle s'était vue en intruse profanant les secrets d'alcôve d'une autre, mais, à l'incandescence de ses joues, à l'accélération de son souffle, elle comprit, grisée, que cet homme s'adressait à elle, Candice, et à personne d'autre. Elle oublia même qu'elle lisait, car il lui parlait à présent au creux de l'oreille comme s'il se tenait à ses côtés ; d'un chuchotement salace, il confessait tout l'effet qu'elle produisait sur lui : le pouvoir inouï qu'elle détenait, celui de faire de lui cet être au regard hagard, anéanti, cette victime d'une rupture de barrage, d'un embrasement. Oui, c'était à elle, désormais, et non plus à Dominique, qu'il déroulait la chorégraphie de leurs ébats ; c'était à elle qu'il intimait qu'il serait libre à partir de seize heures, jeudi, qu'il l'attendrait, qu'il était déjà dur en pensant à ce rendez-vous, lui rappelant qu'elle ne venait pas pour lui faire la conversation, mais pour jouir comme jamais elle n'avait joui. Ce corps que Candice n'avait cessé de mépriser, ce corps qu'elle punissait chaque jour, s'était mis à frissonner en une série de spasmes fiévreux qui devenaient des vagues incontrôlables jusqu'à ce que, renversée sur les coussins, elle s'abandonnât. Chaque geste que l'amant aux expressions charnelles décrivait avec force détails, elle le vivait dans sa chair; elle vivait la précision des mouvements, les coups de langue et de boutoir, les soupirs, la montée du plaisir; tantôt elle le chevauchait, débridée, la poitrine ballottée; tantôt elle le recevait, écartelée, les yeux révulsés, se tordant de plaisir sur le lit, dans cette même chambre où Émile Zola avait fécondé par deux fois sa jeune maîtresse.

Un carillon retentit. C'était la sonnerie de la porte d'entrée.

Candice resta pétrifiée sur les oreillers. Quelqu'un avait dû l'entendre rire au téléphone avec Arthur auparavant; ou, pire encore, ses gémissements n'étaient pas passés inaperçus : elle aurait dû faire attention, se méfier. Avec maladresse, elle fourra les boîtes sous le sommier, puis se mit debout, referma son jean.

Il n'y avait plus à présent qu'un lourd silence, mais elle flairait une présence derrière la porte d'entrée. Devait-elle faire comme si elle n'avait rien entendu? Rester tranquille sans bouger, et partir dès qu'elle le pourrait?

Mais cette personne savait qu'elle était là. Cette personne attendait.

La sonnette résonna à nouveau. Candice avança, tendit la main, et ouvrit le battant; elle n'avait pas réfléchi à ce qu'elle allait dire.

Un homme se tenait devant elle. La cinquantaine, des lunettes. Il ne portait pas de manteau, mais un pull, un pantalon élimé et des chaussons; elle en déduisit qu'il devait s'agir d'un voisin.

— J'ai vu de la lumière sous la porte. J'ai cru que Dominique était rentrée.

Candice s'obligea à sourire.

— Non, pas encore. Je suis venue chercher des affaires pour elle.

Il l'appelait « Dominique ». Était-il un proche ?

— Ah. Vous êtes ?

— Je suis Candice.

— Une amie ?

— C'est ça.

Les yeux de l'homme la dévisageaient ; elle nota qu'il était presque chauve, que son pull bleu marine était effiloché.

— Elle va bien ?

Instinctivement, elle sentit qu'elle devait se méfier de ce type, avec son regard pesant et ses pantoufles hideuses ; il ne fallait pas lui parler de l'accident, ni de l'amputation.

— Et vous, vous êtes un ami ?

— Son voisin.

— Mais encore ?

— Jean-Pierre. J'habite juste là, à côté.

— Très bien. Je lui dirai que vous avez demandé de ses nouvelles.

— Comment va-t-elle ?

Il s'était rapproché en jetant un coup d'œil indiscret derrière Candice, comme s'il voulait pénétrer dans l'appartement et relever tout ce qu'elle avait pu y faire.

— Elle va bien.

— Et elle revient quand ?

— Je ne sais pas, monsieur.

— Vous venez ici souvent ?

— Je viens à sa demande pour chercher ce dont elle a besoin.

— Même tard ?

— Même tard.

— J'ai cru que vous étiez un cambrioleur.

— Eh bien, vous voyez, je ne le suis pas.

— En effet…

Il s'approcha encore, et elle flaira l'odeur qui émanait de lui ; un mélange de tabac froid et de transpiration.

— Bonsoir monsieur, dit-elle, en refermant la porte avec une certaine fermeté.

Elle eut l'impression qu'il traînait sur le palier, à guetter, tendre l'oreille, ce qui accrut encore son malaise. Dans la chambre, elle redressa à la va-vite le couvre-lit, tapota les oreillers, puis, à genoux, elle vérifia qu'elle avait remis les cartes en ordre dans la boîte.

Lorsqu'elle s'en alla, après avoir pris le courrier dans la boîte aux lettres (il y avait encore deux enveloppes crème à l'écriture enfantine et des factures), Candice se retourna pour observer l'immeuble. Au quatrième étage, dans le logement adjacent à celui de Dominique Marquisan, une fenêtre était allumée : une silhouette masculine s'y découpait en contre-jour et semblait la surveiller.

Le lendemain à midi, de retour à la clinique avec les affaires de Dominique Marquisan, Candice trouva la chambre vide. Dans un premier temps, elle fut rassurée, car elle redoutait de revoir la patiente depuis son éclat de la veille, et surtout, depuis le choc de ces cartes si explicites. Elle ne pouvait s'empêcher de se poser toutes sortes de questions.

Le jardin secret de Dominique Marquisan s'avérait des plus surprenants, mais de quel droit, après tout, y avait-elle fureté ? Aurait-elle apprécié qu'on fouille ses lettres intimes à elle, tout ce qu'elle conservait aussi, enfermé dans une grande boîte au fond d'un placard ? Des photos d'elle nue prises par le père de son fils, des lettres d'amour, un sextoy, des poèmes, un journal tenu quelque temps ? La culpabilité et la honte l'envahirent : comment avait-elle pu se laisser aller à un acte pareil ?

Elle attendit quelques instants dans la chambre vacante, puis, au bout d'une dizaine de minutes, elle partit trouver une infirmière qui lui apprit que la patiente venait de commencer sa séance avec la psychiatre et qu'elle en avait pour au moins une heure. Candice lui confia le sac avec les livres et le parfum ; l'infirmière la remercia.

— C'est vraiment gentil, tout ce que vous faites pour elle. Elle n'a pas un grand moral en ce moment, vous avez dû le remarquer.

Candice acquiesça.

L'infirmière baissa la voix, se rapprocha.

— Elle passe beaucoup de temps avec la psy, vous savez. Elle dort de plus en plus mal, mais elle a dû vous le dire. C'est compliqué, les amputations, moralement. C'est du lourd. Et puis, elle est si seule. Il n'y a que vous qui venez la voir.

— Oui, je sais, c'est triste.

— Quelle personne cultivée et intéressante ! Elle a dû vous dire aussi qu'elle risque de perdre son emploi. Quelle injustice !

— Oui, je suis au courant.

— Je lui dirai que vous êtes passée. Hier, elle était triste quand vous êtes partie. Elle m'a confié qu'elle avait eu un accès de mauvaise humeur et qu'elle regrettait de s'être emportée.

Candice prit congé, et retrouva le chemin du studio Violette. En route, elle songea à l'état psychologique de la victime, révélé par l'infirmière. Comme elle devait souffrir, cette pauvre Dominique ; elle était certainement beaucoup moins forte qu'elle en avait l'air. Son cœur se serra avec un mélange de pitié et de remords, puis elle essaya de ne pas trop y penser. Ce vendredi soir, Candice gardait Nina, la fille cadette de sa sœur. Clémence avait prévu de la déposer vers dix-neuf heures. Nina allait dormir avec son cousin Timothée, du même âge qu'elle. Les enfants se mirent à jouer dans la chambre avec entrain, pendant que les deux sœurs prenaient un verre dans la petite cuisine.

Chaque fois qu'elle voyait sa sœur, Candice ne pouvait s'empêcher d'envier sa ligne, sa minceur. Pourrait-elle un jour se libérer de cette obsession, de cette rancœur, se demanda-t-elle avec impuissance, tout en observant la finesse des poignets de Clémence, ses longues cuisses moulées dans un jean noir, ses salières acérées.

— Tu sais que maman a un flirt ? dit Clémence, qui ne remarquait rien du regard las de sa cadette.

— Tu rigoles ?

— Pas du tout. Je crois que c'est un type qu'elle a connu avant papa, et qui a refait surface.

— Il est sympa ?

— Aucune idée. L'autre jour, j'ai vu qu'elle correspondait avec lui via Facebook et, quand j'ai posé une question, elle est devenue toute rouge ! Je l'ai interrogée, et elle a marmonné : un ex, qu'elle n'avait pas revu depuis longtemps. Un certain Frédéric.

— Tant mieux, si ce Frédéric lui remonte le moral. Non ?

— Tu as raison.

Le beau visage de Clémence s'était assombri ; Candice voyait bien qu'elle avait quelque chose à lui confier, qu'elle n'osait pas. Elle la laissa venir, patiemment ; Clémence se lâcha, enfin. Cela concernait le portable de leur père ; elle ne cessait d'y penser depuis deux semaines, elle voulait lire les messages dont Candice lui avait parlé. Étonnée, cette dernière alla chercher le téléphone dans le tiroir, sans mot dire. Il fallut le charger à nouveau. Puis Clémence se pencha dessus, lut toute la correspondance avec attention.

— Valentin… Gabrielle… ça ne me dit rien. Et toi ?

— Non, rien, répondit Candice.

— Mais cette maison, cette Villa O…

Clémence, tourmentée, semblait hésiter.

— Quoi ?

— Papa et les maisons. Il avait une passion des maisons, tu te souviens ?

— Oui.

— C'est pour ça que je voulais lire. Cette photo, ce plan cadastral. Et ce nom, là. Courtenay.

— Tu t'es souvenue de quelque chose ?

Le silence régnait dans l'appartement tout à coup ; on n'entendait plus les enfants chahuter.

— Nina, Timothée, vous faites quoi ? lança Clémence.

Des rires furtifs, des bruits de pas.

— Des diguisements ! répondit Timothée, d'une voix enjouée. Des surprises !

— Un spetac' ! cria Nina.

Les sœurs échangèrent un sourire complice.

— Oui, Courtenay, reprit Clémence. J'ai eu comme un flash en lisant ces mails. C'était il y a six ou sept ans, Léa était encore bébé. Je me suis souvenue que maman n'était pas là, elle était chez sa sœur. Je me rappelle que papa m'avait dit au téléphone qu'il allait à Courtenay pour travailler. Et ce nom m'avait amusée, j'avais une copine américaine qui s'appelait Courtney.

— Il était parti bosser avec quelqu'un de l'agence ?

— Je ne sais plus. Je me souviens juste de ce nom, Courtenay.

— Mais je ne vois pas ce que…

— Je me demande juste…

— Quoi ?

Clémence haussa les épaules. Elle était sans doute en train de se faire des idées, comme d'habitude, mais elle avait un pressentiment dont elle ne parvenait pas à se défaire. Elle voulait en avoir le cœur net.

— On pourrait toujours écrire à ces gens, on a leur mail, proposa Candice. Mais on leur demanderait quoi ? Si Daniel Louradour, ça leur parle ?

Elle s'esclaffa.

— Ou alors, on pourrait aller sur place, articula Clémence, lentement. Regarde le plan, le cadastre. Il y a l'adresse. Il y a tout.

Candice n'avait pas fait attention, mais sa sœur disait vrai : l'adresse était écrite en tout petit sur le côté gauche du plan :

Hameau Le Fromet, route de Triguères, 45320 Courtenay

Elles se regardèrent.

— Tu vas trop loin, Clem…

Clémence ne répondit pas. Candice reprit :

— Papa n'est plus là. Maman commence à peine à refaire sa vie. Tu penses que c'est une bonne idée d'aller réveiller les fantômes du passé ?

— J'ai besoin de savoir. Savoir pourquoi papa avait un téléphone secret ! répondit Clémence, alors que les enfants faisaient irruption dans la cuisine, déguisés en fantôme et pirate, balayant le trouble entre les deux sœurs avec leurs pitreries.

Elles n'en avaient pas reparlé, mais Candice, dès le départ de sa sœur, avait repris en main le vieux Samsung pour étudier le plan cadastral et l'adresse de plus près, puis elle chercha l'adresse sur Google Maps à partir de son propre mobile. Elle distingua un groupe de trois maisons, au sud de la sortie de Courtenay, au hameau Le Fromet. L'une d'entre elles devait être la Villa O. Qui vivait là ? Valentin ? Gabrielle ? Et quel rapport avec Daniel Louradour ?

Elle lut que Courtenay était à cent vingt-quatre kilomètres de Paris.

Une heure et trente-neuf minutes en voiture.

— Tiens, fit Arthur, cadeau !

Il lui tendit un paquet emballé d'un papier coloré. Intriguée, Candice l'ouvrit : c'était un livre assez épais, qui pesait lourd dans ses paumes.

Lettres à Jeanne Rozerot (1892-1902), Émile Zola.

Elle lut la quatrième de couverture.

Zola a quarante-huit ans, en 1888, lorsqu'il rencontre Jeanne Rozerot. Elle a vingt et un ans. De Jeanne, il aura bientôt deux enfants, Denise et Jacques. Mais il ne prendra jamais la décision de quitter sa femme, Alexandrine. Il vivra ainsi déchiré entre deux foyers, jusqu'à la fin de son existence. Réunion unique de deux cents lettres de Zola, cette correspondance est un des derniers inédits de Zola de cette importance à voir le jour. C'est aussi, pour la première fois, un Zola intime qui se dévoile.

— J'ai vu ça dans une librairie, et j'ai pensé à toi.

Elle se jeta dans ses bras ; il était si gentil, si attentif.

— Tu ne m'avais jamais offert de livres !

— Je me disais que des lettres d'amour, ça te plairait.

Ils se pelotonnèrent sur le lit, puis Arthur ouvrit le livre au hasard et lut à voix haute.

— «Je vis avec ton image, chère femme bien-aimée, je baise tes beaux yeux et cette lourde tresse de cheveux que j'aime tant.» Tiens, ça me donne envie d'embrasser aussi tes cheveux...

Arthur déposa un baiser sur la tête de Candice, puis reprit sa lecture au fil des pages.

— «Toi, ma grande Jeanne, puisque tu prends de si bons bains, tu vas me revenir superbe, et je t'aime d'être si belle et si vaillante. Je te baise sur tes beaux yeux, ma grande Jeanne adorée; et je t'envoie tout mon cœur pour te réchauffer les petons, quand tu sors de l'eau. Si j'étais avec toi, je les sécherais, tes petons, avec des baisers.» Il veut dire ses tétons, dis?

— Mais non, ses pieds! s'amusa Candice. Continue.

— À vos ordres, mademoiselle! Tiens, écoute ça: «Norwood, jeudi 8 décembre 98. Chère femme bien-aimée, comme je vais être triste dimanche prochain, 11 décembre, de ne pas me trouver auprès de toi, pour t'embrasser au moins de tout mon cœur, en souvenir du 11 décembre 1888!» Et il s'est passé quoi, le 11 décembre?

Candice cala sa tête sur l'épaule d'Arthur.

— C'est une date un peu spéciale pour eux.

— Mais encore?

— La date où ils ont fait l'amour pour la première fois.

— Il me donne des idées, ton M. Zola...

Arthur posa le livre, étreignit la jeune femme puis plaqua ses lèvres au creux de son cou, passa sa main le long de ses hanches, et elle se laissa emporter par ses gestes, ferma les yeux. Elle le caressa à son tour, tandis qu'Arthur déboutonnait sa chemise, palpait sa poitrine.

— Tes seins me rendent fou, murmura-t-il, en les embrassant avec gourmandise.

Candice gardait les yeux fermés ; elle ne voulait pas voir son corps à elle, vision insupportable, monstrueuse, cette chair blanche qui débordait, avec les marbrures des marques de vêtements qui s'incrustaient en rouge sur son épiderme.

— Éteins la lumière, souffla-t-elle.

— Mais je veux te voir, je veux te regarder, supplia Arthur. J'en ai assez de faire l'amour dans le noir, je veux voir ton corps.

Elle ne dit rien, mais elle sentait que le désir, fragile, s'envolait, s'effritait ; seule demeurait sa haine ardente envers ce corps trop lourd, trop laid. Il lui fallait le noir pour se cacher, le noir pour se réfugier, le noir pour ne plus subir la vision de cette peau grasse et blanche ; il lui fallait le noir pour savourer les mains d'Arthur sur elle, sa bouche, sa langue, son envie.

— Éteins ! gémit-elle. Éteins !

Mais Arthur ne touchait pas à l'interrupteur, continuait à la déshabiller lentement, en appliquant ses lèvres sur chaque centimètre de chair qu'il dévoilait.

— Regarde comme tu es belle, mon amour. Regarde !

Elle refusait de voir, détournait la tête, les paupières toujours closes, et tout désir s'était étiolé à présent, ne subsistaient que l'ombre du regret et la détestation d'elle-même. Une armure d'acier la cadenassait ; elle se crispait, se raidissait, inerte, tel un cadavre. Elle n'était plus là, elle était ailleurs, elle subissait.

Arthur ahanait au-dessus d'elle, allait et venait, sans se douter du calvaire qu'elle vivait. L'acte se prolongeait, interminable. Il finit par s'arrêter, saisi par son manque de réaction.

— Mais qu'est-ce que tu as ?

Un instant, les mots s'apprêtèrent à jaillir et elle faillit se laisser aller à les cracher d'une traite : elle se trouvait trop grosse, se détestait, elle se faisait vomir après les repas, elle était boulimique, la nuit, elle bouffait tout dans la cuisine, tout, elle haïssait son corps, ne pouvait plus se regarder nue, supporter qu'on la voie nue, qu'il la voie nue, ça durait depuis des années, elle ne savait pas quoi faire, ça foutait en l'air sa vie, c'était pire encore depuis la mort de son père…

Elle garda les mots enfouis en elle, se cacha le visage derrière ses mains.

— Tu ne te sens pas bien ? dit Arthur, gentiment.

Silence. Elle séchait ses larmes.

— Ce n'est pas grave, murmura-t-il. Tu sais bien que je ne te forcerai jamais. Je t'aime, ma Candi.

Il ne se doutait de rien.

— Je suis fatiguée, lâcha-t-elle enfin. Pardonne-moi.

Arthur s'endormit vite, son dos contre le sien. Candice, yeux grands ouverts dans le noir, ne trouvait pas le sommeil. C'était la première fois qu'elle ressentait cette répulsion d'elle-même face à Arthur, et dans une posture aussi intime. Jusqu'ici, elle avait toujours réussi à passer outre ses blocages, mais dans la pénombre. Ce soir, tout s'était verrouillé.

La nuit s'écoulait au rythme du souffle régulier d'Arthur. Il fallait qu'elle reprenne espoir. Les choses s'arrangeraient. C'était un accident de parcours, une panne. Rien de grave, sans doute. Ne pas y accorder plus d'attention.

Elle pensa au contenu surprenant des boîtes sous le lit de Dominique Marquisan. Était-ce mal d'y revenir, de ressentir cette étrange fascination ? Qui était la personne qui lui avait écrit ? La voyait-elle encore ? La curiosité la démangeait.

Comment cette femme allait-elle continuer à vivre sa sexualité exaltée avec une jambe en moins ? L'idée la glaça. Comment faisait-elle face à ce membre estropié ? Il fallait bien le toucher, le laver, s'en occuper ; ce devait être épouvantable. Quand le sommeil vint enfin, Candice ressentit une fois de plus de la pitié. Mais ne fallait-il pas justement qu'elle apprenne à s'en méfier ?

Pendant une semaine, elle garda ses distances, ne se rendit pas à la clinique. Ce qui ne l'empêchait pas de songer souvent à Dominique Marquisan. Cette dernière ne se manifesta pas non plus. Ce fut l'infirmière qu'elle avait déjà vue qui appela un matin sur son portable. Mme Marquisan ne savait pas qu'elle téléphonait, mais elle s'était dit qu'elle devait tenter quelque chose, la situation ne pouvait pas continuer ainsi.

— Que voulez-vous dire ? demanda Candice, inquiète.

L'infirmière soupira. La patiente ne se levait plus. Elle restait dans son lit. Elle refusait de faire ses séances de kiné et ne mettait plus sa prothèse.

— Elle est fâchée ?

— Non, pas du tout. Elle est au bout du rouleau. Elle se nourrit à peine.

— Qu'a-t-elle ?

— La psy dit qu'elle se rend enfin compte de ce qu'elle a subi. Ça arrive parfois, avec les malades qui perdent un bras ou une jambe. Ils doivent encaisser. Et c'est dur.

— Pourquoi vous m'appelez, moi ?

— Vous êtes le seul contact que nous avons pour elle. D'ici quelques jours, elle devra rentrer chez elle. Nous n'allons pas pouvoir la garder. Mais elle doit poursuivre sa kinésithérapie. Elle aura une aide à domicile, bien sûr.

— Et vous voulez que je vienne la voir ?

— Si vous pouvez, ce serait formidable.

— Quand ?

— Le plus tôt sera le mieux.

Le lendemain, lorsque Candice posa les yeux sur Dominique Marquisan, elle constata que l'infirmière n'avait pas exagéré. Recroquevillée sur elle-même, elle était prostrée dans son lit, tournée sur le côté. En apercevant Candice, elle n'eut aucune réaction ; ses lèvres s'étaient amincies, et elle avait repris son apparence fanée de juste après l'accident : tout en elle était desséché, affaibli, son ossature était encore plus frêle, ses rides marquées, ses cheveux ternes et sales, mais ce qui frappa le plus la jeune femme, c'était le vide absolu des yeux noirs, où aucun éclat ne brillait désormais. Elle avait le regard d'une morte ; une odeur rance se dégageait d'elle, celle d'une personne qui n'avait pas fait sa toilette plusieurs jours de suite.

— Bonjour, dit Candice, en prenant place près du lit.

Aucune réponse. Toujours ce regard vitreux, ces traits figés dans un accablement total.

— Ça n'a pas l'air d'aller.

La patiente l'observa enfin. Une larme s'échappa du coin de son œil, roula jusqu'à ses lèvres.

— Je n'en peux plus.

Un chuchotis que Candice perçut à peine, et elle y répondit :

— C'est difficile, ce qui vous arrive. Très difficile. Mais ici, on vous aide.

— On ne peut pas me garder indéfiniment, vous savez. Je dois bientôt rentrer chez moi et reprendre le travail.

— C'est sans doute ce qu'il y a de mieux à faire. Et puis vous serez bien chez vous. C'est si joli.

— Vous trouvez ?

— Oui. Vous avez beaucoup de goût. Vraiment.

Ces paroles qui lui parurent plates et banales firent naître un pâle sourire.

— Candice...

Son prénom, formulé comme une plainte, presque un gémissement.

— Oui, je suis là.

— Je n'ai plus envie de vivre.

Candice lui prit la main, qu'elle sentit petite et osseuse, à la peau sèche.

— S'il vous plaît, il ne faut pas dire ça. C'est un mauvais moment, mais vous allez vous en sortir. Vous irez mieux, vous verrez !

— Je me sens tellement seule.

— Je comprends.

— Je l'ai longtemps supporté, cet isolement, mais là, c'en est trop. Je voudrais en finir. Je n'ai plus le courage de vivre.

Candice hésita. Comment parvenir à la consoler ? À l'aider ?

— Vous en avez parlé à la psy ? dit-elle enfin.

La patiente fronça les sourcils.

— La psy, elle ne fait rien de plus que de m'écouter et de me prescrire des cachets. Des produits qui m'abrutissent.

À part lui serrer la main avec empathie, Candice ne savait pas quoi faire. Dominique Marquisan avait le double de son âge, mais semblait fragile et perdue ; alors, après un instant d'incertitude, la jeune femme se mit à lui parler doucement, mais fermement, comme lorsqu'elle tentait de consoler son fils après une chute ou un cauchemar.

Candice lui murmura que rentrer chez elle, regagner cet appartement qu'elle aimait tant, ces murs réconfortants et accueillants avec les traces de l'histoire d'amour de Zola et de Jeanne, l'aiderait. Elle allait dormir, se reposer, une personne viendrait donner un coup de main pour le ménage, les courses. Et elle allait reprendre le travail. Petit à petit, elle apprendrait à se remettre de cet accident. Le type qui l'avait renversée serait puni par la loi. Elle allait remonter la pente, Candice en était certaine. Elle y arriverait.

La patiente l'écoutait attentivement, et le cœur de Candice ne pouvait s'empêcher de se serrer devant ce visage flétri, ces yeux noyés de larmes, cette cruelle solitude.

— Vous êtes gentille, Candice. Je ne sais pas comment je ferais sans vous.

— Je vais vous aider, répondit Candice, avec la même bienveillance ferme. Vous pouvez compter sur moi.

— Mais vous avez tant à faire avec votre fils, votre travail !

— Ne vous en préoccupez pas. J'ai assez de temps pour vous soutenir. Mais vous allez devoir collaborer avec moi.

— C'est-à-dire ?

— Il faut vous lever à nouveau. Suivre votre kinésithérapie. Porter votre prothèse. Reprendre des forces. En une semaine, vous vous êtes beaucoup affaiblie.

— Je sais, fit la patiente, penaude. Je me suis laissée aller à cette tristesse. Je me suis même vautrée dedans…

Elle s'accrochait à la main de la jeune femme, presque maladivement.

— Allez, lança Candice avec fermeté. Je vais appeler l'infirmière, d'accord ?

— Oui, souffla la blessée, timidement.

Candice se leva et alla chercher l'infirmière de garde.

— Mme Marquisan va mieux. Et je serai là pour l'épauler le jour de la sortie. Je lui ai promis.

— Vous êtes formidable, mademoiselle ! dit l'infirmière. C'est rare, les gens comme vous.

En rentrant chez elle, Candice s'interrogea : mais après ? Il ne fallait pas que cette personne s'agrippe à elle, qu'elle devienne collante. Le juste milieu était difficile à trouver. Candice offrait une main tendue, et elle s'était toujours comportée ainsi, car c'était dans sa nature ; on disait d'elle, et elle le savait, qu'elle était une fille « bien », quelqu'un qui se préoccupait des autres. Elle allait devoir rester sur ses gardes : une situation qu'elle connaissait mal, elle qui avait spontanément confiance en autrui.

Le jour du départ de Dominique Marquisan, tout avait été organisé avec la clinique : les papiers nécessaires pour la sortie, les attestations, les documents à l'attention de l'assurance maladie, la mutuelle, les ordonnances, les informations pour le suivi et les visites de contrôle. Une ambulance les emmènerait rue Saint-Lazare. Candice redoutait l'escalier, quatre étages tout de même, mais la convalescente était confiante ; elle avait repris sa kinésithérapie et semblait mieux maîtriser la prothèse. Elle se servait encore des béquilles, et boitillait, mais au moins, dit-elle avec un sourire, elle n'était pas dans une chaise roulante !

Lors de la montée des marches, Candice l'invita à prendre son temps, à ne pas se précipiter.

— Je suis si contente d'être là, s'exclama Dominique Marquisan, rayonnante.

Quelques voisins passèrent et la saluèrent poliment. L'un d'eux lui demanda si elle s'était blessée. Elle haussa les épaules, en répondant que ce n'était rien du tout, une simple chute.

Elle montait lentement, s'agrippait à la balustrade et se hissait, avec difficulté.

— Ça va aller? dit Candice, qui tenait son sac à main et la valise.

— Oui, ne vous en faites pas. Je vais m'y habituer. Un peu de sport ne me fera pas de mal!

Candice admira sa bravoure; revenir ici, dans ce territoire aimé, avec une jambe en moins, devoir subir le regard des autres devait être insupportable. Manifestement, Dominique Marquisan ne racontait pas sa vie aux habitants de l'immeuble, car les échanges restaient courtois, mais distanciés, et personne ne semblait être au courant de son accident.

Sur le palier du quatrième étage, alors qu'elles reprenaient leur souffle, la porte adjacente s'ouvrit et l'homme que Candice avait déjà vu apparut, le dénommé Jean-Pierre. Il donnait l'impression de guetter tout ce qui se passait dans la cage d'escalier.

Candice s'aperçut que les traits de Dominique Marquisan s'étaient rembrunis. Elle le salua d'un simple hochement de tête.

— Tenez, dit-elle, en tendant la clef à Candice.

— Vous avez eu un accident? demanda le voisin, en apercevant les béquilles.

Elle lui adressa un regard hautain qui surprit Candice. Qu'avait donc fait ce pauvre Jean-Pierre pour mériter tant de dédain?

— Rien de grave, répondit-elle posément. Bonne journée.

Puis elle entra dans l'appartement.

— Bonjour Candice, renchérit le voisin.

— Bonjour, dit-elle en retour, en refermant la porte derrière elle.

— Tiens, il connaît votre prénom, lui ?

— Il m'a vue le soir où je suis venue chercher vos affaires.

Malgré elle, ses joues rosirent en repensant aux boîtes sous le lit ; mais son interlocutrice ne remarqua rien, tant elle était heureuse de retrouver son appartement ; elle en gambadait presque, le sourire aux lèvres, tout en boitant.

Candice proposa d'aller lui chercher à manger, et la convalescente accepta. Elles dressèrent une liste ensemble ; prendre connaissance d'une liste de courses était si personnel, songea Candice ; elle nota que Dominique Marquisan ne mangeait pas de viande, mais se nourrissait de poisson, fromage, œufs, légumes, pâtes fraîches, yaourts, fruits et chocolat noir.

— C'est juste de quoi remplir le frigo pour quelque temps, précisa-t-elle à Candice. Dans les prochains jours, je me ferai livrer, comme d'habitude. Surtout, n'allez pas croire que je vais vous solliciter souvent !

En remontant avec les provisions, Candice avait pris soin de prendre le courrier, qu'elle ajouta dans le cabas ; en plus des lettres administratives, elle trouva deux nouvelles enveloppes couleur crème avec la grosse écriture ronde.

On l'attendait dans le salon. La patiente avait réussi à préparer des tisanes sans casser quoi que ce soit ; une théière fumante et deux tasses d'un bleu délicat étaient posées sur la table.

— Je me sens très fière ! dit-elle avec un sourire radieux.

C'était la première fois que Candice la voyait chez elle, dans ce décor qui lui correspondait, écrin raffiné et calme, en hauteur, loin du tumulte.

— Un peu de tisane ?

— Avec plaisir.

La maîtresse de maison versa le liquide bouillant dans la jolie tasse.

— C'est du tilleul, vous aimez? Je l'ai récolté chez une amie, qui vit en Drôme provençale. Elle a un tilleul centenaire dans son jardin. Lorsque j'y suis pendant l'été, je rapporte toujours les fleurs et les bractées pour mes tisanes.

— Merci, dit Candice.

Elle trouva le breuvage amer, mais se tut; elle n'en buvait pas assez souvent pour s'y connaître.

— Ah, mon Dieu, comme c'est bon d'être là!

— Cela doit vous faire du bien, se réjouit Candice.

Un sourire triste.

— Oui, ça m'aide à faire face.

— Vous allez vous ressourcer ici, affirma la jeune femme.

— C'est exactement ça. Vous savez ce que Zola a écrit à Jeanne un jour d'avril 1893? Je connais ce passage par cœur, je peux vous le citer les yeux fermés. (Elle s'exécuta, paupières closes.) « Il est aussi, à Paris, des fenêtres devant lesquelles je ne puis passer, sans que mon cœur batte d'émotion : ce sont celles de notre petit nid de la place de La Trinité. Toute ma vie, quand je passerai là, je ne pourrai m'empêcher de lever la tête, et de songer à toi, et de songer à tout le bonheur que tu m'as donné, et de te remercier du cadeau de nos deux enfants chéris. » Comment voulez-vous que je ne me ressource pas en pareils murs? Des murs qui ont vu tant d'amour et de joie? Ne le sentez-vous pas, vous aussi?

Elle rouvrit les yeux et Candice se sentit harponnée par son regard intense.

— Mon père était comme vous, reprit enfin Candice.

— Oui, vous m'aviez déjà fait cette remarque.

— Mon père ne croyait pas aux fantômes, mais il était sensible à ce qu'il appelait « l'âme des maisons ».

— Il possédait une maison à lui, qu'il aimait ?

— Bizarrement, non, répondit Candice. Je ne sais pas pourquoi, d'ailleurs. Peut-être parce qu'il ne l'a jamais trouvée...

Puis elle repensa à la Villa O.

— Pas de maison de famille ?

— Non.

Un silence s'imposa, qui n'était pas désagréable, mais Candice ressentit le besoin de le combler.

— Vous savez, le passage que vous m'avez lu... L'extrait de la lettre de Zola à Jeanne... J'ai ce livre, ses lettres à cette jeune femme. Je suis en train de les lire. C'est si beau et tendre.

— Oh, ça me fait plaisir. Vous l'avez acheté ?

— Non, on me l'a offert.

— Votre mari ?

— Non, je ne suis pas mariée.

— Ah oui, c'est vrai, pardon.

— C'est mon compagnon qui me l'a offert.

— Le père de votre fils ?

Candice tenta d'évacuer un début d'agacement.

— Non, le père de mon fils vit avec une nouvelle femme, et ils ont eu un bébé.

— Je vois.

— C'est Arthur qui m'a offert ce livre.

— Arthur, votre compagnon.

— Oui.

— Il vit avec vous ?

— Il vient souvent. Mais non, nous ne vivons pas ensemble.

— Vous habitez quel quartier ?

— La Butte-aux-Cailles.

— Je connais mal. Il paraît que c'est charmant.

— Oui, très.

— Vous devez trouver que je pose beaucoup de questions. Je le vois à votre expression. Ne pensez pas à mal, je vous en prie ! J'essaie simplement de vous connaître un peu mieux. Vous avez fait tant de choses pour moi. Et vous en faites encore. C'est tout naturel de ma part. Mais si ça vous gêne, dites-le-moi.

— Tout va bien, dit Candice en souriant.

— Je ne souhaite pas devenir pour vous ce que mon voisin de palier est pour moi !

— Quoi… Jean-Pierre ?

Dominique Marquisan fit la grimace.

— Tout à fait ! Le lourdingue Jean-Pierre !

Sur un ton drôle, elle brossa un portrait au vitriol du vieux garçon qui vivait à côté, sans oublier ses charentaises et ses chandails vintage, et qui avait, hélas, un faible pour elle. Un cauchemar ! Il était collant et obséquieux, et il fallait ruser pour ne pas le croiser, car se débarrasser de lui n'était pas une mince affaire. Elle était très amusante, nota Candice, mais cruelle dans ses propos ; elle ne devait pas être tendre avec ceux qu'elle n'aimait pas.

— Au fait, dit Candice, je vous ai rapporté vos perles.

Elle posa la petite enveloppe sur la table basse.

— Merci. J'y tiens tant.

— Vous étiez proche de votre papa, je crois ?

— Oui. Ma mère est décédée quand j'étais petite fille. Elle était malade. Mon père m'a élevée. Accepter la disparition de nos êtres chers est difficile. Je ne m'y fais toujours pas, alors que c'est dans l'ordre des choses de perdre ses parents un jour.

— J'ai toujours du mal à dire que mon père est mort, avoua Candice.

— Moi aussi. Nous avons cela en commun.

— Quand retournez-vous travailler, finalement ? demanda Candice, pour changer de sujet.

— Je n'ai pas encore de date précise, répondit Dominique Marquisan en reprenant une gorgée de tisane. J'espère rapidement.

— En quoi consiste votre travail pour M. Agapanthe ? Pardon, c'est sans doute indiscret, comme question…

— Absolument pas. Arrêtez de vous excuser à tout bout de champ, Candice. Vous avez tout à fait le droit d'en savoir plus sur moi ! Et de surcroît, je n'ai rien à cacher. D'ailleurs, je vous fais remarquer que je n'ai cessé de vous bombarder de questions depuis que nous nous sommes rencontrées le mois dernier. Mon travail pour M. Agapanthe ? Eh bien, on va dire que, depuis trente ans, je m'occupe de son agenda personnel.

Il était un avocat célèbre, un ex-ministre, mais Dominique précisa que Candice était bien trop jeune pour se souvenir de lui. Tout passait par elle : ses rendez-vous médicaux, ses voyages en famille, ses vacances, ses loisirs, ses dîners ou déjeuners privés. Ses billets pour l'opéra, par exemple, elle les gérait aussi. Grand mélomane, M. Agapanthe était le genre d'homme capable de s'envoler pour Venise, New York ou Milan afin de suivre ses artistes préférés sur scène.

— J'imagine que vous devez bien vous connaître, depuis trente ans, dit Candice.

Un œil inquisiteur la darda, comme s'il voulait savoir ce que cette remarque dissimulait.

— Oui, nous nous connaissons bien. Je suis incollable sur ses goûts culinaires, ses allergies, je sais ce qui l'énerve, et pourquoi, je sais quelle taille il fait, je connais ses mensurations, sa pointure, car je m'occupe aussi de sa garde-robe. Je commande ses costumes, ses chemises, ses cravates, ses chaussures…

Tout à coup, Candice pensa à ces lettres torrides cachées sous le lit de Dominique Marquisan, dans l'autre pièce, juste à côté. M. Agapanthe en était-il l'auteur ? Elle revoyait l'élégante écriture, qui contrastait d'autant plus avec l'obscénité des mots.

— Il n'est pas marié ?

Encore une pause, et un regard légèrement interloqué.

— Si, pourquoi ?

— Tout ce que vous faites pour lui, sa femme pourrait le faire, non ?

Un petit rire léger.

— Vous avez une vision rétrograde du mariage, pour votre jeune âge ! Son épouse est également une avocate internationale de haut vol. Elle ne travaille pas dans le même cabinet que lui, et elle dispose aussi d'une assistante personnelle.

— Et ça vous plaît d'être au service de la même personne depuis si longtemps ? On ne s'ennuie pas, à la longue ?

Candice prenait goût à lui poser des questions de plus en plus intimes. En face, pas de vexation, ni de désistement ; au début, elle entendit la description d'une relation professionnelle solaire, au beau fixe, fondée sur un respect mutuel réconfortant… Or, Candice se rappela la fameuse Léonor, la remplaçante qui était en train de lui voler sa place, et Dominique Marquisan qui paraissait de plus en plus accablée, ne faisait pas semblant à présent ; elle avouait même que sa situation au cabinet était désormais en danger, et qu'elle en souffrait.

— Qu'allez-vous faire ? demanda Candice.

Elle craignit, un instant, que la convalescente n'aille se répandre, lâcher d'autres insultes grossières comme précédemment à la clinique, et elle se préparait à subir ce règlement de comptes verbal, mais contre toute attente, son interlocutrice se tassa dans une morne dignité, les yeux rivés sur sa tisane. Qu'allait-elle faire ? Elle n'en savait rien ; elle avait un certain âge, après tout, elle était proche de la retraite, et c'était mathématique, les chiffres ne mentaient pas. On la poussait inexorablement vers la sortie, et son accident avait précipité les choses ; elle n'en revenait pas de la manière dont on la traitait.

Candice se sentit désolée d'avoir ravivé un sujet si sensible. Elle s'en excusa.

— Oh, de grâce, Candice, cessez de demander pardon ! Assumez vos questions, assumez qui vous êtes !

Personne ne lui avait jamais parlé ainsi. Elle ne put distinguer, sur le moment, si elle en ressentait une gêne ou un plaisir. Elle constata qu'il était l'heure pour elle de partir, elle avait pris la matinée pour aider sa protégée à se réinstaller chez elle ; elle devait à présent se rendre au studio Violette sans tarder.

— À bientôt, alors, dit la jeune femme en se levant. Appelez-moi si vous avez besoin de quelque chose. N'hésitez pas.

— Je vais très bien me débrouiller ! Je ne vous embêterai plus, je l'ai assez fait ces derniers temps. À bientôt, Candice, et merci.

En refermant la porte derrière elle, Candice entrevit une dernière image fugace de la silhouette solitaire assise sur le canapé, le dos droit, sa tasse à la main, nimbée de lumière dans son salon, souriante mais d'une tristesse à fendre le cœur, et elle éprouva un autre navrement. Cette femme avait-elle des amis ? Il y avait eu des amants, ça, elle l'avait appris, et peut-être y en avait-il encore, mais qu'en était-il d'autres familiers ?

Au décès de Daniel, Candice avait craint que Faustine, sa mère, ne se retrouve seule, mais celle-ci était entourée d'une profusion d'amies, de son frère, de ses sœurs, de ses filles, et de ses petits-enfants. Faustine ne souffrait pas de solitude, Candice en était persuadée, même si l'absence de Daniel était encore douloureuse.

Au fond, Candice ne savait pas grand-chose du mariage de ses parents. Avaient-ils été heureux ? Elle ne s'était jamais posé la question. Elle le pensait, sincèrement ; de l'extérieur, leur union semblait solide, harmonieuse, mais que sait-on vraiment de la vie des gens qui nous sont proches ? songea-t-elle en prenant le métro vers République.

Elle préférait se retrancher dans cette incertitude, que de ressasser le sourire de Dominique Marquisan, qui essayait vainement de faire bonne figure.

La semaine d'après, Candice avait rendez-vous pour déjeuner avec son amie, Mélanie. Elles se retrouvaient place de la Bastille ; Mélanie travaillait dans une banque du côté de Nation, et ce café de la rue Saint-Antoine se situait à mi-chemin entre leurs bureaux respectifs. Elle était son amie la plus proche, celle qu'elle connaissait depuis l'enfance, celle à qui elle se confiait.

Candice avait un peu d'avance, et en attendant Mélanie, elle se plongea dans les lettres de Zola à Jeanne Rozerot ; aussitôt, elle oublia tout, les décorations de Noël, les devantures bardées de guirlandes bariolées, les passants emmitouflés contre le froid, la salle bruyante, les rires, les éclats de voix ; il n'y avait plus que la plume amoureuse de l'écrivain.

— Tiens ! Tu lis, maintenant ! C'est nouveau !

Mélanie était arrivée, et se délestait de son manteau d'hiver. Elles se firent la bise.

— C'est quoi, ce gros bouquin ?

Candice le lui montra.

— Pas du tout ton genre.

Candice éclata de rire.

— Un cadeau d'Arthur.

Mélanie feuilleta le livre.

— Je n'ai jamais lu Zola. C'est bien ?

— Ce n'est pas un roman. Ce sont des lettres d'amour.

Elles commandèrent le déjeuner, parlèrent de leurs vies de jeunes femmes, de Timothée, dont Mélanie était la marraine. Mélanie n'avait pas d'enfants et vivait seule ; elle s'ennuyait un peu dans l'agence bancaire où elle travaillait, et la profession de Candice la faisait rêver. Candice avait beau lui assurer que parfois son métier pouvait être tout aussi fastidieux, elle n'y croyait pas.

— Ta matière première, à toi, c'est le son, les voix, la musique, et c'est fascinant. Moi, je me tape des virements, des agios, des prêts, des placements… Bof… Et les bruits d'une agence bancaire, c'est pas folichon, crois-moi ! Quant à la voix de ma directrice, elle me râpe les oreilles.

— Il y a toujours une voix intéressante à découvrir même dans les endroits les plus inattendus.

— Oui, je me souviens que tu avais rencontré un mec dans une soirée qui avait exactement celle que tu cherchais pour un podcast. Et d'ailleurs, tu l'avais embauché !

Candice pensa soudainement au timbre parfait de Dominique Marquisan. Elle s'étonnait presque de ne pas y avoir songé plus tôt et mettait cette omission sur le compte d'un profond émoi au sujet de l'infortune de la victime.

— Mel, il faut que je te raconte…

Elle n'avait pas prévu d'évoquer Dominique Marquisan, mais l'envie de se confier lui était venue pendant le repas. Elle conta en détail l'horreur de l'accident cet affreux soir d'hiver, la détresse de cette femme amputée que personne ne venait voir à la clinique, la façon dont elle avait décidé de l'aider.

Elle lui parla de l'appartement, décrivit ce cocon où elle se sentait si bien, puis raconta la découverte du mot d'amour signé Émile Zola, de la passion secrète qui s'était déroulée dans ces lieux. Mélanie l'écoutait avec attention.

— Quelle histoire ! s'exclama-t-elle lorsque Candice termina son récit. C'est dingue ! Tu as le cœur sur la main, Candice, ça, je le sais depuis toujours. Mais fais attention à ne pas te laisser manger toute crue.

— C'est-à-dire ?

— Les gens qui vivent seuls deviennent parfois des sangsues. On ne peut plus s'en débarrasser !

L'image désagréable heurta Candice.

— Je lui donne un coup de main, c'est tout.

— Tu donnes un doigt, ils te prennent le bras !

Décidément, les termes employés par Mélanie la mettaient mal à l'aise.

— C'est une personne digne, d'un certain âge. Très discrète et pas envahissante.

— Raison de plus pour s'en méfier, Candi ! Tu as effectué une recherche sur elle ?

— Mais non, enfin ! Pourquoi ?

Mélanie sourit.

— Pour savoir à qui tu as affaire !

— On dirait Clémence ! Vous vous méfiez de tout et de tout le monde !

— Comment elle va, la belle Clémence ?

Tandis qu'elles terminaient leur dessert, Candice lui raconta l'histoire du vieux téléphone portable trouvé dans une veste de son père, de la boîte mail inconnue, et des échanges entre « Valentin » et « Gabrielle » à propos de la mystérieuse Villa O. Elle lui expliqua que sa sœur était persuadée de tenir là la piste d'une éventuelle double vie de leur père. Mélanie lui demanda ce qu'elle en pensait et, en cherchant ses mots, Candice avoua qu'elle ne lui accordait pas beaucoup de crédit.

— Connaissant ta sœur, elle va finir par y aller, dit Mélanie, en demandant l'addition.

— Oui, fit Candice, et je sais déjà qu'elle veut m'entraîner avec elle.

— Tu préfères ne pas savoir ?

— Je ne vois pas l'intérêt de tout cela.

En lui répondant, Candice n'ignorait pas qu'elle risquait un combat perdu d'avance, car Mélanie se rangerait du côté de Clémence : connaître la vérité à tout prix, même si elle pouvait se révéler douloureuse. Mélanie s'étonna de la pusillanimité de son amie, car Candice était celle qui avait pris les devants lors de la mort de Daniel, celle qui avait su consoler et soutenir sa mère et sa sœur.

— Je n'ai pas envie de toucher au souvenir que j'ai de papa.

Devant une telle déclaration, Mélanie ne pouvait qu'opiner du chef et murmurer qu'elle comprenait.

Le soir même, chez elle, alors que Timothée venait de s'endormir, Candice lança une recherche à partir du patronyme « Dominique Marquisan » ; il n'existait aucun profil à ce nom sur les réseaux sociaux, ce qui n'était pas étonnant, après tout, se dit Candice, s'agissant d'une senior, plus âgée encore que sa propre mère et sans doute rétive à Facebook, à Instagram ou à Twitter. La seule mention qu'elle dénicha provenait de l'organigramme d'un prestigieux cabinet d'avocats, situé avenue de l'Opéra, à Paris. On y voyait une photographie d'elle, qui devait dater, car elle faisait plus jeune. Elle était assez jolie, constata Candice, avec ses cheveux relevés en chignon, son port de tête de danseuse, ses habits raffinés. Candice chercha le nom du directeur du cabinet, un certain Henry Cèdre. Il devait s'agir de M. Agapanthe ; effectivement, il avait été ministre dans les années quatre-vingt-dix, mais Candice, née en 1993, ne pouvait en avoir souvenir. L'homme qu'elle découvrit sur un portrait, assis derrière son bureau, vêtu d'un costume sombre, était un septuagénaire élégant au long visage creusé. Était-il l'amant de son assistante personnelle ? Les billets torrides ne mentionnaient aucune date, se souvint-elle. Quelques phrases pornographiques très précises lui revinrent également en mémoire et, malgré elle, elle commença à ressentir une trouble excitation ; elle devait se l'avouer, cette correspondance lubrique l'émoustillait. Elle y pensait, souvent. Pourquoi laissait-elle tant de place à Dominique Marquisan dans sa vie ? Pourquoi cette personne attisait-elle tant sa curiosité ? Sa propre existence était-elle à ce point terne ?

Candice songea de nouveau au déjeuner partagé avec Mélanie ; elle revoyait la façon dont son amie s'était naturellement servi du pain, qu'elle avait consommé sans faire attention, alors qu'elle, Candice, observait chaque morceau de nourriture avec crainte, le soupesait, comme un corps ennemi qui allait entrer en elle et se transformer en une vilaine graisse. Il lui était difficile, désormais, de se laisser aller à une quelconque jouissance, car son corps semblait claquemuré par l'obsession de la moindre calorie ingurgitée, par la répugnance envers sa propre chair. L'acte même de manger lui était devenu insupportable, puisque la moindre bouchée faisait naître la hantise du poids, infernale expiation revenant telle une ritournelle à laquelle elle ne parvenait pas à se dérober. Depuis l'incident avec Arthur, elle n'avait pas réussi à retrouver l'envie de lui, et de plus en plus fréquemment, elle lui répondait qu'elle était fatiguée, qu'elle préférait dormir seule.

« Roger Marquisan » s'afficha dans la recherche, et elle cliqua dessus, se souvenant de la mention manuscrite de ce nom dans les *Mémoires* du général de Gaulle, rue Saint-Lazare, pour découvrir une courte notice généalogique, sans détails. Elle trouva ensuite une adresse, *Prieuré de Saint-Pierre-du-Lac, chemin d'Avrillé, Beaufort-en-Anjou, 49250.* C'était sans doute là où Dominique Marquisan avait grandi, songea-t-elle, en se remémorant l'inscription dans *Villa triste*.

En regardant des images champêtres de Saint-Pierre-du-Lac, Candice se rendit compte que Dominique Marquisan occupait désormais pleinement son esprit, qu'elle pensait à elle aussi souvent qu'à sa propre mère, Faustine. Devrait-elle s'alarmer de cette emprise ?

Elle n'osait imaginer comment cette femme subsistait, cloîtrée chez elle, avec sa prothèse et ses cannes anglaises. Elle savait qu'elle avait dû renoncer à ses cours de danse qu'elle adorait. Était-ce mal de se préoccuper de son bien-être ? Était-ce répréhensible de se sentir responsable d'un être dont personne ne se souciait, qui faisait face à une telle solitude ?

Chaque matin, Candice se demandait si sa protégée allait bien, si elle suivait ses séances de kinésithérapie, si son moral était bon ; elle s'inquiétait pour elle, voulait savoir si elle dormait correctement, si elle avait besoin d'une course, d'un soutien. Elle n'avait pas oublié sa prostration à la clinique, le vide de son regard, aussi prit-elle l'habitude de lui envoyer des SMS timides, mais réconfortants, auxquels la convalescente répondait aussitôt, souvent avec une émoticône amusante, et un dialogue quotidien s'installa entre elles.

Au fur et à mesure que Noël approchait, Candice s'alarmait à l'idée que Dominique allait devoir le subir seule. Elle avait pour habitude de passer le réveillon chez sa mère, rue Raymond-Losserand, avec Clémence et sa petite famille. Petit à petit, l'idée s'installa : inviter Dominique à se joindre à eux. Lorsqu'elle en parla pour la première fois à l'intéressée, celle-ci se permit un sourire et une confession légèrement ironique : depuis la mort de son père, il y avait de cela plusieurs années, elle s'était parfaitement accoutumée aux soirées de Noël en solitaire. Candice la dévisageait, sans comprendre.

— C'est parce que vous n'avez jamais été seule, Candice.

Aucun reproche dans ces paroles, simplement un constat. Candice ne s'en offusqua pas, car son interlocutrice avait raison.

— Mais à la clinique, vous étiez si mal, balbutia-t-elle.

— J'avais touché le fond. Puis, il y a eu cette main tendue, la vôtre.

Candice était venue lui rendre visite, un samedi après-midi, pendant que son fils était chez son père pour le week-end. Le froid s'était estompé, laissant place à la pluie et des nuages gris ; dans le quartier, les gens se pressaient pour achever leurs dernières courses de Noël. Dominique avait l'air reposé. Elle était vêtue d'une longue robe d'intérieur en laine noire, qui accentuait sa minceur ; elle était légèrement maquillée, parfumée, les ongles faits. Une odeur de gâteau au chocolat flottait dans le petit appartement.

— Je vous ai préparé un goûter, dit-elle en souriant.

Candice la remercia, mais pensa avec effroi à ce mets qu'elle allait devoir absorber ; depuis quelques jours, elle avait réussi à ne pas céder à une crise et en tirait une certaine fierté. Lorsque la maîtresse de maison déposa le gâteau sur une assiette qu'elle lui tendit, Candice dut se faire violence pour ne pas le gober sur-le-champ ; elle s'efforça de paraître normale, de se concentrer sur la conversation, mais les mots volaient au-dessus de sa tête.

— J'adore cuisiner. C'est une de mes passions, avec la danse. Dites, vous avez avancé dans les lettres de Zola à Jeanne ?

— Oui, répondit Candice, en se reprenant. J'ai fini. J'ai beaucoup aimé cette lecture, moi qui lis peu.

Elle se laissa aller enfin à déguster le gâteau, saisi entre ses doigts.

— Il est délicieux, murmura-t-elle, la bouche pleine, tandis que Dominique l'observait de ses yeux brillants.

— Que savez-vous de la vie d'Émile Zola, Candice ?

— À part ce que j'ai appris dans ces lettres, pas grand-chose, je l'avoue. Oui, merci, je veux bien une autre part.

Elle lutta de toutes ses forces pour ne pas l'avaler aussitôt ; Dominique, elle, picorait dans son assiette, avec grâce et légèreté.

— J'étais comme vous, Candice, quand je me suis installée ici. Je ne savais rien de sa vie, juste les titres de quelques-uns de ses romans.

— Et depuis, vous avez lu l'ensemble de son œuvre ?

— Oui, j'ai presque tout lu de lui, en plusieurs années, car son œuvre est vaste. Mais, vous savez, c'est sa personnalité qui m'a le plus intéressée, au-delà de son génie d'écrivain. Pénétrer dans l'intimité d'un romancier est fascinant. Il a vécu ici, il a laissé son empreinte entre ces murs, et moi, je suis celle qui perçoit cette trace qui palpite encore, comme s'il était toujours là. Au fait, savez-vous comment Zola est mort ?

— Non, répondit Candice, déconfite. Pas du tout.

Dominique éclata de rire.

— Oh, mais votre tête, Candice ! Vous n'êtes pas en classe, et ceci n'est pas une interrogation !

Candice rit à son tour, puis elle engouffra d'un coup un morceau de gâteau. Les mains raffinées lui servirent une troisième part qu'elle n'osa pas refuser, et lui reversèrent du thé, un Earl Grey parfumé. La voix prenante enchaîna : il fallait que Candice imagine une fraîche après-midi d'automne, le 28 septembre 1902, et il fallait savoir qu'Émile Zola ne se doutait de rien. Absolument rien ! En arrivant chez lui, rue de Bruxelles à Paris, après un été à la campagne, tout lui semblait normal.

Émile Zola n'avait que soixante-deux ans, précisa Dominique en sirotant son thé, mais il en paraissait plus, car il peinait à se remettre de la terrible affaire Dreyfus qui avait tant divisé le pays. En lisant les lettres de Zola à Jeanne, Candice en avait appris davantage sur l'expatriation précipitée de Zola outre-Manche. Elle se souvenait encore de sa lettre à Jeanne : Chère femme, l'affaire a tourné de telle façon que je suis obligé de partir ce soir pour l'Angleterre. C'était le 18 juillet 1898, et l'exil de Zola dura presque un an, jusqu'en juin 1899 ; heureusement que Jeanne et les enfants avaient pu lui rendre visite pendant cet interminable séjour, ainsi qu'Alexandrine Zola.

Candice savait que le fameux « J'accuse ! », la lettre ouverte signée par Zola, publiée le 13 janvier 1898 en une du quotidien *L'Aurore*, dénonçait l'erreur judiciaire commise envers Alfred Dreyfus, un officier juif condamné à tort pour trahison.

Zola avait avancé que l'accusation de Dreyfus s'inscrivait dans un contexte d'antisémitisme abject. Ce qu'elle ignorait, en revanche, c'était à quel point sa vie avait basculé le jour de la publication de sa tribune. Médusée, elle écoutait Dominique décrire les insultes que l'écrivain avait subies au quotidien, les hurlements d'une foule déchaînée chaque fois qu'on le reconnaissait, les gros titres et les caricatures ordurières qui se succédaient dans la presse : *Hors de France ! À Venise, l'Italien ! Lâche ! Traître ! Retourne chez les Juifs ! À mort Zola !*

— Pourquoi « *À Venise, l'Italien* » ? demanda-t-elle.

— Parce que son père était né à Venise. On ne lui a jamais pardonné. Revenons à sa dernière journée. Elle m'obsède. Pendant cet ultime été, passé à Médan, sa propriété des Yvelines, il avait travaillé sur son dernier roman, *Justice*, encore inachevé. Il avait passé du bon temps avec Denise, douze ans, et Jacques, dix ans. Ceux qui sont nés ici. Vous vous souvenez ?

Un petit sourire.

— Comment l'oublier ? fit Candice, espiègle.

Le couple Zola avait emménagé rue de Bruxelles en 1889, pendant que Jeanne vivait encore ici.

— C'est devenu un musée ? demanda la jeune femme. On peut y aller ?

— Non, hélas. Les lieux sont à présent des bureaux, tout a été refait récemment. Mais j'ai vu des photos d'époque. C'était quelque chose ! Un peu chargé, certes. Ils ont, paraît-il, gardé le bel escalier tournant en bois sculpté qui monte à l'étage. Je rêve de visiter cet endroit !

— Peut-être qu'un jour, vous le ferez, murmura Candice.

Dominique avait fermé les yeux et parlait d'une manière quasi hypnotique, comme si elle voulait entraîner la jeune femme dans sa ronde. À quoi pensait l'écrivain ce jour-là, à la veille de sa mort, souffla-t-elle, à cette affaire Dreyfus qui avait marqué la France si profondément et si violemment, qui avait laissé tant de traces et bouleversé sa vie ? Au roman qui l'attendait sur son bureau, dans la grande pièce sur rue, au premier étage ? Aux rires de ses enfants qu'il venait de quitter ? Au repas succulent que mitonnait Eugénie, la cuisinière ? À Fan et à Pin, les chiens adorés de la maison, qui fêtaient leur retour à Paris ? À son épouse, la patiente Alexandrine, occupée à donner des ordres au personnel ?

Dominique possédait ce don, constata intérieurement Candice, et pas pour la première fois, d'embarquer ses interlocuteurs dans un autre monde, rien qu'avec le pouvoir de suggestion de sa voix. Candice se trouvait transportée rue de Bruxelles, dans la dernière demeure de l'écrivain ; elle y était : elle sentait l'odeur d'encaustique de ce grand escalier, les plats préparés en cuisine, elle voyait la lumière du jour éclairer la cour intérieure et les vitraux. À la fin de la journée, poursuivit la voix intense et empressée, il faisait encore frais dans la maison ; le majordome, Jules, avait allumé un feu dans la cheminée de la chambre conjugale. La nuit tombée, les volets de la chambre furent fermés ; les époux Zola dînèrent, et plus tard, ils montèrent se coucher dans cette pièce qui donnait sur la cour intérieure et le jardinet. Leur grand lit de style Renaissance se situait sur une estrade.

— Les enfants, qu'il avait quittés après les avoir embrassés ce matin-là, ignoraient qu'ils n'allaient jamais revoir leur père vivant.

— Mais que s'est-il passé ? implora Candice.

Dominique leva la main pour la faire taire, aimablement, mais fermement. Après une pause, elle reprit le fil de son histoire : à trois heures du matin, Alexandrine Zola s'était réveillée, souffrante ; elle se sentait mal et se rendit dans le cabinet de toilette attenant à la chambre pour vomir. Elle suggéra à son mari d'appeler Jules, mais Émile Zola refusa qu'on dérange le majordome en pleine nuit pour un malaise passager ; ils avaient dû mal digérer leur dîner. Rien de grave, selon lui.

— La dernière phrase d'Émile Zola fut celle-ci : *Nous irons mieux demain.* Il se leva pour ouvrir la fenêtre, tituba, et s'effondra au pied du lit. Alexandrine était trop faible pour l'aider, elle avait fini par perdre connaissance.

Candice, atterrée, la regarda.

— Ils ont eu un malaise ? Mais pourquoi ?

La voix de conteuse se fit à nouveau entendre : le lendemain matin, vers neuf heures, le corps inanimé d'Émile Zola fut découvert par terre, près du lit, par ses domestiques ; Alexandrine Zola était encore en vie, mais plongée dans un état d'une grande faiblesse. On la transporta d'urgence dans une clinique, où elle fut sauvée. L'enquête conclut qu'Émile Zola avait été asphyxié par les vapeurs d'oxyde de carbone de leur cheminée qui « tirait » mal et, dans la foulée, la police décréta un accident, un peu trop rapidement selon certains, mais il ne fallait surtout pas raviver les plaies encore saignantes de l'affaire Dreyfus.

— Un accident ? Vraiment ?

— La question se pose toujours, cent vingt ans après sa mort, répondit Dominique. Il n'y a aucune preuve, bien sûr. Mais à présent, on en sait un peu plus, il y a bien eu les aveux d'un entrepreneur de fumisterie dans les années vingt, un certain Buronfosse, un antidreyfusard membre d'une ligue patriote. Il aurait agi seul, spontanément, et il s'était vanté d'avoir obstrué le conduit la nuit du 28 septembre pour faire une mauvaise blague, pour « enfumer ce cochon de Zola ». Il l'aurait débouché ni vu ni connu le lendemain matin. Et voilà que la mauvaise farce avait tourné à la tragédie.

— Pourquoi en vouloir autant à Zola ?

— Le Paris de 1900 était à feu et à sang, Candice. Un Paris d'attentats. Une violence inimaginable se répandait à l'époque, attisée par l'affaire Dreyfus. Zola et sa famille recevaient des menaces tous les jours, dont certaines étaient ignobles. On a voulu punir Zola, lui jouer un mauvais tour. Aller jusqu'à le tuer ? C'est fort possible. Il dérangeait trop de monde. Il l'a payé cher, ce courage qu'il a eu en défendant l'honneur d'un homme qu'il ne connaissait même pas…

— Et que s'est-il passé après ? Et Jeanne ? Et les enfants ?

— Zola a été enterré le 5 octobre 1902 au cimetière Montmartre. Quelques années plus tard, comme vous le savez sans doute, ses restes ont été transférés au Panthéon. Mais ce jour d'octobre, il y avait foule le long du passage du corbillard, de la rue de Bruxelles jusqu'au cimetière, et des milliers de personnes ont défilé devant sa sépulture jusqu'à la tombée de la nuit. Des délégués miniers venus du Nord ont scandé : « Germinal ! Germinal ! » Tout le monde voulait dire au revoir au grand écrivain.

Candice écoutait avec attention, imaginait la scène.

— Plus tard, continua Dominique, ces deux femmes que tout séparait, et qui aimaient le même homme, furent unies par le deuil et se rapprochèrent. Alexandrine Zola eut un très beau geste, elle souhaita que les enfants portent le patronyme de leur père et entreprit toutes les démarches. Elle veillait sur eux et les aimait profondément ; ils l'appelaient « bonne amie ». Elle vécut encore une vingtaine d'années, jusqu'à plus de quatre-vingts ans.

— Et Jeanne ?

— C'est bien triste. Jeanne, elle, est décédée en 1914 dans une clinique parisienne, rue de la Chaise, des suites d'une opération chirurgicale, à seulement quarante-sept ans. Toute sa vie, elle n'aura été qu'une femme de l'ombre.

Ces mots revenaient dans l'esprit de Candice tandis qu'elle rentrait chez elle ; elle ne pouvait s'empêcher de se demander si, dans la vie de son père, il y avait aussi eu une femme de l'ombre.

— Non, n'insistez pas, Candice, je vais me fâcher !

— S'il vous plaît…

— Non, je n'irai pas passer Noël chez vous. Vous me l'avez déjà proposé, c'est très gentil, et je vous ai déjà dit non. C'est comme ça ! Je ne reviendrai pas sur ma décision. Et je refuse que vous m'offriez un cadeau, en plus. Vous faites tant de choses pour moi, déjà !

Debout devant la fenêtre, Dominique tournait le dos à Candice ; dehors, brillait un pâle soleil d'hiver. Depuis la réinstallation rue Saint-Lazare, Candice était venue veiller sur sa protégée tous les deux jours. Le voisinage, même le pénible Jean-Pierre, s'était habitué à la voir dans l'immeuble.

Candice disait à ses proches qu'elle aidait une dame qui avait eu un accident. Personne ne lui posait davantage de questions ; personne n'imaginait à quel point Dominique faisait désormais partie de son quotidien. Candice s'était accoutumée à sa personnalité particulière, à son apparente austérité, à son humour surprenant. De temps en temps, Dominique lui offrait des cadeaux, des bougies parfumées, d'adorables serviettes de table, des objets de décoration toujours d'un goût exquis.

Parfois, Candice percevait clairement une sonnette d'alarme interne, et la mise en garde de Mélanie revenait à son esprit, mais elle les mettait de côté. Quand elle allait rue Saint-Lazare, elle se sentait animée d'un sentiment qui la dépassait, la portait. Lorsqu'elle poussait la porte cochère du numéro 66, qu'elle gravissait les quatre étages, la joie l'envahissait ; elle prenait plaisir à se rendre dans cet appartement lumineux, et chaque fois qu'elle y retrouvait Dominique, elle appréciait leurs conversations à la fois personnelles et amicales.

Petit à petit, Dominique s'était livrée, lui avait parlé de son enfance à Saint-Pierre-du-Lac, près de La Ménitré, non loin de Saumur, de son père, des voyages qu'elle avait faits avec lui en Italie, en Grèce ; à son tour, Candice lui avait raconté les vacances avec son père, dans la maison qu'ils louaient chaque année à Royan, et dans laquelle elle n'était jamais retournée.

Tout naturellement, elles avaient abordé des souvenirs plus intimes. Dominique avait un jour rêveusement avoué qu'elle avait aimé le calme des confinements et du couvre-feu, qu'elle avait apprécié ce Paris silencieux, déserté, comme si tout le monde était parti loin, pour ne plus revenir ; Candice, elle, avait détesté ce silence inhabituel et pesant, et cette époque n'était à ses yeux pas encore assez lointaine. Elle ne l'avait pas exprimé, mais elle avait deviné que Dominique l'avait compris d'emblée.

Il y avait tant de sujets qu'elle n'était pas prête à évoquer avec elle, ni avec qui que ce soit. Les confinements successifs n'avaient fait qu'empirer sa boulimie ; elle se revoyait la nuit pendant que son fils dormait, en train de dévorer à toute allure comme une ogresse jamais rassasiée, puis courbée en deux au-dessus de la cuvette éclaboussée de vomi, ou perchée sur la balance dont le cadran creusait davantage son désespoir et sa haine d'elle-même.

Tout en observant la délicate silhouette de Dominique devant la vitre, Candice sourit en versant encore un peu de tisane.

— J'ai compris ! Je ne vous parlerai plus du réveillon de Noël demain soir, promis ! Mais j'ai autre chose à vous demander. Et là, vous ne pouvez pas me dire non…

Dominique se retourna lentement, curieuse.

— Vous êtes une maligne, vous.

— Pas du tout, répondit Candice, en lui tendant une tasse. Revenez vous asseoir et écoutez ma proposition.

Dominique se déplaçait plus facilement, remarqua la jeune femme ; elle poursuivait avec assiduité ses séances de kinésithérapie et semblait s'être habituée à sa prothèse. Elle marchait presque sans osciller, et n'avait plus besoin de ses cannes.

Lorsqu'elle fut installée dans son fauteuil, Candice se lança. Elle avait beaucoup réfléchi, et elle était persuadée d'avoir raison ; il était question de la voix de Dominique.

— Comment ça, ma voix ?

— Votre voix, justement. Votre timbre.

Dominique haussa les épaules, étonnée. Où Candice voulait-elle en venir ? La jeune femme continua avec ardeur ; oui, elle n'avait pas arrêté d'y penser, et elle en avait même parlé à ses collègues. Ils étaient d'accord pour que Dominique vienne faire un test en studio.

— Mais un test de quoi ? fit Dominique.

— Un test de son, pour juger votre voix.

— Je ne comprends pas pourquoi.

Candice se rendit compte qu'elle s'était mal exprimée, que ses propos n'étaient pas précis, alors elle recommença ; elle avait vérifié, les archives sonores des œuvres d'Émile Zola étaient anciennes, bien moins sophistiquées qu'aujourd'hui. Elle était convaincue que la voix de Dominique correspondait pour effectuer des enregistrements plus modernes.

— Mais je ne sais pas du tout lire à voix haute, s'écria Dominique. Je vais être très mauvaise ! Le pauvre Émile va se retourner dans sa tombe !

Candice distingua tout de même dans son expression une certaine fierté, une nouvelle allégresse ; Dominique poussa la protestation pendant quelques minutes, puis capitula devant la ferveur de la jeune femme. Qu'en pensait-elle ? Quel livre choisissait-elle pour cet exercice ? L'intéressée se sentait à la fois enchantée et apeurée, et elle ajouta qu'elle craignait de ne pas être à la hauteur, et même d'être ridicule ; Candice la rassura, lui dit qu'elle serait là tout au long de la manœuvre, que cela se passerait bien. Tranquillisée, Dominique lui confia qu'elle lirait des extraits de *Thérèse Raquin*, un des premiers ouvrages de Zola, celui qui le fit connaître en 1868, alors qu'il n'avait que vingt-huit ans.

— Vous l'avez lu ?

— Non, avoua Candice. J'ai peu lu, vous savez…

Dominique ignora cette remarque en décrivant l'esclandre qu'avait essuyé le livre à sa sortie, une véritable bombe ! La critique avait été scandalisée par ce roman jugé sulfureux, dit-elle tout en se levant pour le chercher dans la bibliothèque et le tendre à Candice. Tandis que cette dernière contemplait le portrait d'une jeune femme brune sur la couverture, Dominique continua : les journalistes condamnèrent le roman qui, selon eux, se complaisait dans le morbide et le sensationnel. Il avait pourtant fait un carton, mais, piqué par les critiques scandalisées, Zola s'était défendu dans une nouvelle préface. Candice en lut les premières lignes :

J'ai voulu étudier des tempéraments et non des caractères. Là est le livre entier. J'ai choisi des personnages souverainement dominés par leurs nerfs et leur sang, dépourvus de libre arbitre, entraînés à chaque acte de leur vie par les fatalités de leur chair. Thérèse et Laurent sont des brutes humaines, rien de plus.

— Je vous le prête, si vous voulez. Je sais que vous me le rendrez.

Candice n'osa pas refuser. Elle accepta et, dans le métro, elle ouvrit le roman à la page de garde pour découvrir cette écriture allongée qu'elle connaissait à présent par cœur.

D. Marquisan

66, rue Saint-Lazare, chez Jeanne, chez eux, chez moi

Septembre 1996

Le lendemain soir, on fêta Noël chez Faustine. Le deuxième sans Daniel. Clémence était accompagnée de ses filles et de son mari, Romain, Candice de son petit garçon ; il y avait aussi les Mainard, un couple d'amis proche de Faustine. L'ambiance était moins lugubre que l'année dernière, songea Candice ; Daniel venait de décéder. Tout était plus joyeux ce soir, les enfants riaient aux éclats, les adultes affichaient des sourires ; mais son père lui manquait encore, cruellement.

— Il faut que je te parle, murmura Clémence à sa sœur.

— Quoi ?

— Plus tard. Chut, maman nous regarde.

Après la distribution des cadeaux, Alice Mainard s'adressa à Candice :

— Il paraît que tu t'occupes d'une vieille dame ?

Candice lui retourna son sourire.

— Oui, une femme qui a été renversée.

— Oh, la pauvre ! Et tu fais quoi pour elle ?

— Des courses, un peu de compagnie.

— Elle est toute seule ?

— Très seule, en effet.

Candice pensa à Dominique, retirée chez elle pour le réveillon. S'était-elle préparé un repas qu'elle dégusterait, face à sa télévision ?

— Tu es vraiment une chic fille, Candice !

C'était précisément le genre de commentaire qui la gênait ; Candice se leva pour rejoindre sa sœur dans la cuisine.

— J'ai trouvé ! lui chuchota Clémence. Le nom de la propriétaire de la Villa O. On trouve tout, sur Internet.

— Tu as de la suite dans les idées, toi.

— Je ne lâche rien. Je veux aller jusqu'au bout. Elle s'appelle Sophie Lorma.

— Inconnue au bataillon.

— En effet, je n'ai pas découvert grand-chose sur elle.

— Bon, et tu vas faire quoi, maintenant, Clem ?

— Comme on a dit. On va se pointer…

— Comme ça ? Sans prévenir ?

Faustine fit irruption avec un plateau.

— Des messes basses ? s'amusa-t-elle, devant ses deux filles penaudes.

— Pas du tout, on range, dit Clémence hâtivement, une éponge à la main.

— Je vois, fit Faustine, merci !

Lorsque leur mère sortit de la pièce, les sœurs reprirent leur discussion. Candice trouvait idiot de se rendre à la Villa O ; Clémence se sentait obligée de le faire. Elles ne parvinrent pas à se mettre d'accord.

— On en reparle. Plus tard, un autre jour, dit Candice. Je vais rentrer, Timmy ne tient plus debout.

Clémence acquiesça. Puis elle lança, pendant qu'elles retournaient dans le salon :

— Comment elle s'appelle déjà, ta vieille ? Celle dont tu t'occupes ?

— Elle n'est pas si vieille que ça ! Elle s'appelle Dominique.

— Et toi, sainte Candice. Amen.

Le jour dit, peu de temps après les fêtes de fin d'année, Dominique arriva au studio Violette en milieu d'après-midi, en taxi, qui lui serait remboursé, avait précisé Candice. Elle s'était habillée et maquillée avec soin, et on ne pouvait discerner la prothèse sous sa longue jupe noire. Agathe lui offrit un café, qu'elle refusa. Candice voyait à quel point Dominique était nerveuse; elle ne cessait de se tordre les mains, de mordiller sa lèvre inférieure : des gestes à la fois attendrissants et légèrement ridicules.

Candice installa Dominique dans la cabine insonorisée, l'invita à passer le casque. Assise devant sa table, avec le texte face à elle et une bouteille d'eau, elle semblait encore plus maigre et frêle, comme une vieille petite fille. Les débuts furent laborieux; Dominique lisait trop vite, trop doucement, mangeait ses mots, sans doute intimidée par la présence de Luc et d'Agathe. Candice leur demanda aimablement de sortir du studio. Elle se retrouva seule devant le matériel d'enregistrement, les consoles, lecteurs, enregistreurs, périphériques, écrans, et, derrière la vitre, le regard angoissé de Dominique. Elle savait que celle-ci l'entendait dans le casque ; il fallait lui donner confiance, apprivoiser sa timidité. Elle lui demanda de refaire un essai, mais ce ne fut pas concluant ; Dominique bégayait, butait sur les longues phrases descriptives d'Émile Zola, se décourageait, baissait les bras, assurait qu'elle ferait mieux de partir.

Candice eut alors une idée. Elle se rapprocha du micro, et suggéra à Dominique de prendre une gorgée d'eau. Puis elle lui dit :

— Dominique. Vous allez m'oublier. D'accord ? Oublier que vous êtes dans ce studio, oublier les autres, oublier ce que nous sommes en train de faire. Vous allez y arriver, je le sais. Écoutez-moi. S'il vous plaît. À part ses lettres d'amour, je n'ai rien lu de lui. Je ne sais rien de sa plume, rien de ses livres. Faites-moi connaître tout ça, faites-moi vibrer, étonnez-moi. Vous comprenez ? Faites que je meure d'envie de connaître la suite, que je sois pendue à vos lèvres. Vous l'aimez tant, votre Zola, n'est-ce pas ? Alors, partagez-le, Dominique. C'est tout ce que vous avez à faire. Je veux le découvrir à travers votre voix. Envoûtez-moi avec Zola. Faites-moi aimer Zola. Donnez-moi Zola. Droguez-moi avec Zola. Imaginez que vous lisez ce texte rien que pour moi. Rien que pour moi.

Dans le casque, pas un mot ; juste un souffle sec et nerveux qui chatouilla le micro.

Puis le silence.

Puis la voix, un peu tendue au début, empesée, mais elle se délia petit à petit, un long ruban suave qui venait pourlécher les capteurs de toute sa promesse veloutée ; tonalités riches et pleines, fortes et fragiles ; rien qu'en écoutant, des frissons de plaisir parcoururent la nuque et le dos de Candice. Pour l'ingénieure du son, c'était du « caviar », comme s'exclamait parfois Luc face à un timbre exceptionnel, et elle s'y abandonna, frémissante, en suivant le tracé hypnotique des ondes sonores sur la piste audio.

Désormais Dominique était sur sa lancée ; elle avait trouvé son rythme, ni trop rapide ni trop lent, elle lisait comme si elle s'y était exercée toute sa vie ; elle lisait, et tout ce que Zola avait voulu décrire, Candice le voyait : la mercerie noiraude et humide perdue au fond d'un passage parisien près de la rue de Seine, là où le profil d'une jeune femme apparaissait derrière la devanture, les rares jours de soleil. Candice était transportée, elle ne se trouvait plus dans le studio, elle était déjà loin, dans la boutique exiguë, auprès de la brune et indifférente Thérèse, effrayante de flegme, avec Mme Raquin, la belle-mère, ronde et amène, le chat roux calé sur ses genoux. Candice distingua le mari de la jeune femme, fils unique et couvé de la mercière, un être effacé et souffreteux, sans charme ; il ne se passait pas grand-chose dans le lit conjugal, visiblement. Et puis, Laurent, l'ami d'enfance du mari de Thérèse, perdu de vue depuis des années, croisé un matin à un carrefour, et qui vient dîner le soir même. En transe, Candice se délecta de la voix de Dominique qui décrivait le cou de taureau de Laurent, gras et puissant, ses larges mains, sa sensualité bestiale, et le regard de Thérèse aimanté à son épaisse bouche rouge. Le drame s'annonçait en filigrane.

La porte s'entrouvrit, et Luc et Agathe firent leur apparition sur la pointe des pieds. Candice constata combien ils étaient impressionnés, eux aussi, comme envoûtés.

— Tu avais raison, chuchota Luc.

— Quelle merveille ! confirma Agathe, éblouie.

Il était maintenant impossible d'interrompre Dominique ; ils ne pouvaient qu'apprécier son intensité et celle des mots de Zola, l'engrenage fatal de l'adultère, la brièveté muette et violente du premier acte sexuel entre Thérèse et Laurent à même le plancher, alors que le mari était allé chercher du vin, et la belle-mère descendue à la boutique. Ils la laissèrent lire, jusqu'à ce qu'elle lève enfin les yeux, qu'elle les observe à travers la vitre, interdite ; elle attendait leur jugement en silence, son dos très droit, son menton levé. Lorsque Candice ouvrit la porte, en la félicitant, tandis que ses collègues applaudissaient à tout rompre, Dominique se mit debout, roide, avançant avec une démarche hésitante ; Candice craignit qu'elle trébuche sur la petite marche au sortir de la cabine. Elle lui tendit la main pour la guider ; celle de Dominique semblait gelée. Tous la congratulèrent, mais elle avait du mal à se détendre, à recevoir leurs compliments, comme si elle était encore habitée par le texte qu'elle venait de lire. Elle avait brillamment abordé cet essai, s'extasiait Luc, et Candice ne l'avait jamais vu animé d'une telle ardeur. Agathe s'était jointe au concert d'éloges en s'enthousiasmant sur la force de la plume de Zola associée au grain si original de Dominique : un mélange étonnant et réussi. Quand pouvait-elle revenir pour les séances ? Pouvait-on prendre rendez-vous rapidement ? Avait-elle un agent ? Accepterait-elle d'enregistrer d'autres livres de Zola, et puis, pourquoi pas, d'autres auteurs ? Éberluée, Dominique les écoutait, son regard allant de l'un à l'autre.

— C'est moi qui vais m'occuper de Mme Marquisan, annonça Candice fermement, en notant l'expression de gratitude sur le visage de Dominique.

Elle énonça son patronyme avec autorité ; il ne fallait pas laisser croire qu'elles étaient les meilleures amies du monde, sinon le salaire prévu serait peut-être moins élevé. Dominique comprit instantanément, lui donna du

« Mlle Louradour » en retour, tout en lui adressant un clin d'œil complice et discret. Tout allait avancer vite. Dominique viendrait terminer *Thérèse Raquin* pendant une semaine, chaque matinée. Ensuite, la maison d'édition serait consultée, afin de déterminer avec quelle œuvre poursuivre. Candice se chargerait du côté administratif, et Dominique percevrait un cachet d'artiste-interprète, en plus des droits pour la diffusion. Candice prendrait le temps de lui expliquer tout cela.

Pour l'heure, elles décidèrent de célébrer ensemble ce premier contrat dans un café près du studio. On leur servit deux coupes.

— C'est la première fois que nous buvons de l'alcool toutes les deux ! remarqua Dominique.

— Mais ça se fête, votre prestation !

— Je bois peu, avoua Dominique. Ça me monte à la tête, et après, je fais n'importe quoi.

— Vraiment ? s'amusa Candice.

— Vraiment, dit-elle, sérieusement. Trinquons ! À vous, Candice. Encore une fois, que ferais-je sans vous ?

— À Thérèse Raquin, enchaîna Candice hâtivement, en levant sa coupe. J'ai hâte de vous entendre lire la suite.

— Il y a tout dans ce roman, murmura Dominique en savourant son champagne. Absolument tout. Le désir, la lâcheté, le crime, le mensonge, la culpabilité, la folie. Mais ma scène préférée, c'est celle de la morgue.

Elle prononça ce dernier mot avec une sorte de sensualité frissonnante.

— Et il se passe quoi, à la morgue ?

— Vous verrez bien. Si je vous dis tout dès à présent, je vous gâcherai la surprise. Accrochez-vous. Zola nous en fait voir de toutes les couleurs.

Elle rit, puis son regard rêveur se perdit au-delà des passants et du trafic au-dehors ; Candice l'observa en silence.

Pour la première fois, elle nota à quel point Dominique était belle, avec ce visage de chat, ces fines lèvres souriantes, et ces yeux d'ombre où de petites flammes dansaient.

La maison d'édition avait donné son accord; Dominique était officiellement embauchée pour enregistrer la nouvelle version audio de *Thérèse Raquin.* Elle percevrait une somme validée par Candice, qui s'occupait des rémunérations des comédiens. Pendant quatre jours, Dominique vint au studio, dès neuf heures du matin, toujours ponctuelle et habillée avec soin. Candice ne pouvait s'empêcher de remarquer combien ses collègues avaient l'air de l'apprécier; Luc lui faisait même du charme. L'équipe avait décidé de se partager les pistes, ils effectuaient ainsi à tour de rôle les prises de son. Tout se passait bien, et Dominique s'attelait à la tâche avec professionnalisme et dévouement. Agathe était de garde au moment de la lecture de la fameuse scène à la morgue.

— Dément! Totalement gore! confia-t-elle à Candice au téléphone, le soir même. Jamais entendu ni lu une chose pareille! Tu sais quoi? Ta Dominique, elle donne envie de lire tout Zola.

Le dernier jour de l'enregistrement, Candice avait prévenu qu'elle serait absente ce matin-là; elle devait emmener Timothée chez le pédiatre pour une otite persistante. Agathe était aux manettes, au studio. Alors que Candice se trouvait dans la salle d'attente du médecin, son portable vibra : un SMS de sa collègue, qui s'étonnait de ne pas voir venir Dominique, d'habitude si ponctuelle, et il était déjà dix heures. Candice s'en étonna à son tour, et ressentit même une inquiétude ; elle envoya un message à Dominique, qui resta sans réponse.

Après la consultation avec le pédiatre, Candice ramena Timothée à l'école, puis téléphona au studio Violette. Aucune nouvelle de Dominique. Lui était-il arrivé quelque chose ? La suite de la journée se déroula sans signe de la part de Dominique. Enfin, en début de soirée, le portable de Candice sonna.

— Candice, je suis désolée pour ce matin.

La voix de Dominique semblait lasse.

— Mais que vous est-il arrivé ? Vous allez bien ?

— Je suis virée.

— Pardon ?

— Vous m'avez entendue. Il m'a virée. Il a embauché cette fille dont je vous ai parlé.

Candice resta sans voix un court instant, puis elle bredouilla qu'elle était navrée.

— J'ai reçu l'appel ce matin alors que je me préparais à venir. Il ne m'a même pas demandé de passer. Il m'a tout balancé au téléphone, comme ça.

Dominique paraissait essoufflée ; elle avait du mal à articuler. Candice devinait sa colère, son accablement. M. Agapanthe ne lui avait pas laissé le choix. Il avait expliqué, sans émotion aucune, qu'il avait pris cette décision : Léonor allait reprendre le poste, car il souhaitait un renouveau, un coup de jeune dans l'équipe. Quand elle avait entendu cette expression, « coup de jeune », Dominique avait failli s'étouffer.

Cet homme, qu'elle avait si bien connu, cet homme qu'elle respectait depuis si longtemps, était en fait un homme comme les autres, un médiocre, un lâche; après tout ce qu'elle avait fait et enduré pour lui, tout le mal qu'elle s'était donné! Elle avait menti à sa demande, elle savait nombre d'indiscrétions, elle pourrait se venger, mais elle ne le ferait jamais, car elle était droite dans ses bottes, elle. Elle n'avait rien à se reprocher.

Tout en l'écoutant, Candice tentait de la calmer, de la raisonner. Peut-être que prendre sa retraite, un jour, était une suite logique et que M. Agapanthe appliquait tout simplement la règle, aussi brutale et désagréable soit-elle? Dominique s'était offusquée : Candice n'avait rien compris! Dominique pouvait attendre un peu pour cette fameuse retraite, elle n'était pas encore une vieille dame; elle avait des accords avec M. Agapanthe. Enfin, elle en avait eu... C'était odieux, cette façon de la pousser vers la sortie, tout ça pour la remplacer par cette créature vénale à l'ambition démesurée.

Candice la laissa parler un certain temps, en prenant conscience que Dominique tournait en boucle sur le sujet; puis, elle lui proposa de venir tout de même terminer l'enregistrement au studio samedi matin. Dominique hésita, se trouvait trop énervée pour poursuivre, mais elle se laissa convaincre par la jeune femme. Lorsqu'elle arriva au studio dans la matinée, le lendemain, Candice constata à quel point Dominique avait les traits tirés, les yeux cernés; elle ne fit aucun commentaire. Elles étaient seules toutes les deux.

La voix de Dominique se révéla un peu blanche au début de la prise, mais au fur et à mesure de la lecture, elle reprit de la vigueur. La dernière scène de *Thérèse Raquin* était un coup de poing au ventre; Candice en eut le souffle coupé.

Zola n'avait pas lésiné, n'épargnant rien à son lecteur, et toute la rage de Dominique, toute sa fureur semblaient se décupler dans l'ultime paragraphe à l'ambiance suffocante et sordide.

Dominique demeurait prostrée dans la cabine, tête basse; elle resta de longues minutes ainsi avant que Candice, d'un bond, ouvrît la porte. Elle la félicita chaudement, l'aida à se relever. Dominique ne disait rien, livide; elle paraissait ailleurs, déconnectée. Candice lui offrit un verre d'eau.

— Ça va, Dominique?

— Oui, oui.

Elle demanda d'un ton morne s'il était possible d'avoir un taxi pour rentrer chez elle. Candice le commanda, l'accompagna jusqu'en bas.

— Donnez-moi vite de vos nouvelles, lui dit-elle. Et encore toutes mes félicitations pour votre extraordinaire lecture.

Candice regarda le taxi s'éloigner vers la place de la République; elle ne savait pas au juste pourquoi, mais elle ressentit une pointe d'inquiétude, comme si elle se doutait déjà que, pendant une longue semaine, Dominique garderait le silence et ne répondrait pas à ses messages. Pourquoi s'en faisait-elle autant pour cette femme qu'elle ne connaissait que depuis quelques mois? Sans doute parce qu'elle avait cru la voir mourir sous ses yeux.

Pendant cet étrange calme des jours qui suivirent, elle fut tentée de se rendre rue Saint-Lazare pour vérifier si tout allait bien, mais y renonça à la dernière minute. Candice se concentra sur les repères de sa vie qui la rassuraient; son fils, les visites d'Arthur, qui venait tout de même moins souvent, les dîners chez sa mère et chez sa sœur, les « apéros » avec Mélanie et d'autres amies, son travail au studio. À la surface, tout semblait en ordre, mais elle sentait qu'il y avait un vide. Ce vide s'appelait Dominique Marquisan.

Ce vide en appelait un autre, plus sournois, plus néfaste, celui qu'elle connaissait si bien, celui du corps et du poids, de l'obsession de la balance et de la calorie. Elle remarqua qu'elle recommençait à se nourrir vite et mal, qu'elle terminait l'assiette de son fils, qu'elle léchait les couverts, qu'elle raclait les fonds de plats avec ses doigts. Et chaque nuit, en silence, elle se pliait à l'effroyable tête-à-tête avec la cuvette des toilettes ; elle se soumettait à genoux à cet indispensable acte de purge qui vidangeait son estomac d'un jet acide. Elle se couchait avec ce goût détestable dans la bouche en dépit du brossage et du rinçage, et la sensation d'un ventre douloureux aux parois irritées ; son corps lui semblait encore trop gros, trop gras, débordant de son pyjama et ne lui inspirant que répugnance.

Lorsque Timothée était chez son père, Candice en profitait pour jeûner ; elle mangeait peu, buvait du thé, des litres d'eau. Elle sortait courir tôt le matin malgré le froid et, en rentrant, elle attaquait une série d'exercices pour raffermir son abdomen, qu'elle effectuait avec une sorte de hargne folle, les dents serrées. La sensation familière de vertige l'apaisait, cela signifiait qu'elle maigrissait, que son estomac allait rétrécir ; elle se sentait enfin maîtresse de son corps, et ce contrôle la grisa, mais ce fut de courte durée. En découvrant qu'elle n'avait perdu que cinq cents grammes après tant de privations, tant d'efforts, son désespoir prit le dessus, et elle se rua sur le réfrigérateur pour se goinfrer. Ce fut une crise abominable, pire que les autres ; en plein vomissement, elle crut percevoir le goût du sang dans sa bouche et paniqua. Elle se traîna jusqu'à la salle de bains, se doucha. Jamais elle n'avait ressenti une telle fatigue, un tel écœurement.

— Tu as des nouvelles de Dominique ? demanda Luc, un matin, au studio. Elle doit revenir bientôt pour un autre roman de Zola, non ?

Candice dut admettre qu'elle n'en avait pas eu, depuis un long moment. Elle s'isola pour lui passer un appel mais tomba directement sur sa messagerie.

— Je n'arrive pas à la joindre, avoua-t-elle à ses collègues plus tard, après avoir réessayé plusieurs fois. C'est bizarre.

À l'heure du déjeuner, Candice se rendit rue Saint-Lazare ; elle grimpa les marches quatre à quatre, en essayant de mettre de côté son appréhension. Devant la porte de Dominique, elle sonna deux fois de suite comme elle le faisait d'habitude, pour avertir que c'était elle, un signal de connivence entre les deux femmes.

Personne ne vint ouvrir. Elle sonna encore, et encore. Rien. Elle se mit à tambouriner sur la porte.

— Dominique ! Vous êtes là ? C'est moi !

Toujours ce silence angoissant en retour. Peut-être Dominique était-elle ailleurs, à la recherche d'un nouveau travail, ou venait-elle de se faire embaucher, mais Candice n'y croyait pas trop ; elle savait à quel point Dominique était casanière.

Elle frappa encore.

— Ouvrez-moi ! S'il vous plaît !

Dominique devait être là, roulée en boule sur son lit, éplorée. Comment avait-elle pu la laisser tomber de la sorte ? Candice aurait dû veiller sur elle, s'occuper d'elle, ne pas l'abandonner. Le choc de son licenciement avait dû être d'une grande violence. Elle s'en voulait amèrement.

— Dominique, s'il vous plaît, ouvrez !

Elle éleva la voix, cogna encore sur le panneau, et tout résonna dans la cage d'escalier.

La porte avoisinante sur le palier s'ouvrit et le visage grisâtre de Jean-Pierre apparut.

— Elle n'est plus là, dit-il. Vous n'êtes pas au courant ?

Candice le regarda avec surprise, la main encore levée.

Il se permit un sourire de triomphe. Comme il était vilain, avec son museau de fouine.

— Je croyais que vous étiez son amie. Elle ne vous a pas prévenue, visiblement.

Un rire sec.

— Que voulez-vous dire ?

— Ils sont venus prendre les meubles. Toutes ses affaires. En une journée, hop, dans un grand camion.

Candice sentit la panique s'emparer d'elle.

— Mais qui ?

— Je n'en sais rien, moi. Des déménageurs. L'appartement est vide. Il n'y a plus personne.

Candice réfléchit.

— C'était quand ? demanda-t-elle.

— La semaine dernière. Elle ne vous a rien dit, alors? Ha! Drôle d'amie, tout de même. Moi, je suis assez content qu'elle soit partie, cette Dominique. Elle me snobait. J'avais eu le malheur de tomber sous son charme. Mais je n'étais pas à son goût, manifestement.

Candice ne souhaitait pas subir les confidences saumâtres de Jean-Pierre, et s'éloigna; mais il continua sur sa lancée avec un autre rire, et tout en haussant le ton, il ajouta que la chambre de Dominique était mitoyenne à la sienne, et que les cloisons étaient bien minces. Une friponne, celle-là, sous ses airs de sainte-nitouche. Candice le savait-elle? Il y en avait eu, des amants, qui avaient défilé dans cet appartement. Le nombre de fois que des râles de plaisir l'avaient réveillé en pleine nuit! Et ces voix d'hommes qui lui disaient de ces choses. C'était raide! Il ne comptait plus. Elle ne se gênait pas, la Dominique, elle se pavanait dans le stupre. Est-ce qu'elle pensait une seule seconde à son voisin qui essayait en vain de dormir?

La jeune femme s'était déjà engagée dans l'escalier, mais, d'un mouvement souple, elle se retourna, remonta quelques marches jusqu'à lui. Jean-Pierre, surpris par ce revirement, recula d'un pas. Candice avait les yeux qui brillaient d'une drôle de façon.

Elle se rapprocha, avec un sourire qui le déstabilisa.

— Dites, ça vous faisait quoi d'espionner votre voisine? Vous deviez faire ça l'oreille collée au mur et la main dans le pantalon, non?

Jean-Pierre, blême, recula encore jusque chez lui.

— Ça devait vous soulager! Parce que, vu votre bouche toute tordue, ça ne doit pas vous arriver souvent, de prendre votre pied.

Le voisin, décomposé, referma sa porte à toute vitesse. Avec un sentiment de triomphe, Candice se lança dans l'escalier. Elle avait bien fait de lui fermer son clapet, à ce type ignoble.

Mais, troublée, elle se rendit compte qu'elle aussi, elle avait agi comme un voyeur, qu'elle avait pillé sans vergogne la vie privée de Dominique, et elle se revoyait, vautrée sur le lit, la main à l'entrejambe.

En arrivant au rez-de-chaussée, elle se rembrunit davantage ; le nom « Dominique Marquisan » avait disparu sur la boîte aux lettres. Dominique avait-elle des problèmes avec la justice ? Le fisc ? S'était-elle endettée ? Candice imaginait le pire : des huissiers venus vider le logement d'un coup, Dominique flanquée à la porte, avec son moignon et ses cannes. Vision insupportable. Où se trouvait à présent la locataire du 66, rue Saint-Lazare ? Où avait-elle pu se réfugier ? Qui l'avait hébergée ? Elle venait de perdre son emploi ; percevait-elle au moins le chômage ? Et elle qui aimait tant cet appartement, avec ses ondes zoliennes qui la portaient depuis toutes ces années, comment avait-elle supporté cette éviction ?

Candice ne pouvait s'empêcher de s'angoisser, de guetter son téléphone en vain. Dominique ne lui répondait pas. Comment pouvait-on disparaître de la sorte sans donner de nouvelles ?

Un soir, vers vingt heures, alors que la jeune femme dînait avec son fils, le nom « Dominique Marquisan » apparut sur l'écran de son portable. La bouche pleine, elle prit l'appel.

— Dominique ! Je me suis tellement inquiétée pour vous. Comment allez-vous ?

Un silence.

— J'espère que je ne vous dérange pas, Candice ?

— Non, pas du tout !

— Maman, qui c'est ?

La petite voix de Timothée portait.

— Oh, je suis désolée, vous êtes avec votre fils.

— Oui, nous dînons. Ce n'est pas grave ! Je suis heureuse d'avoir de vos nouvelles. Ça va ?

Un autre silence.

— Je vais bien… Mais… J'ai un service à vous demander…

— Allez-y, je vous écoute.

— Maman, c'est qui au téléphone ?

Candice regarda son fils en pyjama qui terminait son plat.

— C'est une amie, chuchota-t-elle. Finis tes pâtes.

— Oui, mais qui ? dit-il, avec toute l'obstination de ses trois ans.

— C'est Dominique, lâcha-t-elle, à voix basse.

— Je connais pas de Dominique, moi.

Timothée rouspétait.

— Pardon, dit Candice à son interlocutrice.

— Je vous dérange, je suis navrée.

— Comment puis-je vous aider ?

— C'est délicat…

Candice essuyait le menton de son fils, maculé de sauce tomate.

— Pourriez-vous m'accueillir cette nuit chez vous ? Je n'ai pas d'endroit pour ce soir.

— Que s'est-il passé ?

— Je vous expliquerai. Je comprends que cela puisse vous embêter, et vous pouvez tout à fait refuser.

Candice pensa aux déménageurs qui avaient tout embarqué sous l'œil goguenard de Jean-Pierre ; elle pensa à la nouvelle vie de Dominique, évincée de chez elle si brutalement. Où avait-elle dormi ces dernières semaines ? Comment s'était-elle débrouillée ? Et ses affaires, ses meubles, ses livres ? Où se trouvaient-ils à présent ?

— Bien sûr que vous pouvez venir. Vous dormirez dans la chambre de Timothée, je le prendrai avec moi pour la nuit.

— Oh ! Je vais dormir dans ton lit avec toi !

Timothée avait arrêté de faire la tête et dansait autour de la cuisine en brandissant sa cuiller.

Candice donna l'adresse et le code à Dominique, puis, tandis que son fils terminait son dessert, elle mit des draps propres sur le lit supplémentaire dans la chambre de Timothée ; elle ajouta une serviette dans la salle de bains.

— Je vais dormir avec maman ! criait le petit, tout joyeux.

— Oui, mais c'est juste pour ce soir, dit Candice, amusée par sa gaieté. Et d'ailleurs, tu vas te coucher très vite.

— Je veux voir ton amie Dominique que je connais pas.

Elle avait à peine bordé son fils dans le grand lit que la sonnette retentit.

Dominique était sur le palier, vêtue de son manteau noir, une valise à roulettes à la main. Elle était pâle, mais souriante.

— C'est si aimable de votre part, Candice.

— Entrez, il fait froid dans l'escalier !

Dominique se tenait de façon un peu rigide. Elle semblait fourbue.

— C'est joli, chez vous.

— C'est tout petit. Merci. Venez. Vous avez dîné ?

Dominique répondit par l'affirmative.

— Alors, c'est toi, Do-mi-ni-que.

Timothée s'était planté devant leur invitée, mains sur les hanches ; il la toisait, en jeune maître de maison.

— Bonsoir, Timothée. Oui, c'est moi. Je suis heureuse d'être ici. Et c'est gentil de me permettre de dormir dans ta chambre.

Elle lui parlait posément, comme s'il était un adolescent. Cela semblait plaire au petit garçon, remarqua Candice.

— Moi, je vais dormir dans le lit de maman.

Candice le poussa d'une main vers le salon.

— Et il est grand temps que tu y retournes, mon loup ! Il se fait tard.

Timothée se renfrogna. Candice redouta une scène. Ce n'était pas le genre de son fils, pourtant.

— Demain, tu as école, dit-elle, fermement.

— Tu m'embêtes. Je veux pas.

Il tapa du pied sur le parquet.

Dominique ôta son manteau, qu'elle posa sur une chaise. Ses gestes étaient précis, gracieux ; on ne pouvait pas imaginer un instant qu'elle portait une prothèse. Elle souffla à Timothée :

— Et si je te racontais une histoire, une que tu n'as jamais entendue, tu voudras bien te mettre au lit pour l'écouter ?

Le petit garçon battit des mains. Il fila dans la chambre, suivi de Dominique. Elle savait y faire, avec les enfants, visiblement, même si elle n'en avait pas.

Candice resta dans la cuisine à ranger, puis elle fit bouillir de l'eau. Elle entendait le murmure de la voix de Dominique, mais ne saisissait rien des mots qu'elle prononçait à son fils.

Un quart d'heure plus tard, Dominique la rejoignit. Quel adorable petit garçon ! Elle accepta avec plaisir l'infusion que lui tendit Candice, et prit place face à la jeune femme.

— Vous devez vous poser beaucoup de questions, avança-t-elle enfin.

— Je me suis inquiétée pour vous. Je suis allée rue Saint-Lazare et j'ai vu que vous n'habitiez plus là. Le choc !

Dominique baissa les yeux.

— C'est compliqué, ce qui m'arrive.

— Vous n'êtes pas obligée de tout me raconter. Mais entre l'accident et l'expulsion, vous cumulez, je trouve.

Un sourire amer.

— Oui, je cumule.

Puis, elle révéla que c'était sa faute, à lui. Tout était à cause de lui. Devant le visage interloqué de Candice, elle précisa. Agapanthe. Pendant trente ans, elle avait gardé des secrets ; pendant toutes ces années, elle s'était tue. Elle l'avait fait par loyauté. Par devoir. Mais aussi par… Elle hésita.

— Par amour.

Leur histoire avait commencé dans l'ombre, un de ces adultères banals, comme il en existe par centaines, entre le grand patron et son assistante. Elle avait l'âge de Candice, même pas trente ans, et lui, la cinquantaine ; il était puissant, elle n'était rien. Au fil du temps, elle avait fait ses preuves ; elle s'était rendue indispensable. Elle savait tout de lui, de sa vie, de ses manies, de ses inclinations. Elle mentait pour lui. Elle le couvrait. Elle l'aimait ; il en avait profité.

Un jour, dix ans auparavant, une affaire judiciaire avait fait scandale. Dominique cita le nom d'une grande entreprise, mais Candice n'en avait que de vagues souvenirs. Agapanthe représentait la partie civile. Dominique avait eu accès à des documents confidentiels, des éléments qu'elle n'aurait pas dû voir ; il avait douté d'elle, alors qu'elle n'avait jamais cessé d'être droite, honnête. Il avait fini par acheter son silence, sournoisement, bassement, en entremêlant le registre privé et le registre professionnel. Elle ne s'était pas méfiée. Elle avait fait confiance. Il avait une sorte d'emprise sur elle ; elle était incapable de lui résister. Elle se croyait en sécurité ; elle imaginait qu'ils partageaient un pacte. Elle avait été d'une naïveté ! Elle n'avait rien vu. Elle aurait dû s'y attendre dès l'arrivée de cette Léonor.

— Vous vous rendez compte ? glapit Dominique. C'est elle qui s'installe rue Saint-Lazare. Il m'a chassée pour l'installer, elle.

En l'écoutant, Candice se demanda si Dominique n'était pas en train de lui raconter des histoires. Tout ce récit avec Agapanthe paraissait invraisemblable. N'avait-elle pas eu un bail à son nom à elle, depuis le temps qu'elle vivait là ? Dominique secoua la tête tristement : non, rien n'était à son nom depuis le départ ; elle lui remboursait le loyer, en liquide, mais surtout en nature. Candice était perplexe. Que signifiait cette expression : en nature ? Elle ne la connaissait pas. Dominique ne cilla pas. Elle expliqua qu'elle payait Agapanthe « sans intermédiaire monétaire », avec des faveurs sexuelles, avec son corps. Incrédule, Candice avait l'impression qu'elle parlait d'un autre siècle, d'autres mœurs. Elle répéta le terme. Oui, en nature, réitéra Dominique. Et le pire, c'est qu'elle s'y était soumise, elle avait accepté ce marché infâme ; elle en avait même tiré un plaisir ambigu, et ceci pendant des années.

Dominique remarqua enfin que Candice l'observait en silence avec une moue légèrement ironique.

— Vous ne me croyez pas ?

Elle se raidit, visiblement vexée, haussa les épaules. Elle s'en fichait, après tout, de ce que Candice pensait, mais il fallait savoir qu'Agapanthe était très malin. Le travail de Dominique, son contrat, la possibilité de bénéficier d'indemnités de licenciement, tout ça, il l'avait planifié. Toute la partie officielle du poste au sein du cabinet était irréprochable. Il n'y avait aucun souci avec les prestations sociales, l'assurance chômage. Tout était en règle.

— Figurez-vous que cette ordure m'a même donné une importante somme en liquide lors de mon licenciement. J'ai tout mis à la banque. J'ai de quoi voir venir. L'appartement restait la zone d'ombre, son moyen de pression sur moi.

Candice fit un effort pour paraître moins dubitative.

— Mais pourquoi vous priver de l'endroit que vous aimiez tant ?

— Lui, il s'en foutait, d'Émile Zola, de Jeanne, de tout ça. Il venait juste pour... Vous voyez...

Un soupir.

Candice trouvait cette histoire de plus en plus tordue.

— Et où sont tous vos meubles, vos livres ?

— Dans un garde-meuble en proche banlieue.

— Qu'allez-vous faire ?

— Il faut bien que j'avance, Candice. Ce n'est pas mon genre de me lamenter. Je regarde devant. Droit devant. Le procès du chauffard est prévu pour l'année prochaine. Je dois m'y préparer, même si je sais que le verdict tournera en ma faveur. Je percevrai certainement une indemnité importante, l'avocat me l'a confirmé. Je dois aussi trouver un nouvel appartement. Et un nouveau travail.

Candice faillit ajouter que cela n'allait pas être facile, à son âge, puis se tut. Dominique était tout de même d'un courage exemplaire ; elle ne pouvait s'empêcher de l'admirer.

— Ne vous inquiétez pas, Candice. Je resterai ici le moins de temps possible.

— Aucune inquiétude. Je suis heureuse de pouvoir vous aider.

Plus tard, Candice retrouva son fils assoupi dans le grand lit. Elle écoutait les bruits d'une présence nouvelle dans l'appartement ; un pas qu'elle ne connaissait pas, une façon de fermer les portes avec douceur, un léger raclement de gorge.

Le parfum de Dominique imprégnait l'air de sa note poudrée et discrète. Candice entendit la douche dans la salle de bains, la chasse d'eau couler.

Puis, le silence.

Le lendemain matin, Candice fut réveillée par l'odeur du pain grillé. Dominique, habillée, coiffée, avait préparé le petit déjeuner. Tout était prêt dans la cuisine, la table joliment dressée ; Timothée, ébahi, tapait des mains, s'exclamait que c'était comme une fête.

— Je ne savais pas si vous préfériez du thé ou du café, alors j'ai fait les deux. Et il y a aussi ma tisane matinale, si ça vous tente.

— Vous n'auriez pas dû vous donner tout ce mal, dit Candice.

— C'est ma façon de vous remercier.

— Moi, je veux la tisane de Dominique, déclara Timothée.

Elle lui répondit avec la même gentillesse qu'hier soir :

— Tu vas trouver ça amer, tu sais. Tu peux goûter, mais je pense que tu ne vas pas aimer.

Candice les laissa seuls pendant qu'elle se douchait rapidement. Tout était impeccable, et elle se dit que Dominique avait dû passer plus qu'un coup d'éponge ; la seule trace d'une personne étrangère au foyer était cette fragrance qui flottait encore dans la petite pièce.

— Vous voulez rester ce matin après notre départ? demanda-t-elle à son invitée. Comme ça, vous prenez votre temps. Je peux vous confier les clefs. En partant, vous n'aurez qu'à les glisser dans ma boîte aux lettres.

— Merci. C'est gentil. En effet, je vais profiter de votre salon pour quelques heures encore. Après, je m'en irai.

Le doute effleura Candice, alors qu'elle passait les bras de son fils dans sa doudoune.

— Vous avez un endroit pour ce soir?

Dominique cligna des yeux.

— Non, pas encore. Mais ne vous en faites pas, je vais trouver. Il n'y a aucun problème.

Candice avait presque atteint la rue de l'Espérance et l'école de Timothée lorsqu'une pensée la traversa et elle faillit s'arrêter au milieu du trottoir. Comment pouvait-elle agir de la sorte? Faire comme si elle ne se souciait pas de l'endroit où Dominique passerait la nuit? Ne pas s'en préoccuper? Dominique avait subi tant d'épreuves récemment. Il était hors de question qu'elle ne lui propose pas de rester plus longtemps. Elle s'empara de son portable après avoir déposé Timothée. Elle obtint la messagerie de Dominique, une voix impersonnelle qui invitait à laisser un message; elle balbutia quelques mots, la pria de la rappeler, puis elle descendit les marches du métro pour rejoindre le studio Violette.

Dans la rame, elle ne pouvait s'empêcher de se demander ce que Dominique faisait en ce moment même chez elle. Allait-elle fouiller, regarder sous le lit, dans les placards, dans l'armoire de la salle de bains? Candice le méritait, après tout. Elle avait fait bien pire, rue Saint-Lazare; elle avait lu ces lettres torrides, elle s'était caressée sur son lit. Quand elle y pensait, elle avait tout de même honte.

En sortant à République, son portable vibra. Elle s'attendait à l'appel de Dominique, mais elle tomba sur sa sœur.

— Candi ! J'ai trouvé des infos sur la meuf.

— Quelle meuf ?

— T'as la mémoire courte. Sophie Lorma. La Villa O. Courtenay. Papa. Ça te revient ?

— Bon. Et tu as trouvé quoi, au juste ?

— On dirait que ça t'intéresse moyennement. Tu t'en fiches ?

— Non. Je me protège.

Clémence continua, comme si elle n'avait pas entendu la réponse de sa sœur ; elle avait remonté la trace de Sophie Lorma sur un forum dédié à la rénovation des maisons. Y figuraient des photographies de la fameuse Villa O, avant les travaux, puis après. Candice ne voulait-elle pas les voir ?

— Il y a une photo d'elle ? demanda Candice. De Sophie Machin ?

— Non. Je n'ai pas encore trouvé. Je t'envoie les photos de la villa.

Malgré elle, Candice se sentait curieuse. Elle accepta.

Elle dit au revoir à Clémence, et appela Dominique tandis qu'elle marchait vers le studio. Le froid s'était accentué. Elle avait oublié ses gants et ses doigts lui paraissaient gelés.

— Oui, Candice ? J'ai vu que vous aviez essayé de me joindre. J'étais en ligne avec le kiné.

Une pause. Candice se lança :

— Je voulais vous dire… Ne partez pas. Enfin, restez si vous n'avez pas d'endroit où aller. Il fait vraiment froid dehors.

— J'étais justement en train de m'éclipser.

— Non, restez.

— Je pensais retourner dans une pension que je connais. Ils sont gentils. J'ai de quoi payer, vous savez.

— Restez, s'il vous plaît. On verra bien plus tard.

— Je vous ai tellement dit merci dans ma vie que vous allez commencer à ne plus l'entendre.

— Si, je l'entends.

— Je vais alors faire les courses et préparer un bon repas pour vous et Timothée. Vous rentrez à quelle heure ?

— J'irai le chercher à la garderie à dix-huit heures. C'est tout près.

— À ce soir, Candice.

Plus tard, lors d'une pause thé au studio, Candice examina les images des travaux de la Villa O postées par Sophie Lorma et envoyées par sa sœur. Il y en avait une dizaine, annotées des mentions *avant* et *après.* La première montrait une large pièce principale, au crépi jauni, au carrelage orangé, avec un poêle usé tapi dans un coin, des poutres marronnasses, des plafonniers désuets, des fenêtres aux carreaux ternes. Candice dut avouer que cette Sophie Lorma avait un goût très sûr, car le salon avait été transformé, il semblait baigné de lumière ; les murs étaient désormais blancs, ainsi que le plafond, le dallage au sol en pierre naturelle, avec une cheminée ancienne qui avait l'air d'avoir toujours été là, deux gros divans aux tons bleu tendre, une table basse en bois peint, des bibliothèques remplies de livres. Elle s'attarda sur les chambres, refaites avec le même soin, la cuisine, audacieusement moderne, et les deux salles de bains, dont une à l'étage, avec sa baignoire haute, à l'ancienne ; une ambiance douce régnait dans cette maison, quelque chose d'apaisant et de réparateur.

Candice avait beau chercher, elle ne trouva pas de cliché de la propriétaire des lieux. S'agissait-il de la femme qui signait « Gabrielle » et qui écrivait à « Valentin » ? Impossible de le savoir. Elle savourait son breuvage, faisant défiler les images sur son écran. Avec pouce et index, elle effectua des gros plans, pour observer de plus près les objets, les livres, les matières. Dans les chambres plus petites, sous le toit, il n'y avait pas trace de jouets, de vêtements d'adolescents jetés à la hâte. Ou alors, se dit-elle, tout avait été bien rangé pour le reportage photo.

Il était l'heure de terminer son thé et de retourner au travail. Elle lança un dernier regard à la salle de bains qu'elle trouvait si romantique, avec cette baignoire surprenante face à la fenêtre, puis explora le contenu de l'étagère au-dessus du lavabo en fonte émaillé : des produits de beauté, des fioles, un poudrier, deux brosses à dents dans un verre... Elle eut un choc.

Ce flacon en forme de cylindre évasé. Ce gros bouchon noir. Cette étiquette blanche ornée d'armoiries. Elle le lui avait offert tant de fois pour son anniversaire, pour Noël ; il adorait cette gamme italienne, et disait souvent qu'il y avait toute l'Italie dans ce parfum.

Acqua di Parma.

L'eau de toilette que portait son père.

Prise de court, elle se leva pour rejoindre Agathe. Pendant toute l'après-midi, elle pensa à ce flacon sur l'étagère, à cette maison harmonieuse, à Sophie Lorma. À son père. Sa sœur n'avait sans doute pas remarqué le flacon, sinon elle l'aurait évoqué, tout de suite. Fallait-il retourner dans le passé de leur père, fureter dans cette probable histoire d'amour auprès d'une inconnue ? Clémence avait prévu de se rendre à

Courtenay, même sans avoir aperçu le parfum. Candice réfléchit, tout en effectuant mécaniquement les tâches de son travail, en sauvegardant les dernières pistes pour ensuite les classer. Leur chagrin ne risquerait-il pas de s'accroître ? Ne se rendraient-elles pas plus inconsolables encore ?

Au fond d'elle-même, Candice voulait savoir, elle aussi, ce que cette Sophie Lorma et la Villa O avaient représenté pour leur père. L'étrange trace, laissée par un Petit Poucet aux antipodes du Daniel Louradour qu'elles avaient connu, divulguait la face sombre d'un père solaire. Clémence avait raison ; il fallait confronter Sophie Lorma, mais avant de rejoindre Courtenay, Candice se doutait qu'elle allait devoir trouver un terrain d'entente avec sa sœur, car Clémence irait drapée de sa fureur de fille blessée, en défenseuse obstinée de Faustine, tandis que Candice, plus tempérée, désirait avant tout poser les yeux sur Sophie Lorma, sur la Villa O, comprendre, comme on dresse un constat après un accident, froidement, sans jugement.

L'esprit encore préoccupé, elle quitta le studio Violette à la fin de la journée pour aller chercher le petit. Elle n'avait plus songé à Dominique, mais dès les premières marches de l'escalier rue des Cinq-Diamants, alors qu'elle tenait son fils par la main, l'odeur vint les titiller, arômes appétissants d'une cuisine savoureuse et simple.

Dominique les attendait, un tablier noir noué sur les reins, quelques mèches folles s'échappant de son chignon, joues rosies par le four.

— Oh, ce n'est rien du tout, dit-elle en souriant devant l'enthousiasme de Timothée. Juste un potage, une quiche, une salade et un flan !

Le menu avait l'air tout simple, en effet, mais Candice comprit aussitôt avec effroi qu'elle avait fait entrer un vrai cordon-bleu chez elle, un de ces individus qui savent choisir les meilleurs aliments, les cuisiner, les présenter, les savourer, régaler autrui. Son père avait été un de ceux-là, et en voyant Dominique s'affairer, elle pensa à lui. Pour chasser son émoi, elle afficha un large sourire, puis remercia son invitée. Après le repas, qui fut délicieux, Candice insista pour ranger la cuisine ; Dominique proposa pendant ce temps de lire une histoire à Timothée, qui n'allait pas tarder à se coucher. Candice accepta.

Elle avait presque fini de mettre les assiettes au lave-vaisselle lorsque son portable vibra : Arthur. Ils ne s'étaient pas vus depuis une semaine, et le jeune homme suggéra de passer le lendemain, quand le petit serait chez son père. D'une voix hésitante, Candice lui expliqua en baissant d'un ton qu'elle hébergeait une personne chez elle.

— Mais qui ? s'exclama Arthur, étonné.

— Tu te souviens de la femme renversée cet hiver ?

— Celle qui a été amputée ?

— C'est elle.

— Elle est chez toi ?

— Oui. Elle a perdu son emploi et elle a été virée de son appartement.

Arthur absorbait toutes ces informations sans un mot.

— Tu ne m'avais plus jamais parlé d'elle, dit-il enfin.

— J'essaie juste de l'aider.

— Tu es bien bonne.

Candice n'aimait pas l'ironie dans sa voix.

— Et elle va rester là combien de temps ?

— Je ne sais pas. Juste quelques jours.

— Méfie-toi. Elle pourrait s'incruster.

La maison d'édition, très satisfaite de la version audio de *Thérèse Raquin*, avait proposé à Dominique, par l'intermédiaire de Candice, d'enregistrer la série entière des *Rougon-Macquart*. La lecture des vingt volumes prendrait au moins neuf mois. Dominique, encouragée par Candice, n'avait pas hésité longtemps. Maintenant qu'elle connaissait l'équipe du studio, qu'elle s'était familiarisée avec le déroulé des séances, elle ne voyait aucune raison de refuser, d'autant plus que le salaire était tout à fait convenable.

L'éditeur souhaitait démarrer avec les ouvrages les plus emblématiques d'Émile Zola, et il avait choisi dans un premier temps *L'Assommoir*, *Le Ventre de Paris*, *Germinal*, *Au Bonheur des Dames*, et *Nana*. Il poursuivrait avec le reste, plus tard. Dominique avait donné son accord, et il était convenu qu'elle débute dans une semaine avec *L'Assommoir*. Elle paraissait enchantée par cette nouvelle charge de travail.

Candice partageait son enthousiasme. Elle n'était pas revenue sur la durée du séjour de Dominique rue des Cinq-Diamants. À vrai dire, sa présence ne lui pesait pas, au contraire : il lui semblait que cette dernière avait fait entrer une nouvelle lumière chez elle. Tout était plus joyeux, plus gai ; le petit appartement n'avait jamais été aussi propre, et chaque soir, un repas succulent atterrissait sur la table. Candice trouvait leur linge lavé et repassé, rangé dans les penderies. Avant le coucher, Dominique racontait une histoire à Timothée (et Candice avait remarqué qu'elle ne partait jamais d'un livre, mais qu'elle inventait un conte, qui changeait chaque fois) ; le petit garçon réclamait ce rituel, puis il dormait à côté de sa mère d'un sommeil de plomb, et elle goûtait ces moments de tendresse. Régulièrement, Candice découvrait un billet de dix ou vingt euros sur la table avec un mot : *Merci. DM.*

L'ombre au tableau, c'était cette nourriture ; elle se sentait incapable d'y résister, elle reprenait une part ou deux à chaque dîner. Au moins, elle ne faisait plus de crises en pleine nuit, elle ne visitait plus la cuisine en faisant main basse sur tout ce qui traînait, mais elle savait qu'elle se couchait trop souvent le ventre bombé, avec cette impression d'avoir trop mangé. Elle avait pensé à se faire vomir, mais la lumière brillait sous la porte de Dominique, même en pleine nuit, et elle craignait de faire du bruit. Alors, elle se retenait ; mais combien de temps pourrait-elle lutter ? Depuis l'arrivée de Dominique, elle avait grossi, la balance le lui rappelait, chaque matin, de son petit claquement insolent.

Autre ombre, Arthur. Elle n'avait pas pu refuser de se rendre chez lui. Dominique comprenait tout à fait qu'elle passe la nuit chez son petit ami, les soirs où Timothée était avec son père. Arthur se moquait, disait que « la vieille » allait tout piquer en son absence, que Candice reviendrait le lendemain et trouverait les lieux vidés. Candice s'agaçait, le priait de ne pas l'appeler ainsi.

Candice ne parvenait pas à se détendre chez Arthur. C'était étrange d'imaginer Dominique seule dans son appartement, mais encore plus étrange d'être sans elle ; elle s'était habituée à leur rythme, à leur complicité, à la gentillesse de Dominique vis-à-vis du petit. Et quand Arthur prenait possession de son corps, elle fermait les yeux et partait ailleurs ; lorsqu'il la pénétrait, elle ressentait une douleur qu'elle n'avait jamais connue, comme si son vagin était tapissé de papier de verre. C'était insupportable ; elle serrait les dents, en priant qu'il se dépêche de jouir.

Elle était heureuse de rentrer chez elle le lendemain, de regagner son domicile qui sentait bon, où tout était bien rangé, et de retrouver Dominique, son visage souriant, son accueil chaleureux. Parfois, elle pensait à Sophie Lorma, à la Villa O. Elle n'avait pas encore trouvé le bon moment pour parler à sa sœur, et Clémence n'était pas revenue sur le sujet, alors, avec une certaine faiblesse, Candice avait lâché l'affaire.

Un matin, Dominique semblait transportée de joie. Candice la regardait, amusée, tandis qu'elle tourbillonnait comme un papillon fou. Elle avait quelque chose d'incroyable à raconter ; Candice n'allait jamais la croire, c'était insensé.

— Vous vous souvenez de la rue de Bruxelles ?

— Là où Zola est mort ?

— Oui ! cria presque Dominique, les mains jointes.

On aurait dit une dévote toquée qui avait vu une apparition divine, mais elle était assez convaincante, admit Candice.

— Figurez-vous que mon plan a marché !

— Quel plan ?

Cela faisait plusieurs semaines que Dominique était sur le coup ; elle avait trouvé en ligne l'organigramme du cabinet de notaires qui s'était récemment installé dans l'immeuble du

21, rue de Bruxelles, et elle leur avait écrit en exposant sa demande. Elle avait raconté sa passion pour ce grand écrivain et tout ce qui touchait à sa vie ; un clerc de notaire avait finalement répondu à son courriel, et il avait proposé de lui faire visiter le rez-de-chaussée et le premier étage, là où Zola avait vécu. Ce serait tôt le matin, avec l'accord de la direction.

— N'est-ce pas merveilleux ?

— Je me souviens que vous teniez à voir cet endroit.

— Et vous allez venir avec moi !

Au début, Candice déclina poliment, mais devant l'insistance de Dominique, elle dut s'avouer vaincue ; ce fut ainsi que, dans le froid piquant du petit matin, alors que le jour se levait à peine, Candice se retrouva rue de Bruxelles, devant le numéro 21 *bis*. Elles avaient rendez-vous avec le jeune clerc de notaire prénommé Éric. En l'attendant, Dominique lut la plaque à voix haute :

— « Émile Zola s'installa dans cet hôtel en 1889. Le 12 janvier 1898, il y écrivit "J'accuse !" et y mourut le 29 septembre 1902. » Dites, Candice, vous ne m'en voulez pas, de vous avoir tirée du lit à une heure aussi matinale ? Je me doute bien que Zola vous passionne moins que moi.

— Oh, mais j'apprends à le connaître, votre Zola. Depuis que vous enregistrez *L'Assommoir*, je l'ai dans les oreilles en permanence. Je n'entends que lui, et vous !

Un jeune homme brun s'était approché d'elles ; il portait des documents sous le bras, se présenta comme étant Éric, et il espérait qu'elles ne patientaient pas depuis trop longtemps, il faisait bien froid ce matin !

— Suivez-moi, je vous ouvre.

Muni d'un passe électronique, il débloqua la porte cochère et les fit entrer. Dominique marchait à petits pas comme si elle venait de pénétrer dans une cathédrale ; elle regardait autour d'elle avec une attention absolue, ne voulant rien laisser passer.

Candice s'arma de courage. N'allait-elle pas s'ennuyer ? Après tout, elle était là pour faire plaisir à Dominique, qu'elle trouvait légèrement ridicule dans sa dévotion, si totale. Elle se consola en songeant que la visite ne prendrait pas des heures ; ce serait l'affaire de quelques instants.

Dans le vestibule, Éric leur tendit à chacune quelques feuilles agrafées : un dossier d'informations générales et de plans du logement à l'époque de Zola. Elles allaient devoir faire preuve d'une grande imagination, précisa-t-il, car tout avait été transformé. Dominique s'en amusa ; en effet, à force de lire des ouvrages sur la vie du grand homme, elle savait qu'il nourrissait une passion débordante envers les bibelots ; ainsi, sur les deux étages du ménage Zola, poursuivit Dominique, s'étalait un bric-à-brac extravagant de boîtes à hosties, encensoirs, broderies, festons, chaises à porteurs, madones, bouddhas, et meubles de style gothique et objets de piété se côtoyaient non sans une certaine lourdeur.

Dans le document que leur avait fourni le jeune homme, Candice lut qu'après la mort d'Émile Zola, l'immeuble continua à être destiné à la location résidentielle jusqu'en 1937. Zola lui-même avait été locataire et non propriétaire. Son appartement se trouvait au rez-de-chaussée et au premier étage ; il jouissait également de l'accès au jardinet de la cour intérieure et d'une véranda qu'il fit agrandir. Au cours des années quarante, des travaux furent exécutés pour transformer les logements en cabinets médicaux, et le bâtiment abrita un dispensaire, des services administratifs, puis la sécurité sociale des écrivains, l'Agessa. Pendant plusieurs décennies, l'édifice fut exploité en tant qu'ensemble de bureaux et son état se dégrada lentement. Récemment, de nouveaux propriétaires avaient pris l'initiative de réhabiliter les lieux, et la remise en état avait duré quelques années ; le cabinet notarial s'y était installé depuis peu.

— Ils ont conservé l'escalier en bois, regardez, souffla Dominique, transie.

Elle effleura l'épais pilastre ancien représentant un atlante qui croisait les bras.

— Oui, il a été restauré, dit Éric. Montons.

Dominique gravissait les marches avec lenteur, et Candice se demanda dans un premier temps si sa prothèse l'encombrait ; puis elle comprit que Dominique souhaitait savourer chaque instant. Elle ne prenait aucune photo avec son téléphone et semblait se consacrer tout entière à ce qu'elle voyait.

— Vous vous rendez compte, murmura-t-elle en se figeant, ils ont emporté son corps par là.

Candice croisa le regard d'Éric, qui ne fit aucun commentaire. Arrivée au premier étage, Dominique étudia le plan attentivement.

— À gauche, ici, leur salle à manger, devenue plus tard une salle de billard, dit-elle, en avançant dans une pièce aux murs et plafonds blancs. Évidemment, il faut imaginer un décor radicalement différent. Pensez plutôt boiseries, lambris, moulures, tentures, tapis, rideaux, et donc tout était forcément plus sombre, plus chargé. Pas du tout comme aujourd'hui.

Si Candice ne parvenait pas à « voir » l'ancien décor, car son regard butait encore sur la blancheur éclatante presque rédhibitoire des lieux et les lignes modernes du mobilier administratif, elle se laissait emporter par la voix de conteuse.

Dominique, son plan à la main, les guida dans une grande pièce qui donnait sur la rue de Bruxelles.

— La salle de réunion de la direction, se permit Éric.

— C'était leur salon. Mme Zola était une hôtesse hors pair, elle recevait leurs amis chaque semaine, et elle était aussi une excellente cuisinière, même si le couple en avait déjà une à leur service.

— Eugénie, dit Candice. Je m'en souviens, vous m'en aviez parlé. Et Jules, le majordome.

— Vous avez bonne mémoire.

— Et ici, c'est le bureau de notre directeur, ajouta le jeune homme, en passant dans la dernière pièce qui donnait aussi sur la rue.

— C'est là où Zola a écrit « J'accuse ! », dit Dominique, fiévreusement. Il a choisi son bureau avec flair, votre directeur ! Il y avait ici la vaste table de travail recouverte d'une tapisserie, le fauteuil en forme de trône, une commode orientale à tiroirs, et une cheminée monumentale qui a disparu.

— Oui, toutes les cheminées ont été enlevées, mais ça date des années quarante, précisa le clerc de notaire.

— Il y avait aussi un gros divan, rajouta Dominique, parce que Zola aimait que ses amis viennent discuter ici avec lui. Je me demande d'ailleurs comment tout cela pouvait tenir dans cette pièce qui n'est pas bien grande.

— Comment connaissez-vous tous ces détails ? demanda Candice.

— J'ai vu des photos, j'ai lu des descriptions. L'endroit aurait pu être le cabinet particulier d'un cardinal italien, vu l'accumulation d'objets religieux, ou encore le boudoir d'une dame élégante à cause des étoffes précieuses, des soieries raffinées, des plantes exotiques.

— Ce devait être surprenant, murmura la jeune femme. Zola était religieux ?

— Non, pas particulièrement, répondit Dominique. Il aimait s'entourer d'objets de piété et, en emménageant ici, il souhaitait donner un certain cachet à ce nouveau domicile.

Elle expliqua qu'il n'avait reculé devant aucune dépense : il avait fait refaire la décoration des murs du hall d'entrée avec des panneaux représentant des scènes du Nouveau Testament ; il avait acheté un retable en bois sculpté, des vitraux anciens, un banc d'œuvre en noyer.

Dominique se tourna vers Éric.

— Et sa chambre ? D'après ce que je vois sur le plan, c'est juste là, à droite, dans la partie du bâtiment qui donne sur la cour et le petit jardin ?

— Oui, tout à fait, répondit le jeune homme. Il faut passer par là, venez.

Dominique se tenait encore plus droite, comme électrisée ; elle avançait avec prudence, mais Candice pressentait qu'elle rêvait de faire un bond en avant, telle une enfant surexcitée incapable d'attendre.

Ils s'engagèrent le long d'une serlienne qui surplombait l'escalier en bois, pour franchir une épaisse porte noire, visiblement toute récente ; ils se trouvaient à présent dans une longue pièce blanche. Le jour se levait à peine. À la belle saison, les branches des arbres de la cour devaient apposer leur touche de verdure, se dit Candice ; c'était un endroit calme, loin du trafic parisien, dont on ne percevait plus le murmure incessant.

Dominique se planta au milieu de la pièce, comme une comédienne prête à déclamer son texte.

— Voilà, dit-elle, ici à gauche, l'emplacement de l'ancienne cheminée. La fameuse cheminée.

Candice et Éric avaient beau regarder ; ils ne voyaient qu'un pan lisse et blanc. C'était donc ici qu'Émile Zola avait poussé son dernier soupir ? L'empreinte de sa mort n'avait rien laissé, et Candice se sentait déçue malgré elle. Elle en voulait presque à Dominique ; elle s'attendait à autre chose. Ils se trouvaient dans un bureau ordinaire, dans lequel des notaires exerçaient leur métier de notaire, et le décès du grand homme, au lieu de s'ancrer dans les murs pour y abandonner une vibration particulière, s'était évaporé sans sillage.

La voix de Dominique, sourde et brûlante, persista dans ce que Candice percevait comme une sorte de délire éveillé ; il fallait la laisser faire, ne pas s'en préoccuper. Elle guetta l'expression du jeune homme qui semblait perplexe. Oui, ils étaient gênés tous les deux par l'emphase et la transe de cette femme habitée par un esprit qu'ils ne captaient pas, ni l'un ni l'autre ; ils étaient les otages de sa passion, et ils n'avaient pas d'autre choix que de la subir, d'en calibrer la démesure.

— Regardez, murmurait encore Dominique, en montrant le mur du fond. Le grand lit à quatre colonnes était là, posé sur une estrade avec les tables de chevet de part et d'autre. Et juste ici, il y avait la haute grille en fer forgé qui divisait la pièce en deux.

— Une grille ? dit Candice, interloquée. Une grille dans une chambre ?

— Oui, répondit Dominique. Toujours son penchant pour les objets de culte. C'était une grille d'église, on appelait cela une clôture de chœur, qui servait à cloisonner l'espace sous la nef, séparer le profane du sacré.

Malgré elle, Candice suivait les mouvements de Dominique, qui mimait de ses mains l'emplacement exact des meubles ; ici, à gauche, un grand fauteuil, là, devant eux, une table carrée, et sur la cheminée au vaste manteau ornementé, un bouddha et deux lampes rondes.

Petit à petit, d'une façon singulière, l'ancien décor sombre et surchargé s'imposait, comme en filigrane, Candice le voyait lentement surgir, en charriant avec lui des odeurs inconnues, des parfums d'antan, maillés d'une strate délétère, celle des exhalaisons toxiques qui sourdaient de la cheminée, tel un lacet invisible et mortifère.

— Vous vous souvenez, Candice ? Il s'était levé dans la nuit, il ne se sentait pas bien. Alexandrine était allée dans le cabinet de toilette, à côté, qui devait se trouver juste derrière, par là.

— Oui, je m'en souviens, chuchota la jeune femme, qui avait l'impression de respirer moins librement.

— Suivons ses pas, ses derniers pas, dans la nuit du 28 septembre 1902, murmura Dominique.

Elle contourna le bureau qui se situait vers le mur du fond, plaqua son dos contre la cloison en écartant les bras, et elle ressemblait ainsi à un insolite ange noir crucifié contre l'éclat blanc. Émile Zola était sorti du lit ici, il avait franchi la grille de chœur comme elle le faisait à présent, sans doute voulait-il ouvrir une des fenêtres ; il devait sentir que l'air était vicié – soupçonnait-il cette cheminée bouchée ? peut-être, on ne le saura jamais. Il ne souhaitait pas déranger les domestiques ; il était persuadé que leur malaise était passager, dû à une mauvaise digestion.

Se doutait-il du dessein funeste ourdi contre lui ? Se doutait-il qu'il allait mourir là, dans sa chambre, cette chambre qu'il aimait tant, leur refuge, à lui et à Alexandrine, là où il lui avait écrit ses plus belles lettres, au lit avec leurs chiens adorés, Fan et Pin ? Alexandrine faisait un voyage en Italie chaque année, seule, précisa Dominique, un périple qui durait plusieurs mois, et chaque soir, son époux lui écrivait, lui racontait sa journée, dans les plus amples détails.

— Il est passé par là, dit Dominique, juste là, voyez. J'ignore vers quelle fenêtre il s'est dirigé, il y en a deux. Je sais que les rideaux étaient en velours rouge, lourds et épais, car il les décrit dans ses lettres à sa femme.

Candice suivait, aimantée par les gestes et la voix de Dominique ; Zola avait dû étendre les bras ainsi pour écarter les rideaux, mais c'est là précisément qu'il avait été terrassé par les gaz toxiques provenant de la cheminée bouchée, et il avait dû tomber ici, à leurs pieds.

Candice, oppressée, le souffle bloqué, ne voyait plus la moquette neuve du bureau des notaires ; elle percevait à présent le motif de l'ancien tapis de la chambre des époux, les vieilles lattes du parquet disparu ; le corps de l'écrivain gisait là, vautré de tout son long, vêtu d'une chemise de nuit chiffonnée et maculée de vomi, délimité par une marque rouge comme celles tracées par la police sur les scènes de crime.

Dominique poussa un cri rauque, une sorte de râle, et se laissa choir pour s'étaler à son tour sur le sol ; Candice l'observait avec un mélange d'embarras et de fascination. Frissonnante, Dominique gardait les yeux fermés.

— Il est mort juste là. Là où je suis. On l'a retrouvé le matin du 29 septembre 1902. Il n'avait que soixante-deux ans.

Le pantalon de Dominique s'était retroussé lors de sa chute, et le bas de sa prothèse était visible ; le jeune homme l'avait remarquée et la regardait avec une curiosité évidente.

Candice fit un effort pour ne pas se baisser afin de cacher la fausse jambe ; elle avait honte pour Dominique, mais celle-ci se trouvait ailleurs, dans un autre monde.

Les yeux d'Éric croisèrent à nouveau ceux de Candice. Il semblait hilare, tapota son index contre sa tempe plusieurs fois ; Candice n'avait pas besoin d'entendre sa voix pour comprendre : *complètement à la masse.*

Contrairement à elle, Éric n'avait pas été embarqué par la magie de Dominique, loin de là, et il raconterait tout à ses collègues. Candice voyait déjà la scène, les railleries près de la machine à café ; le jeune homme qui mimait ce qui s'était passé, qui titubait, bras tendus vers les fenêtres, yeux exorbités. Tous les notaires allaient se tordre, se tenir les côtes. Ah, ils n'étaient pas près d'oublier la folle éclopée qui avait cru voir le fantôme du pauvre Zola, ça ferait le tour des étages.

Dominique était prostrée sur la moquette, comme si elle dormait ; Candice s'accroupit, posa la main sur son épaule.

— Ça va, Dominique ?

— On va devoir y aller, lança Éric avec fermeté. Les bureaux vont se remplir.

Dominique se leva avec cette souplesse exceptionnelle qui impressionnait toujours Candice. Elle semblait avoir repris ses esprits, rajusta ses habits, son chignon ; elle gardait le silence, mais son visage rayonnait d'une curieuse lumière intérieure.

Pendant que le jeune homme les escortait vers la sortie, elle ne dit toujours rien, et finit par lui adresser un sourire lumineux en guise de remerciement.

— Vous voulez prendre un café ? demanda Candice, une fois sur le trottoir.

Dominique fit non de la tête. Elles marchèrent vers la place de Clichy en silence.

Puis, devant la bouche de métro, Dominique prit Candice dans ses bras et posa sa tête au creux de son épaule ; c'était la première fois qu'elles partageaient un contact physique aussi rapproché.

Le corps de Dominique était mince et dur, calé contre les rondeurs de la jeune femme ; l'étreinte ne dura que quelques instants, mais lorsque Dominique recula, Candice eut l'impression que son parfum poudré s'était imprimé sur elle.

Malgré lui, Timothée avait lâché le morceau ; il avait confié avec fierté à sa cousine Nina, à sa grand-mère et à sa tante qu'une fée vivait chez eux, qu'elle se nommait Domi, qu'elle faisait les meilleurs gâteaux du monde et qu'elle racontait chaque soir une histoire magique.

Le téléphone de Candice n'avait pas tardé à sonner. Faustine avait appelé en premier alors que Candice se trouvait encore au studio. Comment ? Cette Dominique habitait chez elle depuis un mois ? La femme qui avait eu l'accident ?

— C'est minuscule, chez toi. Comment faites-vous ?

Patiemment, Candice expliqua son organisation. Dominique était discrète, ordonnée, soignée. D'ailleurs, l'appartement n'avait jamais été aussi pimpant, plaisanta Candice. Dominique faisait le ménage le matin, les courses, préparait des repas délicieux. Pourquoi sa mère semblait-elle surprise à ce point ? Était-ce si extraordinaire, d'héberger une personne dans le besoin ?

Faustine écoutait, sceptique.

— Elle te file du fric, au moins ?

Candice jugea cette remarque déplacée, et lutta contre l'envie de rabrouer sa mère. Elle se garda bien de répliquer que, grâce à elle, Dominique travaillait, gagnait un salaire, enregistrait chaque après-midi une partie de la série des *Rougon-Macquart*. Faustine continua sur sa lancée, sans se rendre compte du malaise de sa fille ; Candice ferait mieux de se méfier, de ne pas laisser traîner des objets de valeur, des bijoux. On ne savait jamais d'où sortaient ces gens-là ; ce qu'ils étaient capables de faire. Candice écoutait, pétrifiée par la suspicion dans la voix de sa mère.

Plus tard, sa sœur embraya sur le même thème :

— Mais que fout cette bonne femme chez toi ? Et il en pense quoi, Arthur ?

Candice avoua la vérité.

— Arthur n'est pas enchanté.

— Elle n'a pas d'amis ? Aucune famille ? C'est bizarre, non ? Voire louche. Et elle va rester combien de temps ?

— Je ne sais pas.

Son amie Mélanie avait également émis des doutes, et les mots avaient afflué, toujours les mêmes, pénibles à entendre : « pique-assiette », « incruste », « squatteuse ».

Pourquoi son entourage était-il vent debout contre le fait de recueillir cette femme ? Comment ses proches pouvaient-ils négliger les traumatismes de l'accident, l'amputation, le licenciement ? Elle eut tout à coup la certitude que son père, lui, aurait compris, qu'il n'aurait jamais jugé sa fille, et qu'il aurait fait de même envers Dominique.

Un soir, alors que Timothée dormait déjà dans le grand lit du salon, Dominique proposa :

— Et si on invitait un soir votre maman et votre sœur à dîner ? Cela me plairait, de les rencontrer.

Candice hésita une fraction de seconde.

Dominique ajouta, très vite :

— Mais si ça vous embête, je comprendrai.

— Pas du tout ! C'est une bonne idée !

Dominique rangeait des assiettes avec une efficacité silencieuse. Elle haussa les épaules, et dit avec une légère amertume, qu'elle s'imposait déjà assez comme ça chez Candice, qu'elle savait tout ce qu'elle lui devait, et qu'il ne fallait pas que Candice s'inquiète, elle allait partir, elle était déjà sur la piste de plusieurs studios, son départ était imminent. Candice devait en avoir assez de la voir là tous les jours, n'est-ce pas ? Mais ce serait bientôt fini.

Déconcertée, Candice ne sut pas tout de suite comment stopper ce flot de paroles ; puis elle éleva la voix, ce qui n'était pas son genre, et Dominique se tut.

— Timothée et moi, nous sommes très heureux que vous soyez là. Vous le savez. Vous le voyez. Vous pouvez rester ici aussi longtemps que vous le souhaitez. Et c'est une bonne idée, pour ma mère et ma sœur.

— J'imagine qu'elles vous posent déjà des questions sur moi. Et que cela vous gêne.

— Justement, si on les invite à dîner, elles n'en poseront plus.

Elles échangèrent un sourire complice. Le dîner fut organisé pour le vendredi. Timothée piaffait d'impatience ; le jour venu, il observait sa mère et Dominique s'affairer aux préparatifs – potage de légumes à la coriandre, risotto à la truffe, salade de mâche, tarte aux pommes –, insistait pour les aider. Il dînerait avec elles, dans la cuisine, tout le monde se serrerait un peu. Des odeurs appétissantes remplissaient les lieux, et comme toujours, Candice luttait intérieurement pour ne pas lécher le bol, les cuillers, pour ne pas penser aux calories qu'elle allait ingurgiter.

Le petit appartement sous les toits était propre comme un sou neuf, fleuri, parfumé. Dominique s'était changée, elle portait une longue robe rouge, à l'ancienne, que Candice n'avait jamais vue ; la jeune femme se dit qu'elle aussi, elle devait se montrer à la hauteur de cette élégance, mais en enfilant quelques vêtements dans la salle de bains, elle constata encore une fois qu'elle avait grossi. Elle n'avait pas besoin de se peser, mais elle le fit tout de même, et le chiffre qu'elle nota l'emplit d'horreur. Face à la sveltesse de sa mère et de sa sœur, et à celle de Dominique, elle se sentit encore plus engoncée, encore plus épaisse. Elle choisit le grand pull sombre qui masquait ses formes, et son jean noir ; son uniforme de tous les jours, en somme. Alors, pour donner le change, elle se maquilla davantage et releva ses cheveux.

— Vous êtes ravissante, dit Dominique. Mais vous devriez vous mettre plus en valeur, vous savez, au lieu de vous cacher !

— Je n'ai pas votre ligne, répondit la jeune femme à voix basse.

En silence, Dominique l'observait.

Puis elle lança :

— Vous n'avez pas une jolie robe verte ? J'ai cru en voir une dans votre placard, il me semble.

Sans attendre l'approbation de Candice, elle ouvrit la penderie, choisit la robe vert foncé, qu'elle tendit à la jeune femme.

— Avec vos bottes noires, ce sera parfait !

Dominique insista, et Candice, pour lui faire plaisir, retourna dans la salle de bains pour vêtir la robe qui la serrait de partout ; une robe qu'elle n'avait portée qu'une seule fois, avec quelques kilos en moins. Elle n'osa pas se regarder dans la glace, car elle savait par avance qu'elle allait haïr ce qu'elle y verrait : ce corps jamais assez mince, ces hanches toujours trop larges, ces mollets pas assez longilignes. Et cette poitrine qui débordait de partout, obscène.

— Comme vous êtes belle !

Dominique semblait tout à fait sincère.

— Je suis trop grosse.

Candice avait osé le dire, même si ce n'était qu'un murmure.

— C'est ainsi que vous vous voyez ? Trop grosse ?

Une douceur incrédule se percevait dans le ton de Dominique. Elle poursuivit, une main sur l'épaule de la jeune femme : non, Candice n'était pas grosse, pas du tout ; elle avait un corps féminin, voluptueux, et il n'y avait rien de gros chez elle.

— Vous allez voir ma mère, ma sœur, et vous allez comprendre, marmonna Candice, qui rêvait d'ôter la robe verte, comme si celle-ci la démangeait de partout.

— Mais je me fiche de votre mère, de votre sœur. Vous êtes superbe dans cette tenue.

La sonnerie de la porte d'entrée retentit.

Timothée avait déjà ouvert, et accueillait sa grand-mère et sa tante avec des cris de joie. Candice nota le premier regard que Faustine posa sur Dominique : un mélange de perplexité et de curiosité. Mais son sourire restait chaleureux, et Candice en ressentit un certain soulagement.

Tout allait bien se passer, elle en était persuadée. Elle se serait inquiétée pour rien.

Ils passèrent à table assez rapidement, et Timothée insista pour être assis près de « Domi ». Le coup d'œil qu'échangèrent Faustine et Clémence semblait moins bienveillant, constata Candice.

Au début, la conversation était légère, joyeuse ; les invitées, impressionnées par le talent culinaire de Dominique, évoquèrent recettes et gastronomie.

— C'est joli, ta robe, dit Clémence à sa sœur. Ça fait drôle de te voir moulée.

Candice rentrait le ventre chaque fois qu'elle se levait ; après la remarque de son aînée, elle n'avait qu'une envie, se débarrasser pour de bon de cette robe, la rouler en boule dans un coin, se blottir dans son gros pull noir.

Mais ce fut au dessert que tout se gâta ; Timothée lâcha :

— Domi, elle a une fausse jambe.

Il y eut un flottement. Dominique sourit au petit garçon.

— C'est vrai. Et je t'ai expliqué pourquoi.

C'était comme si la remarque innocente de Timothée n'était qu'une brèche dans laquelle les deux invitées se préparaient à se ruer.

La première à dégainer fut Faustine.

— Ce n'est pas trop dur, de vivre avec une prothèse ?

Dominique répondit avec la réserve courtoise à laquelle Candice s'était habituée. Oui, c'était difficile, mais elle s'y était faite. Elle avait appris, grâce à la kiné, à se mouvoir, à se déplacer. Une question d'équilibre. Après l'accident, elle avait pu conserver son genou, ce qui, dans son malheur, était une grande chance. Tout était plus facile, grâce à ce genou. Elle expérimentait en ce moment une nouvelle prothèse en titane, toute fine, une vraie tige, de celles que portaient les sportifs handicapés, et elle allait pouvoir danser à nouveau. Elle se l'était juré. Elle danserait, comme avant.

— Vous étiez danseuse ? poursuivit Faustine.

Candice percevait une légère ironie dans sa voix.

— Danseuse professionnelle ? Non, pas du tout, mais c'est une grande passion pour moi, depuis mon enfance. J'ai participé à quelques spectacles, cela dit. J'ai adoré !

— Danse classique ou moderne ?

— Les deux. J'ai une formation classique, mais j'ai un formidable professeur de danse contemporaine.

— Candice nous a dit que vous aviez perdu votre job et votre logement, continua Clémence. Vous vous en sortez ?

Le dialogue devenait une sorte d'interrogatoire ; Candice, impuissante, avait conscience que sa mère et sa sœur guettaient le moindre mouvement de Dominique, chacune de ses réactions.

Les échanges plaisants étaient terminés ; on était passé à autre chose.

— Comment je m'en sors ?

Un petit rire. Elle s'en sortait parce qu'il y avait sur Terre des personnes comme Candice ; des personnes généreuses qui redonnaient espoir, qui tendaient la main, qui se préoccupaient des autres.

— J'ai juste aidé, protesta Candice, doucement. Je n'ai rien fait de plus.

— Vous savez très bien tout ce que je vous dois, Candice. Vous avez tendance à vous dévaloriser et vous n'avez aucune raison de le faire. Vous êtes formidable. N'est-ce pas ?

Avec un sourire un peu crispé, Dominique lança la dernière phrase telle une balle au bond aux deux invitées, qui furent bien obligées de sourire en retour et d'acquiescer.

La trêve fut de courte durée.

— Vous allez retrouver du travail ? demanda Faustine.

— Oh, mais j'ai déjà du travail. Grâce à votre fille, encore une fois. J'enregistre toute la série des *Rougon-Macquart.* Vingt romans, j'ai de quoi être occupée !

Candice intervint :

— En ce moment, au studio, nous terminons *L'Assommoir.* Et moi qui ne l'avais lu qu'en diagonale, je découvre l'histoire tragique de Gervaise. Quel destin ! Je suis passée à côté de ce livre au collège. Je ne me souvenais plus que c'était aussi rude, aussi palpitant.

Mais Gervaise n'intéressait pas les invitées.

— Donc, vous lisez des romans à voix haute, au studio Violette ?

— Tout à fait.

— Il y a un marché pour ça ? Les livres audio ? poursuivit Faustine.

Candice reprit la parole hâtivement : oui, il y avait un marché, et elle en avait déjà discuté avec sa mère ; depuis les confinements successifs, les livres audio et les podcasts avaient le vent en poupe.

— Pour moi, rien ne remplace le livre papier, annonça Faustine, avec une moue un peu pincée.

— Vous êtes une grande lectrice, sans doute ? dit Dominique, aimablement.

Un autre blanc.

— Non. Pas du tout. Je suis comme mes filles. Nous ne lisons pas.

— Moi, j'aime bien qu'on me raconte des histoires, fit la petite voix de Timothée. Tous les soirs, Domi, elle m'en raconte une nouvelle.

— Et vous ? Vous êtes une grande lectrice, j'imagine ? demanda Clémence à Dominique, avec une sorte d'effronterie qui stupéfia Candice.

— Oui, répondit-elle, avec un sourire éblouissant. Oui, je le suis.

— Une spécialiste de Zola, c'est ça ?

— Non. Tout simplement une lectrice.

— Pourquoi Zola ?

— Parce qu'il y a la vie entière dans ses romans. La lumière, mais la noirceur aussi. Il ne craint pas d'aller au fond des choses. Il n'édulcore rien. Il ne prend jamais de gants. Il préfère choquer que de laisser indifférent.

— Mais qui lit Zola, de nos jours ? gloussa Faustine.

Désorientée, Dominique se tut.

L'atmosphère avait changé, les pauses se prolongeaient ; les sourires s'étaient évanouis.

Candice ne savait pas comment lutter contre ces courants glacés qui semblaient remonter de profondeurs lointaines, qui faisaient taire même le volubile Timothée, le nez dans son assiette. Elle observait les visages de sa mère et de sa sœur ; elle y décelait toute leur méfiance, et elle voyait Dominique à présent à travers leurs yeux à elles : sa maigreur, ses fines ridules, sa robe rouge démodée, son chignon d'un autre temps.

Qui était l'étrangère assise à la table de leur sœur, de leur fille ? Une intello. Une intrigante. Une femme louche. Une créature bizarre. Candice allait devoir se protéger, se méfier, ne pas se laisser envahir, ne pas se laisser gober ; Candice était trop bonne, trop gentille, trop serviable. Candice, la bonne poire, Candice qui se faisait toujours avoir.

Ces non-dits qui pesaient de plus en plus lourd, Candice les distinguait dans la façon que Faustine et Clémence avaient d'épier Dominique, de la mettre à distance.

— Votre accident a eu lieu à Paris ?

— Oui, place d'Italie.

— Vous rentriez chez vous ?

Candice ne s'était jamais demandé pourquoi Dominique avait été renversée en plein treizième arrondissement, loin de son travail à l'Opéra, ou de chez elle, dans le neuvième.

— Non, je...

Sous le feu croisé des regards perçants, des interrogations indiscrètes, Dominique semblait perdre son aisance, se recroquevillait, et même sa voix splendide paraissait s'étioler, ne devenir qu'un chuchotis ; Candice la voyait passer de la lumière à l'obscurité.

Dominique murmura, les épaules courbées :

— J'allais à un rendez-vous.

Candice se remémorait la scène : la pluie, le bruit, le manteau seyant. Avec qui Dominique avait-elle rendez-vous, à l'autre bout de Paris, si loin de chez elle, un soir de grève ? Pourquoi devait-elle en parler, là, maintenant ? En quoi cela regardait Faustine et Clémence ? Elle avait envie d'administrer à Dominique une petite tape sur l'épaule, pour la prévenir, pour lui expliquer qu'elle avait le droit de garder le silence, que sa vie privée ne concernait qu'elle, qu'elle n'était pas obligée de répondre à sa mère, à sa sœur.

Dominique ne releva pas le visage, simplement ses paupières, et son regard sombre, presque liquide, coula vers Faustine et Clémence.

— Oui, dit-elle, sourdement, j'allais à un rendez-vous. J'étais pressée. Il pleuvait. La chaussée était glissante. Je ne voulais pas être en retard, voyez-vous.

Le pouvoir de cette voix ; la lumière semblait alors se rallumer lentement, un feu incandescent, interne, puissant, tranquille.

Dominique laissa le silence s'installer, comme elle savait si bien le faire, comme on lance un filet à la mer pour ramener des poissons frétillants ; Candice ne pouvait s'empêcher de sourire, furtivement.

Dominique dit qu'elle ne voulait pas être en retard. Un homme l'attendait dans une chambre d'hôtel du quartier. Ce n'était pas un hôtel de luxe, non, pas du tout, mais cet homme y avait ses habitudes. Cet homme n'aimait pas attendre. Il était occupé et il n'avait pas beaucoup de temps, mais celui qu'il lui donnait, elle le chérissait, elle le prenait, elle le faisait durer.

Candice se leva doucement pour empoigner son petit garçon assoupi, elle l'emporta dans ses bras, le borda dans le grand lit, puis retourna dans la cuisine.

Personne n'avait bougé ; Faustine et Clémence, muettes, ne quittaient plus du regard les traits de Dominique. En les observant, si concentrées, Candice jubilait en cachette. Dominique avait renversé la vapeur ; elle allait remporter la partie.

Candice ne pouvait s'empêcher d'être elle aussi entraînée par le récit de Dominique. Qui était cet homme ? Agapanthe ? Un autre amant ?

— Je suis arrivée à ce grand carrefour. Il y avait un monde fou ce soir-là, à cause de la grève. Et moi, je ne pensais qu'à lui. À cet amant qui m'attendait dans la chambre d'hôtel.

Je pensais très précisément à ce que nous allions faire. Je voyais nos gestes clairement. J'étais dans un état second. Cet homme me mettait dans un état second. Il avait ce pouvoir.

Candice jeta un coup d'œil dérobé à sa mère, à sa sœur; elles semblaient subjuguées, mais toujours avec une once de retenue, comme si quelque chose les dérangeait. Elle se rappelait le regard railleur d'Éric, le clerc de notaire. Faustine et Clémence allaient-elles virer vers ce bord-là : celui de la cruauté, de la moquerie? Elle mesurait à quel point Dominique, aussi captivante que perturbante par son attitude et ses propos, avait cette particularité de sortir ses interlocuteurs de leur zone de confort. Pour l'heure, ses proches paraissaient ensorcelées; la bouche de Clémence était même entrouverte et formait un joli petit O.

— Certaines personnes ont ce pouvoir sur vous, n'est-ce pas? Et vous ne savez pas au juste pourquoi. Seulement, prononcer leur nom vous liquéfie. Je n'ai pas vu la voiture foncer sur moi. Je n'ai rien vu du tout. On m'a dit après que le chauffard avait brûlé le feu. Mais je me suis souvent demandé si je faisais vraiment attention. Si je n'avais pas été dans cet état-là, aurais-je pu éviter l'accident? Je ne le saurai jamais.

Candice pensait à cet homme qui avait patienté en faisant les cent pas dans la chambre d'hôtel. Qu'avait-il su de l'accident? De l'amputation? L'avait-elle revu?

— J'aurais pu ne pas me rendre à ce rendez-vous. J'aurais pu rester chez moi. J'avais fait une partie du chemin à pied, sous la pluie, à cause de la grève. Je revois la robe que je portais, les jolis dessous à dentelle, les bottines élégantes… Je m'étais faite belle. À quoi cela tient, la vie?

Puis Dominique sourit, comme pour chasser ces idées sombres, et elle se leva, leur proposa une tisane. Encore une de ses spécialités, les tisanes ! Elle en avait pour tous les goûts. Étaient-elles tentées par quelque chose en particulier ? Candice admira la façon qu'elle avait de changer de sujet, avec aisance, sans brusquer autrui. Les invitées se laissèrent amadouer par des noms de plantes : mélilot, reine-des-prés, bardane, aubépine, arnica, souci.

La fin de la soirée dans la cuisine fut calme ; elles parlaient à voix basse pour ne pas réveiller le petit, en dégustant leurs tisanes lentement, et les bougies projetaient un éclat doux sur les visages. Tout semblait apaisé ; Candice se sentait réconfortée. On se dit au revoir aimablement. On se retrouverait, certainement ! Le repas était délicieux ; elles avaient passé un excellent moment.

En écoutant leurs pas descendre l'escalier, Candice se persuadait que Dominique avait mis sa mère et sa sœur dans sa poche, elle en était certaine. Elle n'aurait plus de problèmes avec elles. Tout se passerait bien désormais.

L'esprit léger, Candice fit la vaisselle avec Dominique. Rassérénée, elle ne pensait pas à sa robe trop serrée, à cette nourriture qui l'alourdissait. Dominique parlait tout bas : quelles charmantes personnes, sa mère et sa sœur ! Clémence avait deux filles, c'était ça ? Son mari était sympathique ? Candice répondait en séchant les plats. Oui, son beau-frère s'appelait Romain, un type adorable. Ils formaient un beau couple.

— Vous êtes, j'imagine, proche de votre sœur ?

— Oui, je le suis. Nous n'avons pas de secret l'une pour l'autre. Elle m'a beaucoup soutenue quand je me suis séparée du père de Timothée.

— Julien, si ma mémoire est bonne ? Vous parlez rarement de lui.

— Nous nous sommes connus un peu trop jeunes, et ça n'a pas marché. Et puis il a refait sa vie.

— Aucun regret, alors ?

— Non. Nous avons un merveilleux petit garçon que nous élevons séparément. Cela ne se passe pas trop mal.

— En effet. Une merveille, votre Timothée.

— Et vous, Dominique, des regrets ?

— Non. Aucun.

Son ton était ferme, presque dur ; en essuyant un verre, elle ajouta qu'elle n'avait aucun regret d'avoir tourné la page de la rue Saint-Lazare, même si elle avait tant aimé vivre là, ni de la fin de l'histoire avec Agapanthe. Elle regardait devant. Droit devant. Elle avançait ; l'épreuve qu'elle avait subie la rendait plus forte.

Candice se coucha sans bruit pour ne pas réveiller son fils. Il était tard, mais elle ne se sentait pas fatiguée ; elle revoyait les images du dîner, cette délicatesse, cette harmonie, se félicitait de la bonne tournure des événements.

La légère vibration de son portable annonça un SMS.

Candi ! Maman et moi, on a fait semblant pour ne pas faire une scène devant ton fils. Cette Dominique est une dingue. Une folle furieuse. Le genre de meuf qui théâtralise sa vie, qui embobine les gens. Ne tombe pas dans le panneau ! Tu dois la virer de chez toi tout de suite ! N'attends pas !

Elle avait effacé le message sur-le-champ, et le sommeil fut long à venir tant elle se sentait secouée. Sa mère et sa sœur avaient joué la comédie à la perfection ; elles n'avaient rien laissé filtrer de cette suspicion pourtant repérée dès le début du repas. Candice n'en revenait pas. Comment pouvaient-elles considérer Dominique de la sorte ? La diaboliser ainsi ? Quelle bande d'hypocrites ! Elle revoyait leurs sourires, qui lui semblaient à présent mielleux, imaginait les langues qui s'étaient déliées dès la porte cochère.

Le lendemain matin, déroutée, Candice prépara les affaires de son fils car ce dernier allait passer la nuit suivante chez son père. Elle prit sur elle pour ne rien montrer du tourment intérieur qui l'agitait.

En ce moment, au studio, Luc s'occupait d'enregistrer les séances de Dominique ; celle-ci avait entamé *Le Ventre de Paris*. Elle avait prévenu l'équipe en riant : ils ne regarderaient plus un étal de légumes de la même façon après les descriptions de Zola ! Le travail de Dominique, son sérieux, restaient très appréciés ; Agathe et Luc ne tarissaient pas d'éloges à son égard. Mais elle demeurait discrète ; elle ne racontait pas sa vie, maintenait le vouvoiement, ainsi que la distance courtoise qui la définissait.

— Tu sais où elle vit maintenant ? demanda Agathe.

— Aucune idée, mentit Candice.

— Drôle de nana. Curieuse. Mais attachante.

Cette formule avait subsisté dans l'esprit de Candice toute la journée. En sortant du métro, elle lut un message de Dominique reçu sur son mobile. Ils avaient bien avancé avec Luc ; ils allaient boire un verre, peut-être manger un morceau ensemble. Elle rentrerait tard ; que Candice ne l'attende pas pour dîner.

Candice s'amusa du couple formé par ces deux-là – Luc était un quadragénaire tatoué et barbu, tout de cuir vêtu et féru de hard rock – mais elle trouvait plutôt sympathique que sa protégée noue des liens avec ses collaborateurs.

Dans sa boîte aux lettres, elle tomba sur une enveloppe pour Dominique, « aux bons soins de Candice Louradour » : ce papier crème épais, avec l'écriture ronde qu'elle avait déjà vue rue Saint-Lazare. Toujours sans adresse retour au verso. Elle se demanda qui écrivait à Dominique avec une telle régularité, puis ouvrit la porte de la chambre de Timothée pour poser la lettre sur la table de nuit.

La chambre était ordonnée ; aucun objet n'y traînait ; le parfum de Dominique semblait plus intense ici. Alors qu'elle se retenait pour ne pas déboucler la petite valise, ni examiner le contenu du sac au pied du lit, son œil fut attiré par un porte-monnaie sur la chaise. Dominique l'avait-elle oublié ? Elle le saisit, l'observa. Elle ne l'avait jamais vu. À l'intérieur, des timbres, deux billets de dix euros, des épingles à cheveux, et la mauvaise photocopie d'une carte d'identité. Celle de Dominique, mais la date était périmée. Dominique devait porter la nouvelle sur elle. Candice calcula son âge : elle avait soixante-trois ans. Née un 15 août à Angers.

La sonnerie de la porte d'entrée retentit et Candice tressauta. À toute vitesse, elle fourra la photocopie dans le portefeuille, quitta la chambre en fermant la porte derrière elle. Dominique avait-elle changé de plans, finalement ?

C'était Arthur, muni d'un bouquet de fleurs.

— Je tente ma chance, sourit-il, en lui tendant les roses. Et tu es chez toi !

Elle était sincèrement heureuse de le voir ; ils n'avaient pas été seuls chez elle depuis un moment.

— Ta protégée n'est pas là ?

— Non, elle est de sortie.

— Alors, je t'ai enfin pour moi.

Il l'enlaça avec gourmandise, la poussa vers le grand lit du salon, et Candice, languissante, retrouvait le goût de ses caresses, de ses baisers. Empressé, il murmurait qu'elle lui avait manqué, que cette situation n'était plus possible, qu'il n'en pouvait plus, qu'il avait envie d'elle, maintenant, là, tout de suite ; ses doigts s'insinuaient sous son pull, dans son pantalon, et elle lui rendait la pareille, déboutonnait sa chemise, défaisait sa ceinture, l'embrassait à pleine bouche.

La lumière du jour s'évanouissait, cédant à la nuit, et Candice goûtait la pénombre qui nimbait son corps d'une obscurité rassurante ; elle était nue, mais à l'abri d'un éclairage cruel qui pourrait corroder la fragilité de son désir ; Arthur empoignait ses seins, ses hanches à pleines mains, et elle s'agrippait à lui fiévreusement. L'obscurité la rendait impudique, la libérait, et cette audace l'étourdissait ; elle se sentit belle, désirable, parce qu'il ne la voyait pas, noyée dans la nébulosité. Arthur, trop pressé, ahanant derrière elle comme un possédé, les mains arrimées à sa taille, s'effondra dans un râle pour peser sur elle de tout son poids.

— Ma Candi, murmura-t-il dans son cou, pardon, j'étais tellement excité, j'ai joui trop vite.

Mais elle ne lui en voulait pas ; cela l'arrangeait, au fond, cette étreinte bâclée où le plaisir patinait en surface pour la frôler sans l'atteindre, car les images qu'Arthur percevait d'elle resteraient fugaces, et leur brièveté ne permettait aucune prise sur elle.

Ils partagèrent un verre de vin blanc, lovés dans les bras l'un de l'autre ; Candice se sentait bien, se prélassait contre la chaleur d'Arthur. Toutefois, elle redoutait le retour de Dominique ; elle se demandait si la rencontre avec son compagnon se déroulerait dans le même climat de défiance et d'imposture qu'avec Faustine et Clémence, et elle devenait nerveuse, guettait le pas de Dominique dans l'escalier, le coup de sonnette.

Lorsqu'il retentit enfin, assez tard, vers minuit, elle ouvrit avec appréhension. Dominique était tout sourire, les joues rougies ; elle vacillait, et Candice ne se rendit pas compte sur le moment qu'elle semblait avoir trop bu. Dominique finit par l'avouer elle-même, en annonçant d'une voix gouailleuse qu'elle était « pompette » ; cette canaille de Luc avait fait couler des flots de vin blanc, et elle ne se sentait plus responsable de rien ! Elle s'esclaffait, se cognait aux meubles tout en s'excusant, et Candice ne reconnaissait plus son irréprochable pensionnaire. Arthur, intrigué, suivait Dominique des yeux avec un sourire aux lèvres, la trouvait amusante, riait avec elle, la rattrapait d'une main lorsqu'elle manquait de s'étaler de tout son long ; elle lui demandait pardon, à la fois honteuse et espiègle, pouffait derrière sa paume, minaudait.

— Tu es qui, toi, le beau rouquin ? bredouilla-t-elle confusément, en battant des cils. Oh, mais c'est le fameux Arthur ?

Elle mima des embrassades, des cajoleries avec des gestes vulgaires, comme si elle se doutait qu'ils venaient de faire l'amour, comme si elle avait assisté à leurs ébats par le trou de la serrure. Candice n'en revenait pas. Elle avait presque honte pour elle ; elle craignait qu'Arthur la trouve ridicule, pathétique. Ne fallait-il pas que Dominique se mette au lit ? Ce serait plus raisonnable, vu son état. Elle lui fit cette suggestion à voix basse, pour ne pas la gêner, mais Dominique reprit sa question à tue-tête en se dandinant, en faisant les gros yeux : se mettre au lit ? Mon Dieu ! Mais pour quoi faire, hein ? Nouvelle vague de fou rire, partagée avec Arthur. Comme ils étaient bêtes, pliés en deux, à se tenir le ventre, à se taper sur les cuisses ; Dominique essuyait des larmes imaginaires, puis mimait le visage consterné de Candice devant Arthur hilare.

Elle s'excusa à nouveau.

— Je vous avais prévenue, vous ne vous souvenez pas ? Je tiens mal l'alcool. C'est un désastre !

— En effet, fit Candice du bout des lèvres.

Arthur la poussa du coude : mais qu'avait-elle à être aussi sinistre ? On dirait une maîtresse d'école. Une gouvernante ! Qu'elle se décontracte un peu, enfin !

— Il reste à boire ? glapit Dominique.

— Oui, du blanc ! proposa Arthur. Vous en voulez une goutte ?

— Allez, juste une goutte…

— Demain, samedi, grasse matinée, chantonna Arthur en se dirigeant vers la cuisine.

Il apporta un plateau, avec trois verres, la bouteille de blanc, et fit le service avec une mine réjouie. Manifestement, Candice n'appartenait pas à ce club fermé, tandis que Dominique, à l'aise, évoluait avec une grâce nonchalante, retirait son manteau, se recoiffait. Candice ne pouvait s'empêcher de suivre les yeux d'Arthur se posant sur le corps sec de danseuse.

Comme si elle se trouvait chez elle, dans son propre salon, Dominique sélectionnait de la musique à partir de son mobile, qu'elle connecta ensuite aux enceintes : *Come Together*, des Beatles, volume sonore réglé à la puissance maximale, basses faisant vibrer l'étagère. Plantée au centre de la pièce, pieds écartés, paupières mi-closes, sourire extatique, elle balançait ses hanches, lapait son vin blanc avec des mines de chatte gourmande. Verre brandi tel un trophée, Arthur s'était levé pour danser avec elle. Le voir se déchaîner sur un vieux tube de « boomer » était divertissant, lui qui n'écoutait que du rap.

Candice les observait. Elle n'avait jamais rien compris aux paroles énigmatiques de cet air – *old flat top, joo joo eyeball, mojo filter* –, ne s'était pas intéressée au répertoire des Beatles. Elle remarqua, amusée, que Dominique connaissait *Come Together* par cœur, qu'elle chantait à tue-tête dans un anglais parfait, comme si elle avait fait ça toute sa vie ; puis, ébahie, Candice vit à quel point Dominique devenait John Lennon, Paul McCartney, Ringo Starr, George Harrison : elle avait posé son verre, et mimait à la perfection les riffs de guitare, l'étrange chuintement rythmique de Lennon au début de chaque couplet. La chanson d'après s'enchaîna : *Hey Jude*, et Candice eut l'impression d'être au spectacle, devant un karaoké privé que Dominique n'exécutait rien que pour

Arthur et elle ; sa voix si particulière s'éleva, s'amplifia, se mêla à celles de la mythique bande en une harmonie inattendue. En transe, bras levés, chevelure libérée du chignon sévère, Dominique scandait : « Na, na, na, na, na ! », portée par le rythme des chœurs, se laissant aller aux mêmes hurlements sauvages que McCartney sous les yeux médusés d'Arthur et de Candice.

Candice percevait l'adolescente qu'elle avait dû être, délicieusement déjantée, mais elle voyait aussi, et surtout, une femme libre, incandescente, à l'aise avec son corps, et elle l'envia.

— Quelqu'un veut une tisane ? demanda Dominique, en coupant d'un clic la mélodie suivante, *Get Back.*

— Une tisane ? On arrête alors ?

Arthur semblait déçu.

— Oui, on arrête.

Dominique partit à la cuisine faire bouillir de l'eau. Arthur, en nage, s'épongeait le front.

— Elle est marrante, dit-il, essoufflé, en venant s'asseoir à côté de Candice. Pas du tout comme je l'imaginais.

— Et tu l'imaginais comment ?

Il haussa les épaules.

— Je ne sais pas. Une dame sinistre.

Puis il ajouta qu'on ne pouvait pas se douter un instant qu'elle avait été amputée.

Dominique revenait avec la théière fumante et des tasses ; elle les servit, puis alluma une bougie parfumée. Candice trouva le breuvage particulièrement âcre. Elle accepta volontiers que Dominique l'adoucisse avec du miel ; Arthur aussi. Ils goûtèrent quelques biscuits au sésame, faits maison.

Le petit appartement retrouvait enfin son ambiance paisible ; Candice et Arthur s'étaient installés sur le lit, contre les coussins, et Dominique leur parlait, posément, assise sur le fauteuil face à eux, les jambes croisées sous son pantalon noir. Elle avait encore les joues roses, mais elle ne gloussait plus, et ses gestes paraissaient plus assurés.

Candice l'écoutait, le menton blotti contre l'épaule d'Arthur, et ses paupières devenaient de plus en plus lourdes. Que racontait Dominique ? Candice se concentrait. Il était tard. Dominique évoquait Zola, le travail qu'elle effectuait au studio à lire ses œuvres, et l'extraordinaire privilège que cela représentait. Cette discussion devait ennuyer Arthur, craignit Candice, il allait s'endormir, le pauvre. Dominique parla ensuite de son père, et de la surprise, il y avait vingt ans de cela, qu'il lui avait réservée : il l'avait emmenée voir la maison d'Émile Zola à Médan, dans les Yvelines, face à la Seine et au chemin de fer. Elle avait été transformée en musée, et ils s'étaient promenés dans l'allée des tilleuls en haut du jardin en pente, puis avaient visité le vaste bureau du dernier étage, là où l'écrivain travaillait chaque jour à ses livres ; elle avait été émue de découvrir le lieu de vie de cet auteur qu'elle avait commencé à lire grâce à la lettre trouvée derrière la cheminée.

La voix de Dominique remplissait l'espace, tranquillement, comme une marée montante, et bientôt Candice ne distinguait plus les mots, simplement son timbre, à la fois moelleux et rauque, qu'elle connaissait si bien à force de l'écouter au studio, dans son casque. La voix l'endormait, hypnotique, ensorcelante ; il devait en être de même pour Arthur, car il ne bougeait plus, et elle ne percevait de lui que le bruissement de sa respiration régulière.

Elle avait dû s'assoupir, car lorsqu'elle ouvrit les yeux, l'épaule d'Arthur n'était plus calée contre son visage ; sa bouche était asséchée et sa tête, endolorie. Depuis combien de temps se trouvait-elle là ? La lumière n'était plus la même et paraissait verdâtre ; la flamme de la bougie vacillait tout au fond du pot. Un air de piano lancinant qu'elle ne connaissait pas tournait en boucle.

Candice se redressa malhabilement, avec l'impression désagréable d'un poids vissé sur le crâne, comme si elle était sous l'eau : tout était vert, dilué, empreint d'une mélasse poisseuse dans laquelle elle s'engluait. Était-elle seule dans le salon ? Elle ne voyait personne d'autre.

Le curieux filtre vert ne s'estompait pas ; le fardeau qui pesait sur sa tête non plus, et même les notes du piano qui lui parvenaient de façon assourdie tintaient avec la résonance aquatique d'un fond marin. Elle ne comprenait pas ; pourtant, elle n'avait bu qu'un verre de vin. Ses jambes étaient devenues lourdes et molles, impossibles à bouger.

De loin, l'écho d'un rire lui parvint et elle pivota ; dans le clair-obscur d'un coin de la pièce, elle crut distinguer des ombres qui se mouvaient. Avec un effort, elle repéra deux silhouettes debout près de la fenêtre, s'efforça de les examiner avec plus d'attention ; elle ouvrit la bouche pour les apostropher, mais on ne l'entendait pas ; sa voix n'était qu'un murmure.

Ce devait être Arthur, cette large ombre noire, et Dominique, la plus fluette. Mais qu'avait donc Arthur sur la tête ? S'était-il déguisé ? Incrédule, elle vit qu'il portait des bois de part et d'autre de son front, tel un grand cerf coiffé de ramifications touffues qui montaient jusqu'au plafond ; il dansait, mais de manière plus saccadée, et devant lui, l'ombre de

Dominique, une sorte de biche, paraissait cambrée. Candice déglutit ; sa bouche était d'une sécheresse qui lui faisait presque mal ; elle voulait se lever, chercher de l'eau, en vain.

L'air de piano se prolongeait, les rires aussi, mais Candice percevait à présent d'autres bruits : des soupirs, des petits cris, et avec un trouble grandissant, elle constata que les deux ombres copulaient, que le grand cerf besognait la biche, comme Arthur tout à l'heure avec elle ; les mêmes mouvements, les mêmes gestes frénétiques et désordonnés.

Alors, médusée, elle regarda ces sexes s'emboîter, s'abandonna à cette vision, et lorsqu'elle se caressa, ce fut comme la bouche avide d'une minuscule pieuvre qui se fixa sur elle, qui aspirait sa chair en douceur, sans violence, en prenant son temps, et elle oublia tout, sa migraine, sa soif, son inconfort ; il ne restait que ce petit poulpe invisible et habile, venu de nulle part qui la suçait, et le plaisir aigu qui s'annonçait, celui qui lui avait manqué, qu'elle avait effleuré de loin, mais qu'elle recueillait à présent avec une appétence féroce et elle sentit sa puissance magistrale s'imprimer en elle, sur ses paupières closes telles des spirales folles.

— Candice !

Hagarde, elle ouvrit les yeux. Le tourbillon s'éclipsa. La lueur grise du matin pénétrait la pièce ; elle était au lit, avec Arthur à ses côtés. Elle le fixa sans comprendre. Il n'avait pas de cornes ; il semblait tout à fait normal.

Sur la table basse, nulle trace de verres de vin, ni de tasses de tisane.

— Coquine ! J'ai comme l'impression que tu étais en train de jouir dans ton sommeil…

Il l'embrassa goulûment, l'attira à lui ; l'entendre gémir pendant qu'elle dormait était excitant, à quoi pensait-elle donc ? Elle avait fait un rêve érotique ? Elle ne voulait pas lui décrire ?

— Il est quelle heure ? demanda-t-elle, encore sonnée.

Dans son bas-ventre persistait le sillage d'un orgasme puissant.

— Il doit être dix heures. Dominique est partie acheter des croissants.

Candice se leva, enfila son peignoir. Elle se rendit dans la cuisine, avala un peu d'eau ; elle ouvrit le placard et tomba sur toutes les tisanes stockées là. Elle ne les avait jamais regardées de près, ces tisanes.

Les images revenaient, l'ambiance aquatique, les notes de piano, le grand cerf et la biche.

La porte d'entrée claqua. Dominique apparut avec son panier à provisions. Elle était parfaitement coiffée et maquillée. En découvrant Candice, elle lui adressa un grand sourire.

— Je vous prie d'excuser ma conduite. J'ai honte ! Cela ne se reproduira plus, je vous le promets.

Candice garda le silence, se contenta de hocher la tête.

— Et je voulais vous dire, poursuivit Dominique en mettant la table avec zèle, j'ai prévu de visiter un logement à deux pas d'ici. Une pièce, avec une cuisine équipée. Un loyer tout à fait correct.

En l'observant tandis qu'elle s'affairait, Candice pensa tout à coup aux lettres qu'elle avait dénichées sous son lit, rue Saint-Lazare. Et à quelques phrases en particulier.

Vos si petites mains, ce qu'elles savent faire. Votre bouche aux lèvres si fines, à quoi elle se plie.

Elle quitta la pièce pour aller se réfugier sous la douche ; comment ne pas revenir à hier soir, à cette soirée saugrenue ?

Malgré elle, elle se remémorait l'ivresse de Dominique, la sensualité de son déhanchement, les yeux d'Arthur rivés sur elle. Pendant le petit déjeuner, Dominique et Arthur, qui se vouvoyaient à présent, échangèrent des propos affables et assez ordinaires ; ils se regardaient à peine, et Candice avait du mal à croire qu'ils avaient dansé d'une façon aussi complice sur les Beatles. L'effet de l'alcool, sans doute ? Elle ne pouvait s'empêcher de se demander ce qu'Arthur pensait à présent de Dominique, lui qui s'était montré ironique à son égard avant de la connaître, la traitant de « vieille ». Il avait avoué hier soir, et elle s'en souvenait, qu'il la trouvait « marrante ». Arthur avait bu de la tisane, lui aussi, en plus de l'alcool. Avait-il ressenti les mêmes symptômes qu'elle ? Devait-elle en discuter avec lui ? Évoquer ce rêve dérangeant ? Cela lui semblait impossible, mais elle ne cessait d'y songer ; les images s'imprimaient dans sa tête, et elle revoyait le grand cerf s'accoupler sauvagement à la biche.

À la fin du repas, Arthur embrassa Candice, salua Dominique avec une courbette respectueuse, et détala. Il avait prévu d'aller rendre visite à ses parents.

Seule en face de Dominique, Candice se posait une foule de questions, ignorait si elle devait parler de la soirée passée ou pas ; Dominique, elle, paraissait naturelle, comme si de rien n'était. Enjouée, elle déposa un livre emballé dans du papier cadeau devant la jeune femme, en lui annonçant une surprise.

Candice l'ouvrit pour découvrir les *Lettres à Alexandrine*, par Émile Zola, un gros ouvrage, à l'instar de celui qu'Arthur lui avait offert avec les lettres à Jeanne.

— Je me suis dit qu'il fallait que vous lisiez ce que notre Émile a écrit à son épouse, car pour le moment, vous n'avez qu'une version de l'histoire, celle de Jeanne. Alors j'ai voulu vous donner cette possibilité.

— C'est gentil, murmura Candice. J'ai pris beaucoup de plaisir à lire ses lettres à Jeanne. Je vous remercie.

— Vous verrez, cette correspondance est différente, tout aussi touchante. Je me répète mais notre Émile n'a jamais pu choisir entre ces deux femmes. Ce fut un drame pour lui.

Tout en écoutant Dominique, Candice s'apercevait que cette dernière en faisait un peu trop, comme si elle souhaitait se faire pardonner ; ses mouvements semblaient étudiés, son sourire, doucereux. Ressentait-elle une certaine culpabilité ? Avait-elle sciemment choisi une tisane aux effets hallucinogènes ? Ou alors, sous l'effet de l'alcool, ne s'était-elle rendu compte de rien ?

Candice se sentait de plus en plus inconfortable ; elle souffrait encore d'une céphalée, sa bouche était toujours pâteuse. Elle ressentait le besoin persistant de quitter l'appartement, de sortir prendre l'air. Elle se leva, annonça à Dominique qu'elle partait faire quelques courses ; elle serait bientôt de retour. Elle prit ses affaires, et se sauva.

En descendant la rue des Cinq-Diamants, elle comprit qu'elle considérait désormais la présence de Dominique comme un poids : est-ce que cela ne l'arrangeait pas, en somme, que Dominique visite un logement et qu'elle s'en aille enfin ? Car, oui, il fallait bien que Dominique parte un jour.

Elle saisit son portable pour appeler sa sœur. Avant même que celle-ci puisse prononcer le prénom de Dominique, Candice lui coupa la parole.

— C'est réglé. Elle va se barrer. Elle est sur le coup d'un appart.

— Ah, tu me rassures ! Parce que vraiment, elle…

— Je t'appelle pour autre chose, interrompit encore Candice. À propos de Sophie Lorma et la Villa O.

— Oui, quoi ?

Un autre ton dans la voix de Clémence. Exactement ce que cherchait Candice : changer de sujet ; ne plus parler de Dominique.

— Tu n'as rien remarqué, sinon tu aurais appelé plus tôt.

— Que veux-tu dire ?

— Les photos de la Villa O. Celle de la salle de bains à l'étage avec la baignoire à l'ancienne. Eh bien, regarde, Clémence. Regarde bien.

— Attends. Je suis devant mon ordi. Je regarde tout de suite.

Candice entendait les voix juvéniles de Nina et de Léa, ses nièces. Elle poursuivit sa marche vers les Gobelins et le boulevard Saint-Marcel ; il faisait froid, mais le ciel était dégagé, la lumière, belle.

— Et alors, il y a quoi sur cette photo ? Je ne vois pas.

— Les produits sur l'étagère au-dessus du lavabo.

— Déjà fait. Rien remarqué.

— Regarde mieux, enfin !

— Dis donc, tu es d'une humeur de dogue.

— Mal dormi.

— C'est parce que tu as une sorcière chez toi.

Candice serra les dents pour ne pas répondre. Elle attendait. Elle attendait que sa sœur découvre le flacon.

— Du maquillage… Des brosses à dents… Oui, bon… et… Oh… !

— Tu as vu ?

— *Acqua di Parma.*

Un silence. Candice ne percevait que le babillage des fillettes.

— Il va falloir y aller, dit Candice, enfin.

— Tu ne voulais pas. Tu avais peur.

— Maintenant, je veux savoir. Je veux comprendre.

— Mais il y a quand même un élément qui me travaille, confia Clémence. J'ai fait des captures d'écran des courriels entre « Gabrielle » et « Valentin ». Je les ai tous relus.

— Et ?

— « Gabrielle pense aux beaux yeux gris de Valentin. »

— Papa avait les yeux marron.

— Exactement, dit Clémence.

Un court silence.

— Et puis, ce dernier mail de « Gabrielle », juste avant la mort de papa… « Gabrielle veut voir Valentin une dernière fois. Elle le supplie. Une dernière fois. »

— J'ai compris ! s'exclama Candice, tout à coup.

— J'ai compris aussi. Je crois.

— « Valentin », c'est Sophie Lorma. « Gabrielle », c'était papa.

— C'est ça ! Ils ont inversé les pseudos. Papa a pris un prénom féminin, et elle, un prénom masculin. Leur façon de brouiller les pistes.

— Leur code amoureux. Comment on y va, Clem ?

— On verra. Il y a un train, mais qui arrive dans un autre bled. J'avais regardé. Sinon, la voiture de Romain, mais il en a besoin pour son boulot. Va falloir ruser.

— On trouvera. On ira.

Candice raccrocha. Elle marcha encore un peu, s'acheta deux pains au chocolat dans une boulangerie de la rue Mouffetard. Pourtant, elle n'avait pas faim ; elle les avala coup sur coup, nerveusement, debout dans la rue, et ils lui restèrent sur l'estomac comme deux briques dans une flaque de graisse. Elle aperçut sa silhouette dans le reflet d'une vitrine, se trouva épaisse, laide, détourna le regard. Elle fit quelques emplettes, puis prit le chemin du retour en songeant aux courriels de « Valentin » et de « Gabrielle ». Elle arriva place d'Italie ; passer devant l'endroit où Dominique avait été renversée, lors de cette soirée pluvieuse aujourd'hui si lointaine, lui procurait toujours une drôle d'impression.

Lorsqu'elle revint chez elle, la porte de la chambre de Timothée était fermée. Dominique était à peine audible ; elle parlait à voix basse au téléphone.

Candice déposa ses courses dans la cuisine, se rendit dans le salon, et ferma la porte à son tour. Depuis que Dominique vivait là, elle ressentait pour la première fois le besoin de s'isoler à ce point, de délimiter son propre territoire. La culpabilité l'effleura, puis elle se raisonna : elle était chez elle, enfin ! Elle avait bien le droit de profiter d'un moment seule dans son salon ; elle n'était pas obligée de s'occuper d'autrui en permanence.

Elle ôta ses chaussures, s'étendit sur le lit, se sentant lourde, ballonnée par les viennoiseries gobées trop précipitamment. Elle se persuada qu'elle avait le temps ; Dominique était encore au téléphone, alors elle irait, vite fait, tout de suite. Elle se leva, entrouvrit la porte, s'élança dans le couloir, s'enferma dans les toilettes. Le geste, mille fois répété, le geyser des aliments pas encore digérés, et qui peinait à remonter le long de sa gorge : pâte dense et aigre formée par les croissants avalés plus tôt et les deux pains au chocolat à peine mastiqués. Elle toussa, aveuglée par un flot de larmes brûlantes, parvint enfin à recracher la bouillie gélatineuse en un douloureux soubresaut; après quelques instants, elle se redressa, reprit son souffle, essuya ses paupières et ses lèvres.

Aucun bruit ne filtra jusqu'à ses oreilles; elle en déduit que la voie était libre, et ouvrit le battant pour se faufiler vers le salon. Elle se retrouva nez à nez avec Dominique qui se tenait là, muette, aux aguets.

Candice était incapable de parler; Dominique avait dû l'entendre vomir.

— Vous êtes malade?

Candice hasarda un pas en avant, mais Dominique prenait toute la place dans l'étroit couloir en dépit de sa silhouette grêle; elle était devenue un obstacle incontournable, une vigie. La jeune femme se déroba devant ses prunelles brillantes.

— Qu'avez-vous, Candice?

— Rien de grave.

— Vous avez mal au cœur?

— Ça va passer.

— Ce soir, je ferai un bouillon, du riz. Ça vous fera du bien. Reposez-vous.

Candice retourna dans le salon, soulagée. Dominique n'avait rien deviné; son secret resterait bien gardé. Elle se réinstalla sur le lit, le ventre allégé, et elle apprécia cette impression de vide. Ce soir, Timothée serait là. Elle ne serait pas seule face à Dominique.

Elle saisit le livre de la correspondance d'Émile Zola à sa femme, l'ouvrit. La première lettre, qui datait de 1876, commençait par : Excellent voyage, mon beau loulou.

La main de Luc se posa sur son épaule. Candice ôta son casque, se retourna pour le regarder ; elle était en train de travailler devant un écran dans la pièce commune. Lorsque le studio principal était occupé, elle s'installait là pour avancer.

— Candice, il faut que tu viennes.

La voix de Luc était mal assurée.

— Que se passe-t-il ?

— Un problème.

Candice le suivit jusqu'à la cabine capitonnée où Dominique enregistrait chaque jour *Le Ventre de Paris.* Depuis l'épisode avec Arthur, la semaine dernière, Candice avait évité de se trouver en contact direct avec Dominique, cependant elle accomplissait cette nouvelle distance avec habileté, se servait d'une tactique de diversion qui semblait fonctionner. Au studio, il y avait toujours un coup de fil à passer, un courriel auquel il fallait répondre, et une fois rentrée à la maison, Candice avait également monté des stratagèmes pour éviter les tête-à-tête : inclure Timothée à chaque repas dans la conversation (quitte à prendre le risque qu'il se couche plus tard), se rendre dans l'autre pièce pour réceptionner les appels d'Arthur ou de sa famille, puis travailler dans le salon devant l'ordinateur, casque vissé sur la tête, en prétextant des tâches en retard. Dominique réagissait bien à cette manœuvre et n'en paraissait pas affectée ; toutefois, Candice s'était interrogée sur le déroulement de la soirée avec Luc ; ce dernier avait bien dû voir Dominique titubante, après leur dîner. Avait-elle joué l'enjôleuse alcoolisée avec lui comme elle l'avait fait avec Arthur, un peu plus tard ? En gardait-elle le souvenir ? Luc, lui, n'avait rien mentionné, mais Candice n'était pas assez proche de son collègue pour recevoir ses confidences.

Elle vit Dominique prostrée au fond de la cabine, la tête sur ses genoux, son dos secoué de spasmes.

— Mais que s'est-il passé ? demanda Candice à Luc.

Il haussa les épaules en signe d'impuissance. Tout avait bien démarré, pourtant ; ils en étaient au chapitre quatre et rien n'aurait pu prédire la suite. Dès le début de la lecture, la voix de Dominique avait déraillé ; elle semblait mal à l'aise, hésitante. Luc lui avait demandé si tout allait bien. Elle avait répondu oui, et avait tenu à continuer ; elle s'était bien reprise, Luc avait cru que le reste suivrait, fluide.

— Et puis, il y a eu ce passage du livre, avec les roses et la petite fleuriste.

Candice ne comprenait pas.

— Le passage avec la fleuriste ?

Luc lui montra la copie du texte à côté de son écran, et elle y jeta un coup d'œil rapide. Dominique avait tenu, avant de commencer son enregistrement, se souvenait Candice, à situer l'intrigue : le grand roman des Halles de Paris, raconté par le destin de deux frères qui se retrouvaient, dont un sortait du bagne, et l'autre, charcutier rue Rambuteau, était marié à une odieuse manipulatrice, Lisa.

— Mais il y a quoi dans cet extrait ? Un élément dérangeant ?

— Rien. Juste la description des fleurs, à la Zola, quoi. Très fournie.

Candice s'approcha de Dominique, s'accroupit près d'elle dans l'exiguïté de la cabine, posa une main sur son épaule. Dominique pleurait toujours, comme une enfant inconsolable, épuisée par le chagrin. Son visage était méconnaissable : boursouflé, gonflé de douleur. Candice en ressentit un choc.

— Je vais vous faire du thé, dit-elle enfin. Ou voulez-vous autre chose ?

Dominique se redressa, se tamponna les yeux avec ses paumes.

— Excusez-moi. Je suis désolée.

Sa voix restait déformée par les sanglots ; elle murmura qu'elle allait reprendre ses esprits, poursuivre le travail, mais son timbre était à présent éraillé, tremblant. Candice lui suggéra de faire une pause, d'avaler un bon thé bien chaud.

Pendant que Luc s'occupait d'elle dans la cuisine, Candice écouta les dernières pistes sous casque. Elle constata que Dominique avait perdu ses moyens au moment d'une description en effet, celle d'une jeune fleuriste dénommée Cadine. Zola dépeignait cette gamine des Halles telle une fleur, un bouquet odorant des pieds à la tête, et dont la jupe sentait le muguet ; le corsage, la giroflée ; les poignets, le lilas ; la nuque et le cou, la rose. Candice remarqua à quel point Dominique peinait à articuler ce prénom, Cadine, comme si c'était irréalisable pour elle, comme si chaque syllabe lui arrachait un morceau du cœur. Cadine. Un nom original, différent. Candice ne l'avait jamais entendu. Il ressemblait un peu au sien.

Lorsque Dominique, après une coupure, se remit au travail, le ton de sa voix semblait morne, ce qu'elle énonçait sonnait creux ; la magie s'était envolée. Luc le distingua, mais il n'eut pas le courage de lui en faire la remarque, et il la laissa terminer le chapitre. Il savait, et Candice également, qu'il aurait toujours la possibilité de lui faire reprendre cet extrait un autre jour, quand elle aurait retrouvé sa forme.

Plus tard, Dominique ne parla pas pendant une bonne partie de la soirée. Elle paraissait éteinte, et même le babil de Timothée ne lui permit pas d'émerger de son drôle de silence. Candice l'observa tandis qu'elle jouait avec son fils : ses gestes étaient doux, son sourire, affectueux, mais une infinie tristesse semblait l'avoir pétrifiée de l'intérieur.

Pendant le dîner, Dominique annonça que le logement qu'elle avait visité en bas de la rue, passage Sigaud, était tout à fait convenable. Elle venait d'apprendre que sa candidature avait été acceptée ; elle envisageait de s'y installer dans une dizaine de jours. Candice en fut à la fois soulagée et un peu triste.

La petite voix de Timothée, alarmée, se fit entendre.

— Mais je veux pas que tu partes, Domi ! Tu dois rester ! C'est ta maison, ici !

Candice tenta de le raisonner, de lui expliquer que Dominique avait trouvé un endroit rien que pour elle, où elle n'aurait plus besoin de partager, mais Timothée, affolé, s'était mis à pleurer à chaudes larmes : il ne comprenait pas pourquoi Domi devait partir et Candice ne parvenait pas à le réconforter, sentant l'irritation prendre le dessus. Elle se disait que Timothée devait être fatigué, qu'il était bientôt l'heure de se coucher, et le petit garçon trépigna de plus belle quand elle lui parla d'aller au lit. Il ne se calma qu'en entendant la voix de Dominique, et il retrouva le sourire lorsque celle-ci évoqua l'histoire qu'elle lui raconterait ce soir.

Candice nettoya la cuisine tandis que Dominique prenait en charge son fils, et elle avait la désagréable impression d'avoir abdiqué ; il faudrait qu'elle reprenne son rôle de mère, plus fermement. Pourquoi était-ce si difficile d'en vouloir à Dominique ? Comment la définir, cette Dominique ? Elle était à la fois attachante et exaspérante, sympathique et crispante, admirable et pathétique, et son intensité, sa « théâtralité », comme diraient sa mère et sa sœur, fascinaient autant qu'elles rebutaient. Candice admettait qu'on puisse la trouver affectée, que certains ne tombent pas sous son charme, au contraire, comme le jeune clerc de notaire, comme Faustine et Clémence, mais, à vrai dire, elle n'avait jamais rencontré une personne pareille, capable d'instiller cette magie à la monotonie de la vie de tous les jours.

Un SMS fit vibrer son téléphone.

Tu peux te libérer vendredi prochain, le matin ? J'aurai la voiture de Romain.

Candice répondit à sa sœur sans hésiter : OK, je me débrouille.

Vendredi prochain était encore loin ; elle aurait ainsi le temps de s'accoutumer à l'idée de faire la route vers la Villa O, d'affronter Sophie Lorma. Elle n'arrivait pas à envisager sa réaction face à cette maison, à cette femme, à ce pan de la vie de son père dont elle ne savait rien. Lorsqu'elle réfléchissait à cette confrontation, à cette découverte, elle ressentait un malaise, et elle redoutait non seulement la déflagration de colère de sa sœur, mais la sienne, tout autant. Si sa sœur n'avait pas déniché ce téléphone portable, enfoui dans une veste au fond de sa penderie, elles n'auraient rien su ;

Candice songea aux secrets enterrés pendant des années qui surgissaient pour impacter le présent, le futur. Comment leur père avait-il pu leur mentir à ce point, à elles, à leur mère ? Comment avait-il pu agir de la sorte en dépit du soleil de son sourire, de sa générosité envers ses trois « nanas » qu'il aimait plus que tout ? En parler ? Ne pas en parler ? Elles allaient devoir, sa sœur et elle, faire ce choix.

Dans la petite bibliothèque de l'entrée était rangé un album photo qui datait des années quatre-vingt-dix ; à l'époque, ses parents en faisaient encore, sa mère, surtout. À la mort de son père, Candice avait récupéré celui de son enfance et elle l'avait souvent montré à son fils. Assise dans la cuisine, elle tournait les pages. Elle ne l'avait pas feuilleté depuis un moment, et la tristesse surgissait tandis qu'elle contemplait les images de son passé : elle, bébé joufflu dans les bras de sa mère, de son père ; les vacances à Royan, les Noëls avec les grands-parents qui, eux non plus, n'étaient plus là, le passage du lapin de Pâques, les dents de lait qui faisaient des trous dans leurs sourires juvéniles, à sa sœur et à elle.

Dominique était entrée dans la cuisine sans faire de bruit, tel un chat.

— Votre fils vous réclame, dit-elle avec douceur.

Candice laissa l'album sur la table pour retrouver Timothée, blotti sous la couette du grand lit. Elle le prit dans ses bras, le serra contre elle ; il sentait *Oxalys*, ce parfum qu'elle reconnaîtrait entre mille. Elle avait déjà vu Timothée et Dominique s'étreindre, et cela ne l'avait jamais dérangée, mais ce soir, pour une raison qu'elle ignorait, l'odeur poudrée l'incommodait.

— Je veux que Domi reste, maman, murmura-t-il. Dis-lui de rester.

— Ici, c'est notre maison, Timmy. Domi va avoir sa maison à elle.

— Mais je veux qu'elle reste. Et je veux continuer à dormir avec toi dans ton grand lit.

Pour la première fois, avec un pincement d'inquiétude, Candice se sentit dépassée. N'avait-elle pas ouvert la porte de son foyer à une inconnue qui avait fini par ensorceler son fils ? Mais, se reprit-elle, cette étrangère n'était pas n'importe qui : un être bienveillant qu'ils avaient appris, Timothée et elle, à connaître et à apprécier ; une personne dévouée qui avait su redonner un confort, une chaleur à leur petit appartement avec ses talents culinaires, sa façon de tenir une maison.

Tout en caressant les cheveux de son fils, Candice fit de son mieux pour masquer son trouble. Timothée allait bientôt avoir quatre ans, elle le lui rappela. Il n'était plus un bébé ; il était en âge de comprendre tout ce qu'elle lui expliquait, et il n'avait pas besoin non plus de continuer à dormir dans le lit de sa maman. Il avait sa chambre, son lit à lui, de grand garçon. Piqué par cette allusion à son anniversaire qui approchait, le petit garçon ne céda pas à la tentation de bouder. Il dit qu'il comprenait tout ; mais il fallait qu'elle sache une chose, qu'il tenait à lui confier à l'oreille. Elle s'approcha, touchée et amusée par son sérieux.

— J'aime Domi autant que j'aime Manou.

Manou, c'était Faustine. Timothée ne mentionna même pas son autre grand-mère, la mère de son père, Julien, comme si cette dernière ne comptait plus.

Candice fut déstabilisée par l'aveu du garçonnet ; Faustine, qui vouait une adoration à son petit-fils, serait effondrée d'apprendre que cette « Domi » était à égalité avec elle dans le cœur de Timothée. Mais en y réfléchissant, ne serait-ce pas cela, justement, qui gênait autant sa mère : le fait qu'une autre femme puisse petit à petit lui ravir sa place dans la vie de Candice et Timothée ?

Candice borda son fils, lui fit une dernière embrassade, puis le quitta. Dans la cuisine, elle trouva Dominique devant une tasse de tisane fumante, qui semblait l'attendre.

— Ne vous en faites pas, Candice.

Candice la regarda, sans comprendre. Dominique lui versa une tisane que Candice ne but pas, laissant le breuvage refroidir devant elle.

— Je vais bientôt partir. Vous allez retrouver votre vie d'avant.

— Timmy s'est beaucoup attaché à vous.

— Et moi à lui. Et à vous, Candice. Mais ça, vous le savez. Je sais qu'il est temps pour moi de m'en aller.

— Merci.

— Pour une fois, c'est vous qui me dites merci.

Candice, pour changer de sujet, lui demanda si elle se sentait mieux, après les larmes de cette après-midi ; Dominique esquissa un mouvement de la main, comme pour chasser une pensée déplaisante.

— Un moment de tristesse.

— Vous ne voulez pas en parler ?

Les yeux noirs se baissèrent.

— Non. Pas vraiment.

— Vous savez, moi aussi, je suis là, si vous avez besoin d'une écoute.

— Je sais.

Dominique posa sa paume sur l'album photo. Elle espérait que Candice ne serait pas gênée d'apprendre qu'elle l'avait feuilleté ; elles étaient attendrissantes, ces images de son enfance. Quelle fillette délicieuse Candice avait été ! Non, Candice n'était pas gênée, et le lui dit. Pendant quelques secondes, Candice se demanda si elle n'allait pas confier à Dominique l'histoire cachée de son père, cette maison près de Courtenay, cette femme, et ce qu'elle s'apprêtait à faire avec sa sœur, mais Dominique avait repris la parole, et la jeune femme renonça.

Dominique évoquait Daniel Louradour, les photographies de lui ; elle n'avait pas pu s'empêcher d'y penser :

— Votre père avait un air de famille étonnant avec Émile Zola.

— Oui, je l'ai remarqué. C'est amusant.

— Il l'a su ?

— Non, je ne crois pas.

— Ce même visage rond et barbu, cette petite bouche, ces yeux marron. Il aurait pu être son frère. Un frère moins brun.

— Mais puisqu'on m'a tant dit que je ressemble à mon père, alors je lui ressemble aussi, à votre Zola ?

— « Notre » Zola, corrigea Dominique, en promenant un regard affectueux sur le visage de Candice. J'ai en tête les images de ses enfants, Denise et Jacques, et c'est vrai qu'il y a un air de ressemblance. Malgré votre blondeur et vos yeux clairs.

— Souvent, quand vous me parlez de Zola, on a l'impression que vous le connaissiez vraiment.

Dominique ajouta de l'eau bouillante dans la théière ; elle semblait ne pas avoir remarqué que Candice n'avait pas touché à sa tisane. Puis elle reprit la fin de la phrase de Candice : connaître vraiment quelqu'un, cela signifiait quoi, au fond ? Tout le pouvoir des écrivains résidait dans cette force et ce mystère : donner à leurs lecteurs la sensation de partager un moment clef avec eux, de les faire pénétrer dans une intimité, dans un ailleurs. En effet, il lui semblait bien connaître Émile Zola, mais pas uniquement à la suite de la lecture de ses livres ; c'était avant tout la personnalité du romancier qui l'envoûtait, sa vie, ses secrets, sa fin tragique, et elle était avide de toutes les informations qu'elle glanait sur lui, encore aujourd'hui : ses manies, ses obsessions, ses TOC, par exemple. Candice la fit répéter.

— Notre Émile avait plein de troubles obsessionnels compulsifs. Il tenait à sortir de chez lui en utilisant son pied gauche. Toujours. Et puis il comptait tout, inlassablement : les numéros des immeubles des rues, le nombre de réverbères qu'il croisait lors de ses promenades, la quantité d'objets sur son bureau, le nombre de fois où il devait les toucher pour se sentir soulagé et dans un ordre précis, le clignement de ses paupières avant de s'endormir. Le chiffre 7 le rassurait, allez savoir pourquoi. Le 3, aussi. Saviez-vous que ce trouble s'appelle une arithmomanie ? Une fixation sur les chiffres, un besoin irrépressible de compter et de recompter.

Dominique poursuivit, en dégustant son infusion. La nuit, Zola était en proie à des hantises morbides ; il avait l'impression d'être coincé dans un cercueil. Dans un de ses romans, au titre ironique : *La Joie de vivre*, le plus singulier et le plus ténébreux de tous les *Rougon-Macquart*, le romancier s'était dissimulé dernière un de ses personnages, Lazare, jeune homme torturé, pour tenter de se débarrasser de ses névroses.

— Et il y est parvenu ? demanda Candice, curieuse.

— Je l'ignore, dit Dominique. Se débarrasse-t-on facilement de ses névroses, d'après vous ?

Ce fut au tour de Candice de baisser les yeux.

Un court silence.

Dominique le rompit :

— Certains lecteurs ne jurent que par Hugo, Balzac, Maupassant ou encore Gary. Mais moi, c'est Zola. Encore et toujours Zola. Et ce sera toujours Zola, même si je lis d'autres auteurs.

— Je prends du plaisir à lire ses lettres à Alexandrine, ajouta Candice, presque timidement. J'ai bien avancé. Ça se lit facilement. Je trouve cette correspondance très différente de celle qu'il a eue avec Jeanne, même si les lettres à toutes deux commencent toujours par « chère femme », ce qui est un peu troublant.

Dominique l'encouragea du regard, en hochant la tête. Rassurée, Candice poursuivit : elle estimait que, lorsque Zola s'adressait à Jeanne, il lui parlait moins de sa vie quotidienne, de lui, de leur couple, de son travail en cours; il évoquait essentiellement les enfants, leur santé, leurs progrès, comment ils grandissaient, à quel point ils lui manquaient. Son sujet de prédilection avec Jeanne, c'était surtout et avant tout Denise et Jacques, et souvent, il mettait Jeanne dans le même paquet tendre et paternel, comme si elle était, elle aussi, une grande enfant.

En revanche, Candice trouvait qu'il se confiait davantage à Alexandrine; il lui écrivait chaque jour, en lui révélant ses doutes sur ses romans, sur lui-même, sans oublier cette abondance de détails ménagers : l'organisation journalière de la maison lorsque Alexandrine partait pour ses longs séjours en Italie, la livraison du charbon, les tâches des domestiques, les dépenses, les repas, les sorties avec les amis, les aléas de la poste et le retard de livraison de leurs lettres, les horaires des trains pour le retour d'Alexandrine, leur passion pour leurs animaux de compagnie. Et leurs surnoms : « Chat-loup-chien » pour Alexandrine, « Chien-loup-chat », pour Zola. Elle lui envoyait des truffes d'Italie, et lui, des fleurs de leur jardin de Médan.

— Qu'est-ce qui vous touche le plus dans ces lettres, Candice ?

— L'amour qu'il porte à Alexandrine. Et quand il a brisé sa confiance à cause de Jeanne, dont il ne mentionne jamais le nom, il veut désespérément se racheter, montrer à sa femme à quel point elle compte pour lui. Alors, chaque lettre est comme une nouvelle lettre d'amour.

— Mais il n'a jamais pu renoncer à Jeanne. Car il aime Jeanne, aussi.

— En effet.

— Donc, vous voyez Alexandrine différemment à présent ? demanda Dominique.

— Oui. Mme Zola, c'est vraiment elle. Elle lui a permis de devenir ce grand écrivain, elle l'a aidé à se construire, elle lui a tout donné, sauf des enfants.

— Son drame. Leurs maisons étaient sans enfants. Et c'est une autre qui lui a fait ce cadeau.

Malgré elle, Candice pensa à son père, à son douloureux secret à lui. N'avait-il rien dit pour les protéger, sa mère, sa sœur et elle ? Était-ce de la lâcheté ou de la perspicacité ? Avait-il été tiraillé entre ces deux femmes à ce point ? Bientôt, elle le saurait. Et il faudrait, songea-t-elle, le moment venu, savoir faire face.

Plus tard, dans la nuit, Candice se rendit aux toilettes ; la porte de la salle de bains était entrouverte, et elle vit que Dominique était nue, de dos. En fredonnant à voix basse, elle se massait le moignon, en l'enduisant d'un onguent avec des gestes à la fois fermes et doux. Saisie, Candice ne pouvait s'empêcher d'observer la scène : le spectacle de cette échine fine, cette nuque courbée, ces hanches malingres, mais surtout, cette jambe droite tranchée net au-dessous du genou ; un corps abîmé par l'accident d'une façon irrémédiable, barbare, mais qui conservait sa grâce et sa beauté. Lorsque Dominique se retourna pour attraper une serviette, Candice aperçut une cicatrice sur son bas-ventre. Clémence portait la même. La cicatrice d'une césarienne.

Avant que Dominique puisse remarquer sa présence, Candice se sauva, en évitant de faire grincer le parquet.

Quand elle rejoignit sa chambre quelques instants plus tard, Dominique était toujours dans la salle de bains, mais la porte était fermée.

L'autoroute se trouvait chargée en ce vendredi matin brumeux, et Clémence se concentrait sur sa conduite. Elle avait raconté à son mari qu'elle aidait Candice à monter un meuble qu'elles devaient aller chercher au magasin IKEA d'Évry, et qu'elle avait donc besoin de la voiture. De son côté, Candice s'était débrouillée pour ne pas se rendre au studio ce matin ; elle avait prétexté un rendez-vous médical. Quant à Dominique, elle lui avait confirmé qu'elle s'installerait dans son nouveau logement ce week-end. Cette soirée à venir serait la dernière qu'elle passerait rue des Cinq-Diamants. Candice se sentait à la fois soulagée et navrée. Elle avait repensé à cette cicatrice, qui intensifiait davantage le mystère qui entourait Dominique ; elle se demandait si Dominique avait eu un bébé, revoyait ses gestes si maternels envers Timothée. Il était trop tard pour l'interroger ; Dominique était sur le point de partir.

Au bout d'une demi-heure, les constructions et entrepôts disgracieux agglomérés à la sortie de Paris s'estompèrent peu à peu pour céder la place à des champs à perte de vue. Cette route avait-elle été familière à son père ? Combien de fois avait-il dû l'emprunter pour se rendre à la Villa O ? Le bureau de son père était situé non loin du domicile conjugal, se souvenait Candice, vers Alésia, ce qui signifiait un accès facile vers l'autoroute du Sud, par la porte d'Orléans. Candice n'habitait plus chez ses parents depuis huit ans et n'avait pas le souvenir des horaires de son père, mais elle se rappelait qu'il était souvent « sur la route », comme disait Faustine, et qu'il lui arrivait de rentrer tard.

Au péage de Fleury, Clémence proposa à sa sœur d'écouter de la musique ou la radio, car depuis Paris, elles roulaient en silence.

— Comme tu veux, dit Candice.

— Tu n'es pas très bavarde.

— Toi non plus.

Candice jeta un regard vers le profil de sa sœur, nota ses lèvres tendues, son front crispé. N'étaient-elles pas en train de faire une énorme connerie ? Candice tenta de rassurer Clémence : elles pourraient toujours s'arrêter dans un café du centre-ville, puis elles verraient bien. Clémence acquiesça.

En atteignant Courtenay, Clémence gara la voiture près de la grande place du centre, où elles repérèrent un bar-tabac et s'y installèrent. Elles étaient les seules clientes dans la petite salle principale.

— Vous êtes du coin ? interrogea la patronne, une dame enjouée, derrière son comptoir.

— Non, nous sommes parisiennes. C'est bien calme, chez vous.

— Il y a de l'animation le jeudi matin, répondit la patronne, jour de marché !

Le soleil fit enfin une percée, illuminant la place centrale et les bâtisses anciennes aux hauteurs inégales, plaquées les unes aux autres, et de rares passants qui déambulaient devant les quelques boutiques. Candice avait appris par ses recherches que quatre mille personnes vivaient à Courtenay.

— C'est plutôt joli, dit-elle. Mais je ne vois pas papa ici.

— Moi non plus. Il aimait trop Paris.

Sur son portable, Clémence étudiait le chemin qu'il leur restait à faire pour rejoindre la Villa O et le hameau Le Fromet. Quelques kilomètres, par le sud ; elles y seraient en dix minutes.

— Et on va lui dire quoi, à cette femme ? demanda Clémence.

— Imagine qu'on tombe sur quelqu'un de notre âge, une jeune.

— Hein ? Je n'avais pas pensé à ça, répliqua Clémence, horrifiée.

— Si tu voyais ta tête ! glapit Candice.

Malgré elle, elle céda à un gloussement nerveux, dans lequel elle entraîna sa sœur, qui répétait que ce n'était pas drôle, tout en s'étranglant de rire derrière son écharpe.

Elles rirent tant qu'elles en eurent les larmes aux yeux.

— On y va ? On n'y va pas ? finit par souffler Clémence.

— On y va, répondit Candice. On restera dans la voiture dans un premier temps, et on avisera.

Son ventre se tordait, comme juste avant un examen et, alors qu'elles quittaient le café, Candice se doutait, en apercevant les traits rembrunis de sa sœur, que Clémence ressentait ce même poids, cette même angoisse.

Sur la route vers le hameau qui coupait à travers champs, ponctuée çà et là de grappes d'arbres et de fermes, elles ne croisèrent personne ; le lieu-dit Le Fromet était indiqué par un panneau et, en s'engageant sur un chemin forestier, elles distinguèrent trois maisons, assez éloignées les unes des autres.

— C'est celle-là, là-bas, dit Candice, vigne vierge et volets bleus.

Clémence coupa le contact, et elles demeurèrent assises dans la voiture, à observer de loin la façade blanche ; Candice baissa la vitre et une odeur de campagne, humide et boisée, envahit l'habitacle.

— Regarde, lança Candice, de la fumée sort par la cheminée.

— Elle est donc chez elle, cette Sophie Lorma. J'ai pensé à autre chose, Candi.

— Quoi ?

— Pendant qu'on y est, envisageons tout. Toutes les possibilités. Un enfant.

— Un enfant ? Je n'y crois pas, dit Candice.

— Papa nous a peut-être caché ça.

— Non, il n'aurait pas pu nous le cacher.

Clémence observait la Villa O, laiteuse et mystérieuse derrière un entrelacs de branches nues. Mais que savaient-elles vraiment de leur père ? Que savaient-elles au fond du mariage de leurs parents ?

— Leur mariage, ajouta Candice, ce n'est pas notre histoire. C'est la leur. Leur histoire, à eux.

Clémence s'esclaffa. Mais elles venaient bien de cette histoire-là, tout de même ! On ne pouvait pas l'effacer, ni l'ignorer ; elles étaient les filles de leurs parents, et elle ne supporterait pas que leur possible découverte ici, dans quelques instants, fasse souffrir leur mère. La mort de leur père avait déjà été une épreuve.

En l'écoutant, Candice se sentit de plus en plus distante de sa sœur qui, ainsi qu'elle l'avait anticipé, se rangeait du côté du chagrin de leur mère. Selon Clémence, il fallait protéger Faustine à tout prix d'une vérité blessante : leur père avait sans doute aimé une autre femme.

— Mais que fais-tu ici, alors ? demanda-t-elle à son aînée.

— Je suis venue lui foutre mon poing dans la gueule, à cette Sophie Lorma, déclara Clémence.

— Tu rigoles, j'espère ?

— Pas du tout.

Les deux sœurs se fixèrent dans un face-à-face tendu. Candice détestait ces instants où sa sœur s'emportait, pétrie dans les contradictions d'une croisade qu'elle prenait trop à cœur.

— Et toi, tu vas faire quoi ? rétorqua Clémence, énervée.

Candice garda son calme, même si elle rêvait de hausser le ton, de déballer à sa sœur à quel point elle la trouvait ridicule. Elle lui répondit qu'elle n'était pas venue là pour se venger ; elle leva la main pour stopper les protestations de sa sœur, attendit que celle-ci se taise, pour reprendre à nouveau. Elle était venue pour comprendre quelle place Sophie Lorma avait eue dans la vie de leur père ; une aventure, ou une vraie histoire d'amour ?

— À quoi ça t'avance ? grommela Clémence, tout en extirpant une cigarette de son sac, pour l'allumer et tirer dessus avec fébrilité.

— Je te l'ai déjà dit. À comprendre qui était vraiment notre père.

— Il n'est plus là, bordel ! s'emporta Clémence. Notre père est mort !

Du coin de l'œil, Candice perçut un mouvement près de la façade blanche et donna un coup de coude à sa sœur pour la faire taire.

— Chut ! Regarde !

Clémence s'immobilisa, sa cigarette à la bouche.

La porte d'entrée s'était ouverte, et une personne vêtue d'un manteau vert à capuche émergea de la maison, longea le mur de la bâtisse et disparut au fond du jardin.

— C'est elle, tu crois ? murmura Clémence, plus craintive, soudain.

— Il n'y a qu'un moyen de le savoir. Frapper à la porte.

— Vas-y, toi.

— Tu ne viens pas ?

Clémence ne répondit pas, se tassa derrière le volant, tout en terminant sa cigarette. La silhouette à la capuche verte refit son apparition, les bras chargés de petit bois pour le feu. On ne distinguait pas son visage ; elle rentra dans la maison et la porte claqua.

Candice sortit de la voiture, se dirigea vers le portail en fer forgé de la maison ; elle sentait dans son dos le poids du regard de sa sœur. Sur la boîte aux lettres, elle distingua le patronyme écrit en majuscules : LORMA.

Le jardin était bien entretenu, et même en plein hiver il laissait entrevoir toute la promesse de sa splendeur à la belle saison ; une profusion de senteurs et de couleurs. Candice avait beau se forcer, elle n'imaginait toujours pas leur père dans ce décor ; elle ne se le représentait pas savourant un café au soleil, sous la tonnelle, ou lisant à l'ombre de ce grand chêne.

Le loquet de la grille grinça. Était-ce une bonne idée, finalement, d'être venue là, sur les traces d'une histoire d'amour tenue secrète ? Candice s'approcha de la maison, épia sa façade blanche, ses volets bleus, leva les yeux vers le dernier étage.

Avant même qu'elle puisse frapper à la porte d'entrée, celle-ci s'ouvrit et Candice, surprise, recula d'un pas.

Une femme se tenait là, un chat dans les bras.

— Bonjour ! Vous cherchez quelqu'un ? demanda-t-elle.

Candice bredouilla un bonjour en retour. Oui, elle cherchait…

Sa voix s'étrangla. Derrière l'épaule de la femme, elle discernait une partie du salon qu'elle avait déjà vue en photo : la cheminée où crépitait un feu, les canapés bleus, les bibliothèques.

La personne devant elle se taisait, le chat blotti contre elle.

— Je cherche Sophie Lorma, dit Candice, enfin.

— C'est moi.

Candice aperçut un sourire, des yeux gris. Elle se força à la regarder plus attentivement : une quinquagénaire ordinaire, aux cheveux blonds retenus par un élastique, vêtue d'un jean noir et d'un pull bleu.

— Je suis…

Un silence.

— Je sais qui vous êtes, affirma Sophie Lorma. Vous êtes sa fille. Vous êtes Candice. Et dans la voiture, il y a Clémence.

Candice avait du mal à trouver ses mots ; elle ne s'attendait pas à ce que cette femme sache qui elles étaient.

Dans la voix de Sophie Lorma, une bienveillance naturelle se faisait entendre. Rien de forcé.

— Voulez-vous entrer ? Il fait frisquet. Et votre sœur ?

— Je vais la chercher.

Candice retourna sur ses pas pour se diriger vers la voiture ; Clémence baissa la vitre.

— Alors ?

— Elle sait qui on est. Elle connaît nos noms.

— C'est surréaliste…

— Tu viens ?

Clémence émergea de la voiture. Elle était blême.

— Ça va aller ? demanda Candice.

— Je ne sais pas comment tu fais pour rester aussi zen.

— Promets-moi que tu ne vas pas t'énerver.

Clémence se tut, enfonça son bonnet sur la tête, et marcha vers la maison avec un pas de guerrière.

Sophie Lorma les attendait, toujours avec le chat dans les bras ; elle les laissa entrer, puis referma la porte derrière elles, les invitant d'un geste à la suivre vers le salon.

— Asseyez-vous, je vous en prie.

Clémence garda son manteau ; Candice déboutonna le sien. Le chat ronronnait, impérial, sur les genoux de sa maîtresse.

— Comment m'avez-vous trouvée ? demanda enfin Sophie Lorma.

— Dans une correspondance mail, sur un vieux portable, dit Candice.

— « Valentin » et « Gabrielle », ajouta Clémence, avec ironie.

Sophie Lorma hocha la tête.

— Et vous êtes ici pourquoi, exactement ?

Candice haussa les épaules.

— Pour tenter de comprendre…

— Oui ?

— Qui vous étiez dans la vie de notre père.

— Je vois.

Sophie Lorma se leva pour raviver le feu dans l'âtre ; le chat s'échappa, se coula ailleurs. Les flammes repartirent de plus belle sous les coups du tisonnier, éclairant la pièce d'une clarté joyeuse ; le salon était encore plus harmonieux que sur les photos. Candice devait bien se l'avouer, en dépit de l'étrangeté de la situation, elle se sentait à l'aise entre ces murs. Elle observa les tableaux : des gravures anciennes, des aquarelles, puis détailla Sophie Lorma, ses mouvements énergiques, son ossature un peu carrée.

— Très bien. Je vais vous parler, puisque vous êtes là pour ça, dit cette dernière, en se rasseyant.

Clémence la toisait avec tant d'agressivité que Candice avait envie de poser une main apaisante sur son genou qui tressautait.

Sophie Lorma ne semblait pas troublée ; elle les fixait de son regard clair, sans baisser les yeux, sans balbutier. Elle leur raconta qu'elle avait rencontré leur père dans un salon immobilier, dix-sept ou dix-huit ans auparavant. Devant leurs visages ahuris, elle réitéra : oui, presque vingt ans ; ils avaient tous deux la quarantaine. Elle travaillait alors pour un architecte d'intérieur, elle n'était pas encore à son compte. Elle venait de se séparer de son compagnon ; elle n'avait pas d'enfants.

— Votre père et moi sommes tombés amoureux, assura-t-elle, lentement.

— Impossible ! coupa Clémence, les poings serrés. Papa aimait notre mère. Il n'aimait qu'elle.

— Continuez, s'il vous plaît, l'interrompit Candice.

Sophie Lorma poursuivit son récit avec ce même ton pondéré, sans emphase. Elles étaient en âge de comprendre, dit-elle, elles avaient vingt-huit et trente ans, d'après ses calculs, et elles étaient elles-mêmes mères de famille, elles n'étaient plus des gamines ; et si elles étaient présentes aujourd'hui, si elles avaient fait ce chemin, c'était parce qu'elles voulaient savoir. Alors, oui, elle décidait de leur parler, elle acceptait à condition de ne pas subir leur sentence, leur opprobre, mais pour révéler sa vérité.

— Cette maison est toute notre histoire, enchaîna Sophie Lorma. Nous l'avons choisie, et nous l'avons transformée, petit à petit. Nous avons acheté chaque objet, chaque meuble ensemble. Le nom de votre père ne figure sur aucun texte, aucun document. Mais c'était bien sa maison.

— N'importe quoi ! cracha Clémence, cinglante. C'est quoi, ces salades ?

— C'était sa maison.

Clémence se mit debout en criant. Elle ne voulait plus rien entendre ; elle ne savait même pas ce qu'elle fichait là. La maison de leur père ? Et puis quoi encore ? Qu'essayait-elle de faire, cette Sophie Lorma ? Rendre importante une passade ? Trop facile, maintenant que leur père était mort ! Il n'était plus de ce monde pour défendre sa vérité. Il n'avait plus voix au chapitre. Et leur mère, dans tout ça ? Elle y avait pensé, Sophie Lorma ? Elle avait pensé à Faustine, à ses filles ? À la famille de Daniel ? Qu'est-ce qu'elles en avaient à foutre, sa sœur et elle, du mobilier prétendument choisi par leur père, de la couleur du papier peint dans les chiottes ?

— Clémence, s'il te plaît, calme-toi, chuchota Candice.

Sophie Lorma se leva à son tour. Candice remarqua qu'elle ne semblait ni penaude ni tourmentée, comme si elle s'attendait à l'éclat de Clémence. Elle se posta devant sa sœur, sans arrogance, sans provocation, pour défendre son territoire, interpella Candice, pour faire comprendre qu'ici, on était chez elle, chez Sophie Lorma. Une force calme et tranquille émanait de cette femme, et Candice vit enfin ce que son père avait dû apprécier chez elle : ces yeux perspicaces, cet aplomb, l'assurance de ses gestes, cette maîtrise d'elle-même.

Sophie Lorma comprenait le contrecoup que subissait Clémence ; elle aurait réagi de la même façon. Mais il fallait qu'elles sachent ceci, toutes les deux : elle n'avait jamais demandé à leur père de quitter leur mère pour elle, et leur père n'avait nullement eu l'intention de le faire. Il aimait leur mère et elles le savaient, n'est-ce pas ? Leur histoire, à leur père et à elle, était singulière. Ils s'étaient retrouvés ici, à la Villa O, quand il avait pu se libérer. Parfois, il était venu déjeuner, dîner ; parfois, il avait passé une nuit, ou quelques jours. Souvent, ils ne s'étaient pas vus pendant plusieurs mois, mais ils étaient toujours parvenus à rester présents l'un pour l'autre, même à distance ; ils avaient été comme deux sentinelles qui se rejoignaient à des carrefours précis, et leur histoire, à leur père et à elle, avait été tissée à part, différente, difficile à décrire, une histoire d'amour qui s'était logée dans une autre temporalité, qui se suffisait à elle-même, qui n'avait pas eu besoin d'être vécue au quotidien pour durer, pour croître.

— Putain ! C'est insupportable ! cria Clémence. Ce que vous décrivez est impossible, ça n'existe pas. Vous glorifiez votre amourette minable, vous la revisitez à votre sauce. C'est certainement vous qui êtes venue tourner autour de notre père ; de toute façon, on ne veut pas le savoir. Arrêtez de vous accrocher au passé. Notre père ne vous appartenait pas. Vous n'avez aucun droit sur lui. C'est terminé, tout ça. Vous n'avez plus rien. Vous n'êtes rien.

Sophie Lorma gardait le silence ; elle se contentait d'observer Clémence attentivement, sans hostilité. Clémence s'emportait, bafouillait, devenait grossière ; finalement, elle se tut. Elles étaient toutes les deux debout, à se faire face, sous les yeux de Candice.

— On se casse, déclara Clémence. On perd notre temps, ici. Allez, viens, Candi.

Elle pivota vers la porte, sans dire un mot à Sophie Lorma, puis elle constata que sa sœur ne la suivait pas. Elle lui demanda ce qu'elle foutait ; Candice répondit qu'elle avait encore des questions. Clémence n'en revenait pas.

— Des questions ? Non, mais tu as perdu la boule ou quoi ? On nage en plein délire.

— Clémence, je t'en prie...

— Tu te verrais, Candi, assise sur ce joli canapé bleu où papa et madame devaient batifoler. Tu cherches quoi ? Ah, oui, tu me l'as dit tout à l'heure : « À comprendre qui était notre père. » Te voilà bien avancée. Madame, ici présente, s'est amourachée de papa. Et toi, tu veux en savoir plus ? Tu veux des détails ? Des explications ? Je rêve...

Elle ouvrit la porte violemment, s'engagea dans le jardin. Candice lui emboîta le pas, la rattrapa devant la voiture.

— Attends ! dit-elle, hors d'haleine.

— Je ne reste pas une minute de plus.

Le regard noir, Clémence s'installa au volant, alluma le contact.

— Monte, ordonna-t-elle.

Candice ne parvenait pas à expliquer que cette maison l'aimantait, qu'elle y flairait la trace de leur père disparu, que partir maintenant serait pour elle un impossible déchirement ; elle tergiversait, plantée là, les bras croisés.

En enclenchant la première, Clémence lui lança :

— Tu te démerdes pour rentrer.

— Attends ! supplia encore Candice. Tu ne comprends pas…

Un rire sec.

— Comprendre ? J'ai tout pigé. Tu n'aurais jamais réagi comme ça, avant.

— Avant quoi ?

La voiture roulait au pas ; Candice se mit à courir derrière elle.

— Avant quoi ? répéta-t-elle, à bout de souffle.

Clémence freina.

— Avant que cette sorcière change la couleur de tes idées, comme aurait dit ton Zola…

Puis la voiture démarra en trombe. Candice la regarda disparaître derrière les arbres. Le silence retomba sur le hameau. Elle se retourna. Sur le perron de la Villa O, Sophie Lorma l'attendait, avec le chat.

Candice revint vers la maison, désemparée.

— Je peux vous ramener à Paris, dit Sophie Lorma.

Devant le silence de Candice, elle ajouta :

— Si vous préférez, je peux vous déposer à la gare, à vingt minutes d'ici. Les trains pour Paris partent toutes les deux heures. Le prochain est à midi.

— Merci.

— Voulez-vous revenir à l'intérieur ? Prendre un café ? Vous me direz ensuite ce que vous souhaitez faire.

Candice accepta, la suivit dans la cuisine, spacieuse et moderne, encore plus attrayante que sur les photos. Pendant que Sophie Lorma préparait le café, elle étudiait le décor, imaginait son père assis à cette table, en train de lire les nouvelles sur sa tablette.

— Merci d'être restée, dit Sophie Lorma, en plaçant une tasse devant elle.

— Au fond, je ne sais pas très bien pourquoi je suis là, avoua Candice. Pourquoi je n'ai pas suivi ma sœur.

— Je comprends.

— Une partie de moi a envie de foutre le camp. Une autre, de rester.

Elles burent leur café en silence. Puis, Candice confia :

— Mon père aimait les maisons. Ce n'est pas une surprise, finalement, d'apprendre qu'il en avait une. Si mon père était encore en vie, je pense que j'aurais fait comme ma sœur : « péter un câble », protéger notre mère, vous déclarer la guerre, foutre le feu à cette baraque. Mais il n'est plus là. Et venir ici, c'est comme retrouver une partie de lui. C'est à la fois une souffrance et une joie.

Un nouveau silence. Puis Sophie Lorma proposa :

— Voulez-vous visiter la maison ?

— Volontiers, concéda Candice.

Elle ne l'informa pas qu'elle avait presque déjà tout vu en ligne sur le forum décoration déniché par sa sœur ; elle ne lui parla pas du flacon d'*Acqua di Parma* qui trônait toujours dans la salle de bains. Elle se sentait comme extérieure à elle-même, flottante, habitée d'un sentiment d'incrédulité : était-elle en ce moment même en train de visiter le refuge caché de son père, en compagnie d'une femme dont il avait été l'amant pendant près de vingt ans ? Elle foulait de ses pieds les marches où il avait dû poser mille fois les siens ; elle déambulait devant ses murs à lui, ceux qu'il avait restaurés et décorés à sa guise, en secret, là où il avait aimé, dormi, rêvé.

Tout ça, sans elles. Sans sa femme, sans ses filles. Et elle ignorait ce qui lui faisait le plus de peine ; comprendre que son père s'était construit un havre de bonheur loin d'elles, ou ressentir encore plus cruellement son absence dans ce lieu intime où il apparaissait en filigrane comme pour la hanter. Oui, à n'en pas douter, elle se trouvait bien dans la maison de son père ; elle le devinait aux couleurs, au mobilier, aux livres, aux objets : une boîte à cigares, une vieille guitare, des vinyles de Supertramp et de Cat Stevens, un jeu d'échecs. Elle remarqua une large table à tréteaux, la jumelle de celle qui se trouvait chez elle.

À l'étage, dans la chambre, devant une photographie en noir et blanc de son père et de Sophie Lorma sous la tonnelle, l'été, enlacés, souriants, Candice se demandait, à la fois estomaquée et curieuse, s'il était possible d'aimer deux personnes et d'être heureux. Elle pensait à Émile Zola, déchiré entre deux amours, rongé par la culpabilité jusqu'à la fin de sa vie. Son père avait-il succombé au même remords ? Avait-il décidé, comme Zola, de ne pas choisir ? S'était-il considéré comme un pleutre ? Un fou ? Un imprudent ? Un homme fidèle à deux femmes ? Elle ne le saurait jamais. Ce matin, à la Villa O, son père était un inconnu.

Candice sentit le mal-être la gagner, et ce dernier n'était pas engendré d'une colère, à l'instar de sa sœur, mais plutôt d'un chagrin qui l'envahissait avec une force inattendue. Face à cette photographie, elle vacillait, incapable de parler. Il fallait qu'elle sorte d'ici ; elle étouffait. Faisant fuir le chat, elle se précipita dans l'escalier, puis dehors, aveuglée par ses larmes ; devant la maison, elle tenta de se calmer, les poings fermés appuyés contre sa bouche.

Elle entendit la voix de Sophie Lorma derrière elle :

— Ça va ?

Elle parvint à articuler qu'elle voulait partir, tout de suite.

— Je vous ramène à Paris ?

Aurait-elle le courage de passer une heure et demie en compagnie de cette femme, dans l'habitacle exigu d'une voiture ? Elle accepta, se disant qu'elle pourrait toujours mettre ses écouteurs afin d'éviter toute conversation. Mais le chemin du retour fut étrangement calme ; Sophie Lorma conduisait d'une façon souple et agréable, le trafic jusqu'aux portes de Paris était fluide. La conductrice avait allumé la radio et elles ne se parlèrent pas. Candice observait ses mains, carrées et puissantes sur le volant. Aucune bague. Combien de fois son père avait-il roulé à ses côtés, dans cette Toyota Verso grise d'une quinzaine d'années ? De quoi avaient-ils discuté ? Avaient-ils eu des projets ? Étaient-ils partis en voyage ensemble ? Que faisait Sophie Lorma ? Architecte ? Décoratrice ? Son père était omniprésent, à tel point qu'il semblait assis sur la banquette arrière.

En atteignant la porte d'Orléans, elle indiqua à Sophie Lorma que celle-ci pouvait la déposer à côté du métro. La reverrait-elle un jour ?

Lorsqu'elle se tourna pour lui dire au revoir, Sophie Lorma confia :

— Vous ressemblez tant à votre père. Je le savais, j'avais vu des photos de vous, mais en vrai, c'est encore plus…

Un silence.

— C'est encore plus émouvant, finit-elle.

Candice s'aperçut qu'elle avait les larmes aux yeux. Elle quitta la voiture, ferma la portière, ne se retourna pas ; elle ne pouvait pas supporter d'être confrontée à sa peine, même si cette femme, elle aussi, avait aimé son père.

En regardant l'heure, elle constata qu'elle était en retard pour son travail au studio. Elle s'y rendit en métro, en ayant pris soin de prévenir Luc. Lorsqu'elle arriva, ce dernier était déjà en séance avec Dominique. Ce fut Agathe qui l'accueillit.

— Tu m'as dit que tu étais chez le médecin ce matin. Ça va ?

— Tout va bien, répondit Candice avec un sourire forcé, en accrochant son manteau.

Pendant le trajet dans le métro, Clémence avait envoyé à sa sœur plusieurs SMS empreints d'agressivité qui s'affichèrent d'un bloc sur son mobile. Quelle mouche avait piqué Candice ? Elle était folle ou quoi, d'être restée chez cette femme ? Vraiment, ça ne tournait pas rond. Et puis oui, elle était furieuse, furieuse contre Candice ; elle n'en revenait toujours pas, de ce qui s'était passé, de l'attitude de sa sœur. Et avait-elle pensé un instant à leur pauvre maman ?

Sans lui répondre, Candice rangea son portable, s'attela à un travail en cours ; elle avait l'impression de n'être plus qu'une coquille fragile et vide. Toutes les tâches qu'elle effectuait s'avéraient machinales. En pilote automatique, elle ne réfléchissait plus ; il n'y avait plus que les sons, les voix, la fluctuation des courbes sur les écrans devant ses yeux, plus que ce monde sonore qu'elle maîtrisait, qu'elle connaissait par cœur, qu'elle savait apprivoiser, et qui ne l'effrayait pas.

Un peu plus tard, Dominique émergea du studio principal pour faire une pause. Elle proposa du thé à Candice qui refusa aimablement, cachée sous ses écouteurs ; elle évitait la clairvoyance de son regard en penchant la tête vers son clavier.

— Voulez-vous que nous rentrions ensemble tout à l'heure ? proposa Dominique. Vous vous souvenez que c'est mon dernier soir ?

— Tout à fait, répondit Candice, tournée vers son écran.

— Je crois me souvenir que le père de Timothée vient le chercher directement à l'école ?

— Oui, c'est le cas.

Elle se permit un demi-sourire, pour rassurer son interlocutrice.

— Tout va bien, Candice ? s'enquit Dominique, sa tasse à la main, avant de retourner dans la cabine. Je vous trouve un peu blanche.

Décidément, rien ne lui échappait.

Dominique se tenait sur le seuil, sa valise à ses pieds. Elle confirma à Candice qu'elle avait tout pris, qu'elle était certaine de n'avoir rien oublié. Une carte pour les quatre ans de Timothée l'attendait dans sa chambre.

— Merci, Candice, du fond du cœur. Je me souviendrai longtemps de votre accueil, de votre générosité.

Candice la remercia à son tour, lui confia qu'elle était heureuse d'avoir pu l'aider, mais elle dut se l'avouer à elle-même : en cet instant présent, elle n'avait qu'une envie, que Dominique déguerpisse, qu'elle se casse, qu'elle se barre, qu'elle foute le camp ; elle rêvait d'être seule chez elle, de ne plus partager la salle de bains, de ne plus dormir avec son fils, de récupérer son territoire à elle, de retrouver ses repères, ses habitudes.

Dominique musardait sur le paillasson, prenait son temps, bavassait, et Candice brûlait de lui administrer une bourrade dans le dos, solide, amicale, mais ferme, de mugir : « Eh bien, au revoir Dominique, portez-vous bien ! » Elle trépignait, affichait un rictus artificiel tel un masque, excédée par ces adieux prolongés, surtout après la journée qu'elle avait endurée.

— Voulez-vous que je vous aide avec la valise ?

— Pensez-vous ! Je me débrouille très bien !

Dominique s'en alla enfin et Candice attendit que son pas s'éteigne dans l'escalier, puis guetta le claquement de la porte cochère ; elle se retint pour ne pas regarder vers la rue, car elle se doutait que Dominique jetterait un coup d'œil à la fenêtre pour lui faire un geste de la main.

Elle était enfin seule chez elle ; elle devrait s'en réjouir. Elle s'allongea sur le lit, respira doucement pour se détendre, et pendant quelques instants, elle crut pouvoir s'assoupir ; mais les images de la matinée revenaient : la façade blanche, les volets bleus, la voiture de Clémence s'éloignant sous les arbres, les yeux gris de Sophie Lorma, la photographie d'elle et de son père sous la tonnelle. Elle pensa à la maison à la nuit tombée, au salon avec cette grande cheminée, et elle voyait son père assis au coin du feu, son cigare à la main. Puis elle pensa à sa mère, et se demanda comment Faustine avait pu ne rien voir, ne rien savoir de cette autre femme, de cette autre vie, de cette maison. N'y avait-il pas eu des indices ? N'avait-elle jamais eu de doutes ?

Candice comprit qu'elle ne parviendrait plus à combattre l'assombrissement qui s'insinuait en elle, qui la creusait, la vidait ; elle rendit les armes, se traîna dans la cuisine avec le pas lourd d'une condamnée, ouvrit le réfrigérateur où se trouvaient les restes des repas préparés par Dominique – lasagnes, risotto, quiche –, soigneusement emballés ou placés dans des récipients alimentaires, et elle bâfra, méthodiquement, sans aucun plaisir, inclinée vers la fraîcheur de l'appareil, utilisant ses deux mains, l'une après l'autre, les paumes plâtrées d'une nourriture froide qu'elle se fourrait à l'intérieur du gosier, comme si elle gavait un monstre affamé qu'on devait bourrer jusqu'à la gueule. Elle dévorait pour contrecarrer le vide, pour anéantir le chagrin, même si elle pressentait une bataille perdue d'avance : elle n'y arriverait jamais, rien ni personne ne pourrait faire revenir son père, son père en avait aimé une autre, son père était un autre, un homme qu'elle ne connaissait pas, un homme qui leur avait menti.

Plus elle avalait, plus elle se sentait énorme, hideuse, lamentable ; autant finir les plats pendant qu'elle y était, ne rien laisser, gratter le fond des emballages avec ses ongles pour attraper le moindre fragment, puis, prise d'une violente nausée, Candice s'affala sur le carrelage, demeura là un moment, engourdie, la joue collée au sol, les doigts poisseux. Elle avait du mal à respirer et la tête lui tournait à tel point qu'elle ne parvenait plus à voir clairement ; s'appuyant aux murs comme si elle était ivre, elle se mit debout, et, trébuchante, se rendit aux toilettes, son chemin de croix, son châtiment. Elle s'attacha les cheveux avec des mains tremblantes.

Pendant qu'elle se faisait vomir, pliée en deux, le sang afflua d'un coup vers son visage, et une résonance intérieure, comme une trombe d'eau, fit bourdonner ses tympans avec une ampleur qui la terrifia. Elle dut s'interrompre, flageolante, prosternée devant la cuvette, mais il lui fallait continuer, sa panse était pleine ; elle devait se débarrasser des quantités qu'elle avait absorbées, ne pas attendre la digestion. Le contact répété de ses incisives avait fini par faire saigner la peau des phalanges de sa main droite, mais c'était déjà arrivé, et elle n'y prêta pas attention ; elle s'acharnait sur le dernier paquet de nourriture encore prisonnier de son estomac qu'elle faisait remonter par à-coups, en hoquetant, tordue par des spasmes de douleur.

On frappa à la porte trois fois. Avait-elle bien entendu? Elle s'immobilisa, majeur et index encore logés au fond de sa gorge. Non, elle n'avait pas rêvé; on toqua encore. Et on sonna. Elle n'attendait personne. Et elle n'irait pas voir, ni ouvrir; elle en était incapable. Elle n'était plus qu'une loque qui empestait le vomi; une épave, un monstre échoué là, trop faible pour se déplacer, recroquevillée en position fœtale à même le sol. Grelottante, épuisée, Candice ferma les yeux, se dit qu'elle patienterait le temps que ce visiteur imprévu s'en aille. Et le silence lui confirma qu'elle avait eu raison : il était sans doute parti.

Le silence régnait à présent dans le petit logement. Son corps lui paraissait endolori, pesant, et dans sa bouche persistaient ce relent de bile et son amer sillage; il faudrait qu'elle fasse un effort, qu'elle se lève, qu'elle ôte ses vêtements tachés, mais elle n'en avait pas le courage; elle ne pouvait que sangloter, paupières closes, roulée en boule.

Tout à coup, il lui sembla entendre des pas dans le couloir. Affolée, elle ouvrit les yeux, se redressa faiblement. Il y avait bien quelqu'un.

— Mon Dieu! Candice, qu'avez-vous?

C'était Dominique, penchée sur elle, et qu'elle puisse la découvrir dans cet état la terrassa; d'autant plus qu'elle venait de se féliciter de son départ. Dominique tentait de la consoler, lui demandait ce qu'il s'était passé; lui expliquait qu'elle avait oublié de lui rendre la clef tout à l'heure, qu'elle était revenue la lui remettre. D'en bas, elle avait aperçu la lumière à l'étage; elle savait que Candice était chez elle, et, n'obtenant pas de réponse, elle s'était décidée à pénétrer dans l'appartement. À vrai dire, elle s'inquiétait. Et elle avait eu raison.

Avec des gestes empreints de douceur, mais tout en fermeté, Dominique aida Candice à se hisser debout.

— Je suis là, dit-elle. Reposez-vous sur moi.

Elle l'emmena dans la salle de bains, enleva son pull maculé, nettoya son visage et ses doigts avec du coton imprégné de lait à démaquiller, observa sa main droite aux phalanges ensanglantées, la soigna ; Candice se laissait faire, honteuse, écrasée, incapable de parler, et l'équivoque de la situation l'ébranlait encore davantage.

Plus tard, pendant que Candice prenait une douche, s'abandonnant à la chaleur consolante de l'eau, elle entendait Dominique nettoyer la cuvette des toilettes. Qu'allait-elle bien pouvoir lui raconter ? Prétexter une intoxication alimentaire ? Lorsqu'elle sortit de la salle de bains, vêtue de son peignoir, les cheveux encore mouillés, elle vit que Dominique l'attendait dans la cuisine. Elle se sentit pâlir. La nervosité s'empara d'elle ; elle n'était sans doute pas assez forte pour répondre à ses questions.

Dominique lui tendit une tasse.

— Tenez, prenez. C'est du citron et du miel dans de l'eau chaude. Ça va vous requinquer.

Candice but en silence. Raide sur sa chaise, elle se prépara à un interrogatoire, mais Dominique ne posa aucune question. Elle rangeait la cuisine, comme à son habitude ; elle astiquait les robinets, passait l'éponge sur les surfaces, faisait briller les poignées des placards. Sa présence était réconfortante, loin d'être pesante ; petit à petit, Candice se laissa aller, ses membres se décontractèrent, et elle respira plus librement.

— Je me sens mieux, dit Candice, enfin.

— C'est bien, répondit Dominique, en posant son torchon. J'en suis heureuse. Vous devriez aller vous reposer, maintenant. Et moi, je vais rentrer.

Candice cria :

— Ne partez pas ! Je vous en supplie !

Elle comprit qu'elle ne pouvait plus faire semblant, qu'il fallait que son désespoir s'exprime, qu'il sorte d'elle ; elle s'effondra sur la table, dissimulant son visage derrière ses mains, et elle pleura longtemps, complètement abattue. Elle s'était mise à parler à voix haute, sans voir Dominique, car elle ne percevait que le rideau de ses doigts humides devant ses yeux, mais elle allait tout lui raconter, ce n'était plus la peine qu'elle se cache à présent. Dominique l'avait bien retrouvée dans une mare de vomi, Dominique devait se douter, n'est-ce pas, elle n'avait plus besoin de mentir. Oui, elle se faisait vomir, presque quinze ans que cela durait, elle vivait avec cette horreur depuis tout ce temps, et personne, personne ne le savait. Elle avait dupé ses parents, dupé ses compagnons, dupé sa sœur, ses amis, et même Dominique. Elle était incapable de se nourrir correctement, elle avait oublié ce que c'était, elle était l'esclave de sa balance, se pesait dix fois par jour, était l'ennemie de son propre corps, vivait dans la hantise permanente de la bouffe, des calories, du poids, des mensurations, et elle se méprisait de capituler devant une obsession qui lui pourrissait la vie, l'empêchait de faire l'amour, d'avoir du plaisir, de savourer, de lâcher prise, de s'aimer, de s'accepter. Elle se représentait encore et toujours tel un boudin avec du bide, des gros seins, des hanches rondes qui débordaient de partout, elle ne rentrait même pas dans un quarante-deux. Elle avait l'impression que ses vêtements étaient toujours trop serrés. Elle se dégoûtait à un point que Dominique ne pouvait même pas imaginer, elle avait passé sa vie à faire des régimes, en vain, sa vie n'était qu'un putain de régime, se retenir, craquer, se goinfrer, puis tout gerber, encore et encore, noter les calories, encore et encore, les compter, encore et encore, trouver la vie belle uniquement lorsqu'elle était mince, lorsque son ventre était plat et qu'il criait famine.

Candice se tut, baissa la tête, retira ses mains placées sur ses yeux ; elle voyait le décor familier de la petite cuisine, les dessins de Timothée aux murs, le calendrier, les Post-it. Dominique se tenait à présent derrière elle ; elle avait posé ses paumes sur ses épaules, et ce geste apaisant redonna du courage à la jeune femme.

— Continuez, dit Dominique. Vous pouvez tout me dire.

Candice reprit son récit ; sa douleur ressurgit, ses larmes se remirent à couler. Il ne fallait pas que Dominique pense que tout ça, c'était la faute de ses parents, dit-elle. Personne ne lui avait demandé de suivre un régime ; elle seule s'était créé cet enfer, elle l'avait généré de toutes pièces, et elle s'était enfermée dedans. Elle était prisonnière de sa propre haine ; raison pour laquelle elle se méprisait autant, car il y avait des choses tellement plus importantes que son propre corps, son poids, son image. Tout ça était pathétique, elle était pathétique, elle se méprisait à un point ! Elle n'en parlait jamais, car, au fond, ça n'avait aucune importance, c'était dans sa tête à elle, c'était de l'égocentrisme pur et dur, ça ne méritait même pas qu'elle dise la vérité à qui que ce soit...

Le silence. On n'entendait que le bruit du ronflement du réfrigérateur et le claquement régulier de la minuterie au-dessus du four.

— Continuez, dit encore Dominique, avec une légère pression de ses mains sur les épaules de Candice.

— Et puis, il y a eu aujourd'hui, cette journée que je n'oublierai jamais, murmura Candice.

— Racontez-moi.

Candice lui décrivit le chemin parcouru avec sa sœur vers Courtenay, leur découverte, la double vie de leur père, cette autre femme, cette maison, cette histoire d'amour dont elle n'avait rien su et qui était tout à coup exposée devant elle. Elle essayait de mettre des mots sur le vide vertigineux qu'elle ressentait, un abîme qu'elle ne comprenait pas, ne maîtrisait pas, mais elle savait ceci, et ô combien douloureusement : elle ne parvenait plus à le combler autrement qu'en s'empiffrant jusqu'au vertige. Elle était perdue. Elle avait envie de mourir.

— Alors, vous allez m'écouter, Candice, vous allez m'écouter très attentivement.

Dominique était venue s'asseoir en face d'elle ; elle posa une main sur son avant-bras.

— Vous ne pouvez pas rester ainsi. Ce n'est plus possible.

— Je sais. Mais je ne sais pas comment faire.

— Moi, je sais. Je connais une médecin, spécialisée dans les troubles du comportement alimentaire. Je vais l'appeler, vous irez la voir.

— Non… Je n'ai pas… Je n'ose pas…

— Écoutez-moi. Je vous trouverai un rendez-vous avec elle et je vous y emmènerai. Personne n'a besoin de le savoir.

— J'ai peur.

— Vous n'avez plus besoin d'avoir peur. Je suis là. C'est à mon tour de vous aider. Enfin.

Il y avait tant de gentillesse, tant de bonté dans les yeux noirs, que Candice se mit à pleurer de nouveau. Dominique la taquina, passa une main sur sa joue : ah non, c'en était fini avec les larmes, pour cette nuit ! Candice devait prendre du repos, aller se coucher, être d'attaque pour la semaine ; elles allaient commencer à enregistrer *Au Bonheur des Dames*, il ne fallait pas abandonner leur cher Zola !

Candice l'écoutait, se laissait faire ; Dominique la borda, comme si elle était une petite fille, comme si elle était Timothée.

— Ça va aller ?

— Oui, murmura Candice, enfouie sous les draps.

— Vous préférez que je reste cette nuit dans la chambre de Timothée ?

Candice fit oui de la tête.

— Alors, je reste. Si ça peut vous aider, vous rassurer. Maintenant, reposez-vous.

— Merci, Dominique.

— Bonne nuit, Candice. Je suis là.

Candice entendit son pas léger qu'elle connaissait par cœur s'éloigner. Elle se sentait en sécurité, tranquillisée ; elle finit par s'endormir, le sillage du parfum poudré flottant tout autour d'elle ; Dominique semblait, ainsi à ses côtés, veiller sur elle telle une mère sur son enfant.

Le médecin s'appelait Anne-Claire Whyte; elle était psychiatre et consultait dans un cabinet médical rue Saint-Charles, dans le quinzième arrondissement. Lorsqu'elle se retrouva dans la salle d'attente avec Dominique, Candice paniqua.

— Je ne sais pas quoi lui dire, se lamenta-t-elle. Je ne sais même pas par où commencer. Je n'ai jamais vu un psy de ma vie.

Elle n'avait qu'une envie : prendre ses jambes à son cou, partir loin d'ici; mais Dominique avait réussi à la calmer, à lui faire comprendre l'importance de cette séance. De surcroît, ce médecin lui avait rapidement trouvé un rendez-vous dans un agenda très chargé, et la moindre des choses était de l'honorer.

Face au docteur, obligée pour la deuxième fois de sa vie de définir ses tourments, Candice fit de son mieux, tiraillée entre honte et soulagement. Elle avait l'impression de s'exprimer avec maladresse, d'utiliser un vocabulaire d'une grande pauvreté; plus elle avançait dans son récit, plus elle peinait. C'était une épreuve de revenir en arrière, de se remémorer l'adolescente complexée qu'elle avait été, de se rendre compte à quel point elle s'était embourbée encore plus profondément avec les années dans l'inacceptation de son propre corps.

Le médecin était une femme d'un certain âge aux longs cheveux gris, au sourire rare mais éblouissant. Elle lui posa des questions sur sa famille. Candice s'étonna ; quel rapport sa famille pouvait-elle avoir avec son mal-être ? Elle évoqua la mort de son père avec difficulté. Puis, le docteur lui demanda de lui parler de son fils. Ce fut plus fluide de décrire son petit garçon, l'amour qu'elle lui portait, la joie qu'il lui procurait en retour.

Candice ne s'imaginait pas débarquer dans ce cabinet une fois par semaine pour les mois à venir, s'asseoir à ce bureau, déposer son fardeau de chagrin. Le docteur discernait ses réticences, lui expliqua que le chemin vers la guérison était semé d'embûches, long, difficile, mais que si Candice était partante, elle y arriverait. Candice, en l'écoutant, se sentit encore plus découragée. Le docteur lui adressa un de ses merveilleux sourires et lui fit remarquer qu'elle avait déjà fait le premier pas, elle était assise là, dans son cabinet, elle était venue.

— C'est grâce à Dominique, avoua Candice.

— Une amie précieuse, dit le médecin, et Candice ne savait pas si elle parlait en son propre nom, ou de l'amitié entre Dominique et Candice.

Dans le métro, alors qu'elles étaient toutes deux en route pour le studio Violette, Dominique ne demanda pas à Candice comment l'entrevue s'était déroulée ; elle lui changea les idées en abordant le onzième volume des *Rougon-Macquart* qu'elle avait commencé à enregistrer la semaine dernière. *Au Bonheur des Dames* se déroulait au cœur d'un grand magasin et dévoilait le combat féroce entre une entreprise gigantesque et les modestes boutiques du quartier. Candice avait su par Dominique que Zola s'était inspiré du Bon Marché, et en écoutant la lecture, elle n'avait pu s'empêcher d'admirer comment l'écrivain décrivait la ruche d'activités formée par ce vaste commerce : la frénésie des soldes, les consommatrices avides rendues folles par l'opulence des étalages, les relations tendues entre les vendeuses forcées de courber l'échine et les riches clientes à l'outrecuidance exaspérante. Dominique précisa que le roman se terminait bien, ce qui était plutôt rare chez Zola, avec l'histoire d'amour inattendue entre le grand patron charmeur, Octave Mouret, et la jeune provinciale attachante, bien moins niaise qu'on ne pourrait le croire, Denise Baudu.

— C'est drôle, dit Candice, Zola a donné à son héroïne le prénom de sa fille.

— Ah, vous l'avez remarqué aussi ! Mais en 1883, à la parution du roman, Émile n'avait pas encore rencontré Jeanne… Et Denise, leur fille, ne verrait le jour que six ans plus tard. Au fait, voulez-vous que je vous rende votre clef ?

Un instant d'hésitation. Pourquoi lui laisser la clef ? Dominique ne vivait plus là ; elle n'avait aucune raison de la conserver. Mais, qu'aurait-elle fait sans Dominique, ces derniers jours, se demanda-t-elle ; que serait-elle devenue sans elle, sans son assistance ?

— Non, gardez-la.

— Très bien. Mais dès que vous en avez besoin, dites-le-moi.

— Je pense que Timothée serait ravi que vous passiez le voir de temps en temps. Et moi aussi.

— C'est très aimable à vous. Et j'en serais ravie aussi. Mais ne vous inquiétez pas, je ne passerai jamais sans vous prévenir !

— Vous êtes bien installée chez vous ?

Dominique décrivit son nouvel appartement : minuscule, mais propre et lumineux ; elle était enchantée. Dès que tout serait prêt, elle les inviterait à dîner, Timothée et elle ; et Arthur, bien entendu. Comment allait-il, d'ailleurs ? Candice répondit qu'il se portait bien. En sortant du métro, elle s'aperçut qu'elle n'avait pas beaucoup pensé à lui, dernièrement. Arthur ne savait rien de la Villa O, de Sophie Lorma ; il n'avait aucune idée de la gravité des crises de boulimie, de l'aide imprévue de Dominique, du rendez-vous de ce matin avec le docteur Whyte. Arthur était en bordure de sa vie, confiné malgré lui à une périphérie. S'en rendait-il compte ? Se sentait-il rejeté ? Elle se dit qu'elle devrait faire des efforts, s'occuper davantage de cette relation à laquelle elle tenait, mais elle ne parvenait pas à réduire au silence cette petite voix irritante qui lui demandait si elle était réellement amoureuse, si elle n'avait pas commencé cette histoire pour pallier la tristesse liée au décès soudain de son père.

Une surprise désagréable l'attendait en fin de journée : un SMS de sa sœur la sommant de venir ce soir rue Raymond-Losserand. Leur mère était au courant de tout. Ce « tout » glaça Candice ; elle avait la sensation de se rendre à un tribunal, d'être jugée et condamnée d'avance. Elle demanda à Dominique si celle-ci pouvait garder Timothée quelques heures ; elle devait aller chez sa mère.

— Vous êtes pâle. Que se passe-t-il ?

— Je ne sais pas, balbutia Candice. Elle veut me voir.

— Vous avez peur ?

Candice se redressa ; elle n'avait pas peur, mais elle redoutait la réaction de sa mère.

— Vous êtes forte, Candice. Vous saurez faire face. J'irai chercher Timothée et je m'occuperai de lui. Ne vous faites pas de souci.

Dominique avait régulièrement recueilli le petit garçon rue de l'Espérance pour rendre service à Candice ; son nom avait été transmis à l'école depuis un certain temps.

— Merci.

Lorsqu'elle sonna plus tard à la porte de l'appartement familial, Candice avait l'impression de revêtir une armure, et pourtant, elle débarquait bien chez sa mère ; d'emblée, Faustine et Clémence posèrent sur elle un regard qui n'avait rien d'accueillant. Alors, elle déclencha cette posture clandestine qu'elle adoptait dans des situations angoissantes ou ennuyeuses : elle écoutait ce qu'on avait à lui dire, poliment, mais petit à petit, sans le montrer, elle se transportait ailleurs ; elle glissait dans un territoire intime, une forteresse personnelle qui n'appartenait qu'à elle, là où rien ni personne ne pouvait l'atteindre, là où elle se retranchait.

Assise dans ce salon au décor qu'elle connaissait si bien, elle regardait sa mère, sa sœur ; leurs silhouettes longilignes, conformes, leurs longs cheveux bruns et leur peau nacrée, deux ombres face à elle, agitant leurs bras, leurs mains, et bientôt elles ne formèrent qu'un bloc noir et menaçant. Puis le bloc se dédoubla à nouveau ; une ombre virevolta à gauche, l'autre à droite, comme sur une scène. Candice était à l'opéra : les cris, *staccato* ; les visages, contractés ; les bouches, béantes ; les mains, paumes ouvertes suppliciées. Quelques paroles martelées parvinrent à perforer la ouate protectrice de sa forteresse : devait-elle entrouvrir la lourde porte de sa citadelle pour les capter ? Non, pas la peine. Elle savait déjà. Elle pouvait tenir à distance certains sons. C'était son métier, après tout : dompter le bruit. Très peu pour elle, ce tumulte de remontrances, cet énervement, ces reproches assenés telles des rafales de kalachnikov, et alors que l'opéra se prolongeait dans une épuisante confusion, Candice assista à un duo de vocalises qu'elle musela comme si elle avait baissé le volume d'un doigt sur son logiciel au studio. Le refrain était immuable : Candice, chez l'ennemie. Candice, chez cette bonne femme. Candice, coupable ! Coupable d'avoir passé du temps avec elle. Coupable d'avoir bu son café, visité sa maison, posé son cul sur sa chaise, respiré le même air. Coupable ! Sophie Lorma, l'adversaire. Sophie Lorma, la rivale. Sophie Lorma, la salope. Candice, la fautive. La traîtresse.

Candice regardait ses pieds, nota que ses bottines noires avaient besoin d'un petit coup de lustrage.

— Mais tu t'en fiches ou quoi ? hurla Clémence.

Impossible, cette fois, d'échapper à cette stridence. Candice se leva, jeta un coup d'œil à travers la vitre, vers la rue. En face, un coiffeur était ouvert ; un court instant, elle observa ces femmes qui se faisaient faire des balayages, des brushings. Puis, elle déclara qu'elle était triste pour leur mère, aux yeux rougis par les larmes ; elle était désolée pour sa sœur qui prenait tant à cœur cette découverte et semblait si remontée. Elle leur rappela, avec le plus de tact possible, que Daniel n'était plus de ce monde ; elle ne voyait pas à quoi cela servait de vilipender Sophie Lorma.

— Tu n'as rien compris, s'exclama Clémence. On doit lui pourrir la vie, et toi, tu veux être sa copine !

— Pas du tout, se défendit Candice. Tu m'as plantée là, au milieu de nulle part. Je n'avais pas le choix. Mais je pense que, dans cette histoire, la coupable, ce n'est pas Sophie Lorma. Le coupable, c'est papa.

Avait-elle dit une énormité ? On la regardait avec consternation ; on lui demanda de répéter. Elle s'exécuta : oui, leur père avait eu une double vie ; il n'avait jamais pu choisir entre deux femmes. Le coupable, c'était bien lui.

— Où veux-tu en venir ? lança Faustine, frémissante.

— Papa vous aimait toutes les deux. Et ce devait être une immense souffrance.

Candice sentait que sa mère la regardait autrement, qu'elle paraissait ne plus reconnaître sa cadette ; tandis que Clémence s'emportait, lui assenant que Candice ne pouvait pas comprendre, parce qu'elle n'avait jamais connu une vraie histoire d'amour, parce qu'elle n'avait jamais aimé, les yeux de Faustine ne quittaient plus le visage de Candice. La coupable, martelait Clémence, c'était Sophie Lorma, qui avait affriolé leur père, qui l'avait séduit ; leur père s'était laissé faire, mais il n'avait jamais aimé cette femme. Il était amoureux de leur mère ; il n'avait aimé que leur mère. Sophie Lorma n'avait été qu'une liaison.

Candice tenait bon face à l'impétuosité de sa sœur, mais elle avait beau argumenter, insister sur la possibilité d'aimer deux personnes à la fois, Clémence la renvoyait sans cesse à sa rupture avec le père de Timothée, au fait qu'elle n'avait jamais pu construire, qu'elle ne savait pas ce que c'était, un mariage, un chemin de vie commune. Candice s'agaçait de ces attaques personnelles, tentait de recadrer le débat sur leur père, toujours sous l'œil interrogateur de Faustine.

— Je ne te reconnais pas, lança cette dernière. Je ne sais pas d'où tu sors ce discours.

— De la vie de Zola, répondit Candice. Il n'a jamais pu choisir entre Alexandrine, son épouse, et Jeanne, la mère de ses enfants. Il les aimait toutes les deux. Comme papa.

À nouveau les yeux exorbités, les rictus ironiques. Puis, le rire de Clémence éclata, cruel.

— Zola? Ah, oui, je me souviens. « Parce qu'il y a la vie entière dans ses romans, la lumière, mais la noirceur aussi. »

Clémence avait baissé la voix pour imiter le timbre grave de Dominique, adopté une expression guindée, yeux mi-clos, bouche en cul-de-poule.

— Tu es méchante, dit Candice.

— Et toi, complètement idiote! Et encore sous la coupe de cette sorcière, visiblement!

Faustine exhorta son aînée à se calmer. Puis elle interrogea Candice :

— Elle vit toujours chez toi?

— Non. Elle a trouvé un studio pas loin.

— C'est quoi, ce discours que tu nous tiens? Une apologie de l'adultère?

Une tristesse lasse s'empara de Candice; elle n'avait aucune envie de se battre avec sa mère, avec sa sœur. Il était vain qu'elle reste ici, qu'elle tente d'expliquer son point de vue; on ne l'écouterait pas.

— Mais de quel côté es-tu? s'enquit Clémence, exaspérée.

— Je ne te reconnais plus, ajouta Faustine.

Candice prit son sac, son manteau, sans mot dire.

— C'est ça, barre-toi! siffla Clémence.

— Tu me fais beaucoup de peine, gémit Faustine.

Candice referma la porte derrière elle, descendit l'escalier à toute vitesse. Un moment, elle crut qu'elle allait pleurer, mais lorsqu'elle se retrouva dehors, sur le trottoir, une autre sensation, surprenante, prit le dessus.

Elle se sentait libre.

En arrivant chez elle, elle retrouva avec plaisir l'ambiance douillette de son appartement ; les bougies parfumées étaient allumées, Timothée dessinait, et Dominique s'activait aux fourneaux. L'amertume des dernières heures se dissipait. Candice ne parla pas de sa mère. Dominique ne posa aucune question ; elle avait préparé un potage, des pâtes, et ils dînèrent tous les trois dans la cuisine.

Le téléphone de Candice, posé sur le plan de travail, n'arrêtait pas de vibrer.

— Vous voulez y répondre ?

— Non.

Depuis que Candice avait quitté la rue Raymond-Losserand, Clémence n'avait cessé d'envoyer des salves de SMS.

Tu te prends pour qui ? Et pauvre maman qui pleure.

Nous bassiner avec du Zola. T'es pire que la sorcière.

Tu ferais mieux de revenir et de t'excuser.

T'es nulle.

Je ne veux plus te parler. Maman non plus.

Les messages défilaient sur l'écran de son téléphone comme un fil d'actualité ininterrompu, où l'information la plus récente chassait l'ancienne.

Faustine s'y était mise aussi.

Je ne comprends pas ce qui te prend. Tu dois revenir t'expliquer.

Tu es ridicule avec ton histoire de Zola.

Tu te trompes sur toute la ligne.

Papa n'aimait que moi.

Candice avait fini par éteindre son mobile. Elle écoutait Dominique décrire les jours qui rallongeaient enfin : ce n'était pas encore la fin de l'hiver, mais la lumière avait changé, l'arrivée du printemps devenait une réalité. Ses petits travaux passage Sigaud progressaient : quelques couches de peinture, une nouvelle moquette, la pose d'étagères. Luc, du studio, lui avait donné un coup de main. Candice ignorait qu'il était bricoleur.

— Oh, il a plein de talents cachés ! gloussa Dominique, en resservant Timothée.

La remarque était innocente, mais Candice se demanda pourquoi elle y voyait autre chose. Elle avait bien entendu repéré la connivence entre Luc et Dominique ; même Agathe avait un jour pouffé en les voyant partir bras dessus, bras dessous.

Dominique expliquait, en saupoudrant du parmesan sur les pâtes du petit garçon, qu'elle n'avait pas eu la possibilité d'inviter Candice et Timothée chez elle, car elle devait encore effectuer des choix parmi le mobilier et les objets stockés dans le garde-meuble ; elle les recevrait lorsque tout serait prêt, promis !

— Comment allez-vous faire pour caser tous vos livres ?

Dominique soupira. Un vrai casse-tête ! Elle avait déjà fait un tri, quel crève-cœur ; elle aimait tant ses romans, surtout ceux qui avaient appartenu à son père. Elle garderait les Zola, Candice s'en doutait. Il en prenait de la place, leur Émile ! Il n'existait pas que les *Rougon-Macquart* : il ne fallait pas oublier sa correspondance, sa trilogie des *Trois Villes*, ses nouvelles, ses premiers romans, comme *La Confession de Claude* ou *Madeleine Férat*, puis son dernier cycle, resté inachevé, *Les Quatre Évangiles*.

— Quel est votre préféré ?

— Oh ! Vous me posez une colle, chère Candice. C'est atroce, de devoir choisir. J'en suis bien incapable.

— Mais si vous ne deviez en emporter qu'un seul sur une île déserte ?

— Humm… Alors, ce serait *L'Assommoir*.

— Pourquoi ?

— Mon tout premier de lui. Au collège. Cette bataille dans le lavoir, entre Gervaise et Virginie ! Notre professeur de français nous avait lu ce passage. Vous vous souvenez ? Vous étiez en studio avec moi lors de l'enregistrement.

Candice le gardait bien en mémoire : une lutte d'une violence sidérante, dit-elle.

— Tout à fait. La classe était abasourdie, poursuivit Dominique. Nous n'étions plus dans la salle de cours d'un collège de province, mais transportés au grand lavoir parisien de la Goutte-d'Or, devant deux rivales qui se griffaient et se frappaient jusqu'au sang.

— Et la fessée ! poursuivit Candice.

— Ah, cette fessée…

Dominique s'en amusa : elle se souvenait du souffle coupé des élèves, elle incluse, lorsque Gervaise armée d'un battoir déculottait la fielleuse Virginie pour lui administrer une cinglante raclée.

— Mais je n'ai pas besoin de vous rappeler quel est mon bien le plus précieux en ce qui concerne Zola.

Devant l'expression perplexe de Candice, elle ajouta :

— La carte qu'il a écrite à Jeanne et que j'ai trouvée derrière la cheminée.

— Ah oui, la carte ! Où est-elle à présent ?

— Je vous l'ai dit. Dans un coffre, à la banque. C'est ce que j'ai de plus cher. Mais pas seulement pour sa valeur, vous l'aurez compris. Et c'est aussi grâce à cette carte que nous sommes devenues amies, que j'ai eu la joie et l'honneur d'enregistrer ses œuvres pour un nouveau public. Ça me fait doucement sourire, quand on me dit que les livres d'Émile Zola sont ennuyeux. Ceux qui l'affirment ne sont pas de vrais lecteurs.

Candice se souvint de la remarque acerbe de sa mère lors du fameux dîner ici : « Mais qui lit Zola, de nos jours ? » Tout en écoutant Dominique, elle se demanda si la discorde familiale allait se prolonger ; elle imaginait sa mère, seule chez elle, rue Raymond-Losserand. Le chagrin de Faustine, le courroux de Clémence. Elles avaient toujours été proches, toutes les trois. Jusqu'à ce soir. Et puis, Sophie Lorma s'invita dans ses pensées, entourée du souvenir de Daniel, mais il n'y avait rien de mélancolique, dans cette maison, au contraire.

— Je vais rentrer, dit Dominique plus tard, en prenant ses affaires. J'ai raconté l'histoire à Timothée, il s'endort déjà. Il attend votre bisou du soir.

— Avant que j'oublie, j'ai du courrier pour vous, dit Candice.

Elle lui tendit une enveloppe crème, avec la grosse écriture ronde ; elle avait remarqué pour la première fois que le timbre était espagnol. Dominique la remercia, sans faire de commentaire, puis elle prit congé.

Timothée avait accepté sans trop de difficultés de réintégrer sa chambre à lui. Candice alla le rejoindre. Dans ses bras, se nichait une petite peluche qu'elle n'avait jamais vue.

— C'est un cadeau de Domi, confia Timothée.

Un chat noir, assez réaliste, avec de grands yeux jaunes.

— C'est gentil de la part de Domi, répondit Candice. Tu me le montres ? Comment il s'appelle ?

— Grisou.

Candice ne put s'empêcher de sourire. Depuis plusieurs jours, Dominique avait commencé à enregistrer *Germinal*, qui avait pour toile de fond les mines, les corons ; elle avait appris à Candice que, dans les profondeurs de la Terre, les mineurs redoutaient en permanence l'explosion accidentelle de gaz, le fameux « coup de grisou ». Timothée lui tendit la peluche. En la portant vers son nez, Candice reçut une bouffée du parfum poudré, comme si Dominique l'avait entièrement vaporisée d'*Oxalys*.

Le quatrième anniversaire de Timothée, qui approchait à grands pas, permit une cessation des hostilités entre Candice, sa mère et sa sœur. Combien de temps cette trêve allait-elle durer ? Candice n'en avait aucune idée. Faustine tenait à organiser le goûter chez elle, à inviter tous les camarades de classe de son petit-fils et à faire venir un magicien. Sa fille y consentit ; elle trouvait, secrètement, que sa mère en faisait un peu trop. Clémence persistait avec sa bougonnerie, sans toutefois se montrer désagréable. Candice essayait de se mettre à la place de son aînée, parvenait à comprendre sa peine et sa rancœur ; mais Clémence refusait toujours d'admettre le point de vue de Candice.

Candice, lors des consultations avec le docteur Whyte, avoua qu'elle songeait souvent à cette femme que son père avait aimée, à cette maison perdue dans la forêt. Y retournerait-elle un jour ? Elle réfléchissait à ce que Sophie Lorma lui avait confié : que son père et elle avaient été comme deux sentinelles qui se retrouvaient à des carrefours précis.

— Et vous en pensez quoi, de ces sentinelles, de ces carrefours ? demanda le docteur.

— C'est mystérieux, beau, un peu angoissant. J'ignorais qu'on pouvait aimer ainsi. Je ne sais pas si ce bonheur-là est véritablement possible. Je ne sais pas si j'aimerais le connaître. Mais mon père et cette femme vivaient leur amour de cette façon. Ils ont construit quelque chose, ce que ma mère et ma sœur ne veulent pas voir. Et elles m'en veulent parce qu'elles croyaient que j'allais réagir comme elles.

Au fond, confia Candice au docteur Whyte, sa mère et sa sœur pensaient tout savoir d'elle, sans se douter qu'elle avait bâti un solide rempart en silence, depuis longtemps. Dominique était la seule personne qui la connaissait réellement, qui voyait derrière l'image lisse d'une jeune femme joviale.

— Et votre compagnon ? Vous connaît-il bien, d'après vous ? continua le docteur.

Décidément, Candice abordait plus d'un sujet avec cette praticienne, et elle parvenait à le faire sans trop de honte ; elle avait même réussi à lui décrire sa difficulté à avoir des rapports sexuels sans éteindre la lumière, à se montrer nue devant Arthur.

— Non, pas vraiment, répondit-elle. Il ne voit que ce que je veux bien lui dévoiler. Il ne sait rien de mes crises, de mon mal-être. Mais c'est ma faute, je sais si bien planquer tout ça.

Arthur venait souvent rue des Cinq-Diamants ; il passait à l'improviste, avec des fleurs ou une bouteille de vin. Parfois, Candice était seule ou avec son fils, et à d'autres occasions, Dominique était là. Les dîners étaient très gais ; Arthur racontait des blagues qui les faisaient beaucoup rire, à tel point que Timothée venait se plaindre du bruit, car il n'arrivait pas à dormir. Mais les mines pouvaient aussi devenir graves, comme lorsque Dominique, un soir, leur apprit que le procès du type qui l'avait renversée aurait bien lieu avant la fin de l'année. L'idée de poser les yeux sur lui la répugnait ; elle n'avait jamais oublié le jour où il s'était pointé à la clinique et qu'il avait effleuré son moignon. Candice se rappelait dans quel état elle l'avait retrouvée.

— Nous serons là pour vous épauler, affirma Candice.

— Nous sommes vos anges gardiens ! clama Arthur.

Dominique rosit : ils étaient tous les deux si adorables avec elle ! Quelle chance elle avait d'avoir de si merveilleux amis. Une complicité s'était nouée entre Dominique et Arthur, comme avec Luc, et Candice s'efforçait de ne pas y déceler autre chose qu'une amitié. Pourquoi, alors, cette infime alarme persistait-elle à résonner quelque part dans son esprit, dès qu'Arthur posait les yeux sur Dominique ?

La semaine suivante, il avait été convenu que Dominique reviendrait dîner mardi soir chez Candice, et qu'Arthur les rejoindrait. Le petit serait chez Julien. Le mardi en question, Dominique termina sa séance au studio plus tôt que prévu ; elle proposa à Candice, toujours au travail devant ses écrans, de la retrouver directement rue des Cinq-Diamants ; elle irait faire les courses pour préparer le repas.

Depuis ses séances avec le docteur Whyte, Candice subissait moins de crises, mais il lui arrivait de rechuter, de céder à la pulsion de l'hyperphagie, de se sentir coupable, de retomber dans la spirale de détestation envers elle-même. Alors, elle désespérait, convaincue qu'elle n'y parviendrait pas, que la psy ne servait à rien. En gravissant l'escalier, elle pensait au chemin interminable qui lui restait à faire avant d'oser croire à la guérison.

Une alléchante odeur de bonne cuisine embaumait le palier. Il était presque vingt heures, et en introduisant sa clef dans la serrure, Candice se dit qu'Arthur avait dû arriver entre-temps. Un air des Beatles jouait en fond sonore. Candice n'était pas assez familière avec la discographie du groupe pour reconnaître la chanson; la grande spécialiste, c'était Dominique.

Elle posa ses clefs sur le guéridon, enleva son blouson, et s'apprêta à lancer : « Coucou, c'est moi ! »

À part les Beatles qui rugissaient avec *Oh, yeah* et *Oh, no*, elle n'entendait ni Dominique ni Arthur. Elle avança vers le salon, craintivement, puis s'immobilisa. John Lennon (elle le reconnaissait à son timbre plus nasal que celui de McCartney) débitait une série de formules qui lui semblaient absurdes : une exhortation à remonter ses chaussettes, à se laisser pousser les cheveux, et tandis que Candice tergiversait dans le vestibule, McCartney, lui, bramait à tue-tête qu'il avait un drôle de pressentiment.

Comme elle, exactement : un drôle de pressentiment qui la lestait; plus la chanson durait, plus elle avait du mal à se mouvoir. Pourquoi étaient-ils silencieux à ce point? Que fabriquaient-ils, bon sang?

Un râle se fit entendre. Candice sursauta. Avait-elle bien entendu ? Elle s'appuya contre le chambranle, fébrile, tendit l'oreille.

— Putain, c'est bon…, gémit Arthur distinctement.

Une nouvelle plainte d'extase. Candice crut défaillir d'horreur ; elle plaqua une main sur sa bouche, alors que McCartney n'en finissait plus de fredonner sa drôle d'intuition. Ne devrait-elle pas amorcer un demi-tour, fuir ventre à terre, avant de se confronter à une situation dantesque ?

— Encore… Encore !

Un grognement de plaisir de plus, long et sensuel. Les jambes de Candice flageolaient ; elle se demandait comment elle tenait encore debout. Elle les connaissait bien, ces soupirs-là ; elle savait comment les lui arracher, avec sa bouche, ses mains, ses gestes. Elle avait cru, naïvement, qu'il n'y avait qu'elle pour les engendrer. Quelle idiote ! Quelle cruche ! Une série d'images lubriques s'étalait devant ses yeux fermés : Dominique penchée sur le bas-ventre d'Arthur, les doigts d'Arthur enchevêtrés dans le chignon défait, accompagnant son souple va-et-vient de plus en plus frénétique.

— Plus fort ! Plus vite !

Impossible de rester là sans rien faire ; impossible de continuer à subir ces éclats, à imaginer ce qui se tramait à quelques mètres d'elle. Elle s'arma de courage, se préparant à affronter le pire, fit irruption dans le salon, pantelante.

Arthur était allongé sur le lit, la tête en arrière ; Dominique, assise sur le matelas, était penchée sur le jeune homme, affairée, et Candice se sentait au bord de l'évanouissement, terrorisée par ce qu'elle allait découvrir.

Puis, elle vit que les mains de Dominique étaient arrimées au pied nu d'Arthur qu'elle massait adroitement, avec une telle concentration qu'elle ne se rendit pas compte de la présence de la jeune femme à ses côtés.

Arthur, en ouvrant les yeux, découvrit Candice debout, à les regarder.

— Te voilà ! dit-il avec un large sourire, pendant que Dominique se tournait vers elle, sans lâcher le pied d'Arthur, pour lui sourire, elle aussi.

Candice restait là, les bras ballants, hébétée, tiraillée entre son intense soulagement et la violence du contrecoup.

— Domi masse d'une façon dingue ! Tu devrais essayer… Mais, tu en fais une tête…

— Oui, qu'avez-vous, Candice ? Vous n'avez pas l'air bien !

Prise d'un vertige, incapable de prononcer un mot, Candice n'arrivait plus à faire semblant ; elle tremblait.

Arthur s'était levé d'un bond. Il lui caressa la joue, lui demanda ce qui n'allait pas ; elle demeurait silencieuse, comme abrutie, encore sous le choc de sa peur immense.

— Oh, mais tu as cru que…

— Non, rien, marmonna Candice, se dégageant de son étreinte.

— Ma pauvre chérie, tu as cru que Domi et moi… ?

Arthur éclata d'un rire gras ; Candice avait envie de le gifler.

Dominique redressait le couvre-lit avec des gestes précis, presque maniaques. Elle observa Arthur sans broncher, puis interrogea Candice :

— Vous avez cru quoi ?

— Rien, je vous dis. Rien du tout.

— Mais si, bégaya Arthur, hilare, le visage pourpre. Elle a cru qu'on était en train de baiser ! C'est trop drôle !

Dominique porta deux doigts à ses lèvres. Son menton se mit à trembloter, puis elle se laissa, elle aussi, aller à une franche rigolade, ainsi qu'ils l'avaient fait le soir du rêve bizarre, quand Dominique était rentrée ivre. Candice les trouvait d'une grande laideur, avec leurs joues rougeaudes, leurs langues visqueuses telles des limaces. Elle était exclue, une fois de plus ; elle les méprisait, les détestait en cet instant.

Le supplice durait. Alors, Candice prit sur elle, rassembla ses forces, se mit à ricaner avec eux, se tordant, avouant que oui, mon Dieu, qu'elle était bête tout de même, ridicule, pathétique, comment avait-elle pu avoir une idée pareille, vraiment, à mourir de rire, n'importe quoi, et ils tombèrent dans le panneau, lui tapant dans le dos avec une camaraderie taquine : elle avait vraiment l'esprit tordu, hein, leur Candice ! Et puis quoi encore ? Nouvelles explosions de rire.

Les commissures de ses lèvres devenaient douloureuses à force d'être écartelées. Ils ne pouvaient rien deviner de ses véritables pensées, imaginer un instant à quel point elle brûlait de les éborgner, de leur briser le nez, de répandre sa rage, son mal-être, son désespoir ; elle riait avec eux de toutes ses dents, mais à l'intérieur, elle hurlait.

Le lendemain, et les jours qui suivirent, Candice se persuada qu'elle avait réagi avec une trop grande violence à cette scène de massage ; sa sensibilité était exacerbée ; elle voyait le mal partout. Il fallait se reprendre, retrouver une paix intérieure. Le docteur Whyte l'aidait à définir ses sensations, à les exprimer. En avançant avec elle, pas à pas, Candice avait l'impression de trier ses tourments : mettre une étiquette dessus, les agencer. Envers sa mère et sa sœur, la rancœur avait pris fin, mais Candice avait conscience de cette nouvelle distance qui existait désormais entre elles ; elles ne se fréquentaient plus aussi régulièrement, se parlaient moins, et Candice se sentait à la fois soulagée et peinée par cette situation inédite.

Dominique restait toujours aussi aimable et dévouée ; elle passait à l'appartement pendant la journée, toujours en prévenant Candice par SMS, qui à son retour retrouvait son domicile nettoyé, le linge fait, le dîner préparé. Parfois, Dominique prenait des initiatives irritantes, comme changer les meubles de place, la disposition des couverts et des assiettes. Candice avait beau lui répéter qu'elle n'était pas obligée de faire le ménage, la cuisine, Dominique répondait en insistant que cela lui faisait plaisir, qu'elle souhaitait remercier Candice à sa façon. Candice aurait préféré qu'elle arrête de venir s'occuper de la maison, et surtout, qu'elle lui redonne sa clef, mais elle ignorait comment le lui avouer. Elle n'osait pas en parler à la psy, car Dominique était a priori proche du docteur Whyte. Et puis, Timothée semblait envoûté par « Domi » ; elle le constatait davantage chaque jour. Il n'aimait que le potage préparé par Dominique, ne s'endormait qu'après l'histoire racontée par celle-ci. Grisou, la peluche noire, ne le quittait plus ; il s'était remis à sucer son pouce lorsqu'il la câlinait. Quand Grisou demeurait introuvable, Timothée faisait d'interminables caprices ; Candice ne le reconnaissait pas.

Juste pour vous prévenir que je passerai chez vous ce soir, mais je ne resterai pas longtemps, je vais au théâtre avec une amie !

Ainsi, Dominique avait une nouvelle amie. Tant mieux ! Candice prenait un verre avec Mélanie dans leur café de la Bastille lorsque le message s'était affiché sur son portable.

— Tu as l'air fatiguée, remarqua Mélanie. Tout va bien ?

Elles ne s'étaient pas revues depuis un long moment, mais Candice avait déjà informé Mélanie de son voyage à Courtenay avec Clémence.

— Beaucoup de boulot, répondit Candice. Et puis, tout ce que je t'ai dit sur la Villa O, mon père, cette femme… Ça me travaille.

— Et avec ta sœur ? Ta mère ?

— C'est mieux. Mais on se voit moins qu'avant.

— Ça te rend triste ?

— Bizarrement, non. C'est différent, c'est tout.

— Et ton fiston ?

Candice soupira.

— Timothée est difficile en ce moment.

— C'est-à-dire ?

— Il semble avoir régressé. Il suce son pouce, il mouille parfois son lit.

— Pourquoi, à ton avis ?

Candice hésita. Puis, elle raconta à Mélanie l'emprise progressive de Dominique sur le petit. Son fils était captivé par Dominique ; elle s'en était aperçue dès le départ, mais la situation s'était aggravée. Candice avait de moins en moins d'autorité sur lui ; il allait plus spontanément vers Dominique que vers sa propre mère. Ils avaient leurs rituels, à présent.

— Des rituels ?

Mélanie semblait abasourdie. Comme prise en faute, Candice lui parla du potage, du conte, de la peluche : de toutes ces habitudes que Dominique avait peu à peu édifiées dans la vie de son fils. Elle voyait bien, dans les yeux de son amie, que Mélanie ne comprenait pas la place que Candice avait accordée à Dominique, l'ampleur de ce champ libre.

— On croirait qu'elle t'a jeté un sort, à toi aussi.

Candice se sentait incapable d'expliquer ses sentiments ambivalents envers cette femme. Elle regarda vers la rue ; les gens se pressaient pour rentrer chez eux, alors qu'une pluie fine commençait à tomber. Mélanie ne savait rien des crises de boulimie, des vomissements, et il était hors de question que Candice dévoile ce secret.

— Disons que je l'ai aidée, comme tu sais, après son amputation, répondit-elle avec prudence. Et, à un moment compliqué, Dominique a été là pour moi. Elle m'a soutenue. Elle a été formidable.

— D'accord… Je ne te demande pas quel était ce « moment compliqué », car je vois à ta tête que tu n'as pas envie d'en parler. Mais ce n'est pas une raison pour laisser cette femme prendre la main sur ton fils. Tu dois la recadrer.

— Facile à dire ! Elle est à la fois très gentille et très chiante. Je ne sais pas comment m'y prendre.

Mélanie s'agaça : enfin, Candice n'était pas une empotée, tout de même. Il suffisait de mettre les points sur les i, de se parler. Pendant trop longtemps avec le petit, Candice avait laissé faire ; eh bien, elle allait devoir lui montrer que la maman de Timothée, c'était bien Candice !

— Et il en pense quoi, Arthur, de cette Dominique ?

Silence.

Candice n'avait pas le courage de relater la scène du massage ; elle ne supportait pas l'idée que son amie puisse rire d'elle, elle aussi.

— À vrai dire, je ne sais pas… Il l'aime bien, j'ai l'impression.

— Mais encore ?

— Parfois, il la regarde d'une drôle de façon.

— Il la regarde comment ?

Candice se mordilla un ongle. Puis elle lança :

— Je crois qu'elle lui plaît.

— Comment le sais-tu ?

— Ça se voit.

Le ricanement de Mélanie irrita Candice.

— Attends, si j'ai bien compris, cette femme a mis ton fils et ton mec dans sa poche.

— C'est un peu ça, oui.

— Tu dois réagir, Candi. Ce n'est plus possible, là ! Tu lui fais comprendre !

— Mais je ne sais pas comment…

— Tu lui dis de dégager ! Depuis quand tu as peur comme ça ?

Pendant le trajet en métro, Candice ressassait cette conversation. Mélanie avait raison. Ça ne pouvait plus durer. Dès ce soir, elle parlerait à Dominique. Elle serait polie et ferme. Dominique comprendrait. Elle n'irait plus chercher Timothée à l'école. Elle ne le garderait plus le soir. Elle ne préparerait plus la soupe. Elle ne raconterait plus l'histoire. Elle ne viendrait plus dîner. Elle ne ferait plus le ménage. Elle ne charmerait plus Arthur. Elle rendrait la clef. Elle s'effacerait gentiment. Candice trouverait une baby-sitter, ferait le ménage elle-même, comme avant. Ce serait terminé. Tout serait terminé.

Elle se rappela la dernière phrase de Mélanie, au moment où elles se quittaient devant le métro, sous la pluie.

— Ne te laisse pas faire.

Elle se répétait cette phrase, encore et encore, tel un mantra qui tournait en boucle dans son esprit ; chaque geste, chaque pas qu'elle effectuait se calait en rythme avec cette formule qu'elle réitérait sans cesse. *Ne te laisse pas faire.* Pied droit, pied gauche. Avancer. Glisser le Navigo sur la borne. Monter dans la rame. Voir son reflet dans la vitre. La rengaine devenait son pare-feu. *Ne te laisse pas faire.* Sortir du métro, marcher vers chez elle. Remarquer que l'hiver s'estompait doucement. La pluie avait cessé. Pied gauche. Pied droit. Taper le code, gravir les marches de l'escalier. S'arrêter sur le seuil. Reprendre son souffle. Ne pas trembler. Avancer encore. Battements du cœur. Introduire la clef dans la serrure. Ouvrir la porte.

Ne te laisse pas faire.

Dans ses narines, ce parfum qu'elle ne supportait plus, qui semblait suinter des murs tant il était présent. Rester calme. Ne rien laisser transparaître. Respirer.

Apparition de Timothée bondissant, pouce vissé dans sa bouche, Grisou calé sous le bras. Derrière lui, la silhouette fine et noire. Dominique s'était habillée pour aller au théâtre. Sa longue main posée sur les boucles blondes du garçonnet.

La bande sonore semblait s'être effacée. Pourtant, Candice voyait les lèvres de Dominique s'ouvrir, se fermer, celle du petit aussi, mais elle ne percevait plus leurs voix ; elle entendait une autre piste, un autre enregistrement, cadencée par la grosse caisse de son cœur.

Ne te laisse pas faire.

Les meubles avaient encore changé de place dans le salon ; les objets n'étaient pas rangés comme elle aimait. L'odeur poudrée devenait de plus en plus envahissante ; son fils tétait son pouce avec fébrilité.

La colère de Candice croissait lentement à la manière du mercure se hissant le long des graduations d'un thermomètre ; plus rien ni personne ne pouvait désormais empêcher cette progression.

Dans la cuisine, sur la plaque, la soupe mijotait. Terminé, la soupe de Domi. Hop, dans l'évier d'un coup, la soupe de Domi. Le glouglou de l'épais liquide qui s'évacuait dans les canalisations, Candice l'entendit. Très clairement. Le son était revenu, dans toute sa stéréophonie.

L'incompréhension qui traversa les yeux noirs, elle la vit aussi. Le corps de danseuse s'était raidi ; la paume figée sur la clavicule.

Récurage de la casserole. Préparation d'un plat de pâtes. Ouverture d'un pot de sauce tomate. Gestes machinaux et bruyants.

Ne te laisse pas faire.

Timothée pleurnichait, le visage chiffonné. Pourquoi maman avait-elle jeté la soupe de Domi ? Pourquoi maman faisait-elle cette tête ? Il voulait la soupe de Domi et rien d'autre. Il ne voulait pas de pâtes.

Candice se retourna pour fixer son petit garçon d'un regard si terrible qu'il se figea sur place.

Dominique s'approcha dans une insupportable exhalaison d'*Oxalys.*

— Qu'avez-vous ? dit-elle, inquiète.

Timothée geignait à présent. Candice ne reconnaissait plus son fils ; il trépignait, répétait qu'il voulait le potage de Domi et rien d'autre, puis il finit par se rouler par terre en couinant.

— Je vais m'occuper de lui, chuchota Dominique.

Elle le hissa doucement debout et il se blottit contre elle, les joues enfouies dans sa jupe noire. Elle lui caressa les cheveux avec tendresse.

Une colère inimaginable s'empara de Candice, se propageant à travers ses artères et ses oreilles avec un son gras comme une succion ; elle arracha son fils des bras de Dominique, le plaqua contre elle. Timothée se mit à hurler en cherchant à se dégager de son étreinte, et s'époumona à force de crier « Domi ! ».

Il y eut un moment confus de bousculade ; Timothée semblait possédé, hors de lui, grimaçant, écarlate. Jamais Candice ne l'avait vu dans un état pareil.

— Ça suffit ! cria-t-elle. Tu te calmes !

Secoué de sanglots, le petit garçon se tut enfin, le nez enfoui dans la peluche.

— Tu pars te calmer dans ta chambre. Tout de suite, siffla Candice.

L'enfant quitta la pièce en courant.

— Je vais gérer, dit Dominique, en faisant mine de le suivre.

Ne te laisse pas faire.

La main de Candice empoigna la manche noire.

— Non ! C'est moi, sa mère. Vous m'entendez ? Sa mère, c'est moi !

Candice hurla les deux dernières phrases, les cracha au visage de Dominique ; elle n'avait jamais éprouvé un sentiment d'exaspération semblable, qui jaillissait d'une profondeur inconnue avec la puissance d'une coulée de lave embrasant tout sur son passage. Au fur et à mesure que Candice avançait, Dominique reculait, blafarde.

— La clef, exigea Candice. Rendez-la-moi.

Elles étaient face à face dans l'entrée ; Timothée gémissait dans sa chambre tel un chiot blessé. Dominique chercha dans son sac, lui tendit la clef ; Candice l'attrapa, l'enfouit vivement dans sa poche.

Puis elle ouvrit la porte avec fracas.

— Calmez-vous, je vous en prie, balbutia Dominique, en prenant son manteau.

Timothée braillait les deux syllabes devenues intolérables à l'oreille de Candice, étirait le i de Domi en une infernale complainte, n'arrêtait plus de gémir. Les voisins allaient entendre. On allait venir. Il fallait en finir.

Ne te laisse pas faire.

Dominique se tenait sur le palier, dos à l'escalier, arc-boutée, comme si elle s'attendait à être emportée par une lame de fond prête à déferler sur elle d'un instant à l'autre, et pourtant, à part les jérémiades du petit garçon, personne n'avait prononcé un mot, personne n'avait bougé. Elle pourrait tomber si facilement en arrière ; il suffirait d'un pas, d'une poussée ; l'escalier était raide, un peu glissant ; il y avait déjà eu des chutes. Avec la prothèse, ce serait encore plus facile de trébucher.

L'instant paraissait déformé par une effroyable férocité : Candice avait-elle parlé ? Avait-elle fait un geste ? Elle ne savait plus.

Dominique vacilla, sembla perdre l'équilibre. Pendant une poignée de secondes, Candice crut qu'elle allait passer par-dessus la balustrade ; elle prévoyait presque le bruit sourd du corps s'écrasant quatre étages plus bas, mais à la dernière minute, Dominique se rattrapa à la rampe, se redressa avec cette souplesse coutumière.

Dans une ultime confrontation, le blanc s'étira telle une épaisse ouate, occultant Timothée, les sons du voisinage ou de la rue, creusant davantage l'espace entre elles.

Ne te laisse pas faire.

Candice se rendit compte qu'elle tenait sa main ouverte devant elle, paume à l'extérieur : un barrage, une protection ; Dominique n'était désormais qu'une forme sombre tapie dans un coin, à distance. Candice ne baissa pas le bras, et ce fut la dernière chose que Dominique vit d'elle : l'éclat de sa paume avant qu'elle disparaisse à l'intérieur de chez elle.

Candice ferma la porte, s'adossa quelques minutes contre le battant. Dans le miroir de l'entrée, elle aperçut une femme qu'elle ne reconnaissait pas : une guerrière au regard étincelant, aux traits modifiés par la colère.

C'était fini. Le fracas des pas descendait les marches : Dominique s'en allait.

La jeune femme attendit encore un moment. La porte cochère claqua. Son pouls s'apaisa ; elle respirait à nouveau librement.

Elle rejoignit la chambre de Timothée ; il ne pleurait plus, blotti dans ses draps avec Grisou. Elle la lui ôta délicatement des bras, fourra la peluche sous le lit, puis elle étreignit son fils, le serrant contre elle.

Ses boucles puaient encore *Oxalys*, mais elle savait que l'odeur finirait par s'estomper. Elle lui expliqua que Dominique était partie, qu'elle ne reviendrait pas. Il était assez grand pour l'accepter. Dominique n'était pas sa maman. C'était elle, sa maman. Elle lui répétait qu'elle l'aimait, qu'il était son trésor. Il était son enfant, son garçon, toute sa vie.

Timothée s'assoupissait contre elle, se calmait ; longtemps, elle veilla sur lui, en fredonnant ses comptines préférées.

Plus tard, dans la nuit, lorsqu'il dormait à poings fermés, Candice s'empara de la peluche, qu'elle tenait éloignée d'elle comme une chose pestiférée, l'enroba dans un sac plastique, descendit le tout au local poubelle.

Ensuite, elle aéra longuement son appartement pour chasser les derniers relents du parfum, remit les meubles à leur place, effaça toute trace de Dominique Marquisan.

Quand elle eut terminé, ce fut comme si cette femme n'avait jamais mis les pieds chez elle.

Un an plus tard.
Parc de Belleville, Paris.

Une neige surprenante et tardive était tombée sur la capitale juste avant le printemps, recouvrant les rues d'un épais manteau blanc qui avait paralysé le trafic. Au parc de Belleville, Candice, bonnet sur la tête, emmitouflée dans sa doudoune, regardait son fils rire aux éclats et chahuter avec d'autres enfants en se laissant glisser sur les pentes enneigées. Timothée venait de fêter ses cinq ans; il était un magnifique garçon radieux.

Candice trouva un banc libre pour s'asseoir et, d'une main gantée, enleva la couche neigeuse sur l'assise; elle s'installa, puis sortit de son sac un livre d'Agatha Christie : *Le Train bleu.* Mélanie lui disait souvent qu'elle s'étonnait de voir son amie lire autant. Candice lui répondait qu'elle avait attrapé ce virus sur le tard, en approchant de ses trente ans, qu'elle aurait l'année prochaine.

Elle prenait un plaisir extraordinaire à lire, ce qu'elle faisait avec lenteur, en savourant chaque mot, en soulignant ses phrases préférées avec un petit crayon qui faisait office de marque-page. Dans le nouvel appartement, il y avait de la place pour ses romans; elle préférait les acheter plutôt que les télécharger sur une liseuse. Il y avait aussi les livres de l'homme dont elle partageait désormais la vie. Grand lecteur, féru de romanciers anglo-saxons, il lui avait ainsi suggéré, pour commencer, Agatha Christie, qu'elle n'avait jamais lue.

— Maman! cria Timothée. Maman, regarde!

Candice détacha les yeux de sa page pour observer son fils : il construisait un bonhomme de neige avec des petits camarades. Elle lui fit un signe de la main. Son portable tinta et elle ôta son gant pour répondre. Sa sœur. Pendant de longues minutes, Candice bavarda avec Clémence, tout en surveillant Timothée du coin de l'œil. Clémence racontait un problème qu'elle avait eu avec un client, qui avait pourtant accepté un de ses dessins, avant de lui faire refaire toutes sortes de retouches; il n'était jamais content, appelait trois fois par jour, et elle n'en pouvait plus.

— Candi, j'ai besoin de te parler et je ne sais pas comment…, lâcha enfin Clémence.

— Je crains le pire, répliqua Candice en souriant.

— Si j'avais le courage, je viendrais te retrouver au parc, mais j'ai trop froid et tu es à l'autre bout de Paris.

— Bon, alors?

— J'ai beaucoup réfléchi. Tu te doutes de ce que je vais t'annoncer. Enfin, je ne sais pas. On n'en a pas discuté depuis si longtemps.

— Arrête de te compliquer la vie. Parle-moi.

Les enfants sur la pelouse blanche dansaient autour de leur bonhomme de neige qui penchait comme la tour de Pise.

— La Villa O.

— Je t'écoute, Clem.

— Je pense que… C'est possible que… J'aurais peut-être envie d'y aller avec toi. Un jour. Peut-être. J'ai dit peut-être. Mais j'aimerais bien.

— Pour casser la gueule à Sophie Lorma ?

Un soupir.

— Mais non, voyons.

— Alors, pourquoi ?

— Parce que c'est une partie de papa, cette maison. Et cette femme, une partie de sa vie.

— Continue.

— Je voudrais y retourner. Emmener nos enfants.

— Et maman ? demanda Candice.

— Elle comprendra. Je lui en ai déjà parlé plusieurs fois. Elle m'a rappelé qu'en octobre, ça fera trois ans que papa nous a quittées. Je pense qu'elle n'est pas prête encore à rencontrer Sophie Lorma, mais je sais qu'elle a accepté sa place dans la vie de papa. Et tu as remarqué…

— Oui, j'ai remarqué. Maman et Frédéric…

— Retrouver ce petit ami de jeunesse l'a sauvée.

Timothée et un autre garçon avaient réussi à fabriquer un visage au bonhomme de neige avec deux cailloux et un bâton.

— Maman ! Regarde ! cria-t-il. Il te sourit ! Il te voit !

— Oui, bravo Timmy ! cria-t-elle en retour.

— Bon alors, tu en penses quoi ? demanda Clémence.

— Du bien.

— Tu penses que Sophie Lorma voudra nous voir ?

Une main se posa sur l'épaule de Candice, une bouche chaude au creux de son cou, au-dessus de son écharpe.

— Te voilà, murmura une voix masculine.

— Ah ! J'entends la voix du prince charmant, dit Clémence. Et il est vraiment charmant. Embrasse-le pour moi. Nous poursuivrons cette conversation plus tard. Je ne veux pas t'embêter.

— Tu ne m'embêtes pas. On en reparle volontiers.

Elle rangea son portable.

— Ma sœur t'embrasse.

Elle joignit le geste à la parole ; son amoureux lui rendit son baiser et lui souffla à l'oreille :

— Je ne veux pas faire de la peine à Timothée, mais son bonhomme est complètement de traviole.

Candice sourit.

— Mais je vois que ta fille a pris en main l'entreprise de sauvetage !

Une énergique fillette d'une dizaine d'années avait rejoint Timothée et les autres enfants pour leur donner des ordres avec une autorité naturelle. Elle les menait à la baguette.

— Mon Dieu, qu'est-ce que Lara ressemble à sa mère quand elle houspille tout son petit monde !

— Tu exagères, s'amusa Candice.

— Maman ! Regarde ! s'égosilla Timothée. Lara a sauvé notre bonhomme de neige !

Les enfants reprirent leur farandole autour de la petite silhouette blanche en chantant. Candice posa sa tête sur l'épaule de son compagnon. Elle pensait à sa conversation avec Clémence. Dans l'année qui venait de s'écouler, sa sœur avait peu évoqué Sophie Lorma, et Faustine n'avait pas prononcé son nom devant elle. Au fur et à mesure que Candice avançait dans son travail avec le docteur Whyte, elle parvenait à évaluer la nouvelle distance qu'elle avait réussi à instaurer dans ses relations avec sa mère et sa sœur.

Cela n'avait rien d'une rupture; c'était plutôt une autre manière de communiquer qui s'était mise en place lentement; un rapport de force qui n'était plus le même et qui changeait la donne. Elle leur accordait moins de place dans sa vie, mais elle savait qu'elle les aimait tout autant, et que cette indépendance lui donnait une certaine force.

Candice avait fini par leur dire qu'elle voyait une psy, et leur avait avoué dans la foulée qu'elle souffrait de troubles du comportement alimentaire depuis son adolescence. Faustine avait accueilli cette nouvelle avec beaucoup d'émotion : elle se sentait coupable de n'avoir rien vu, d'avoir sottement félicité sa fille lorsque celle-ci avait perdu tant de poids lors de ce premier régime fatal. Clémence fut consternée, elle aussi, par sa propre cécité, de ne pas avoir deviné le calvaire de sa sœur. Mais Candice n'avait pas encore confié ni à sa sœur ni à sa mère qu'elle était restée en contact avec la femme que Daniel Louradour avait aimée, même si ces dernières pouvaient s'en douter.

Candice n'avait jamais su comment Sophie Lorma avait obtenu son numéro de portable, mais cela n'avait aucune importance. Un jour, peu après le départ de Dominique, elle avait reçu un SMS d'un numéro inconnu. Dans son message, Sophie Lorma lui suggérait de la voir, lors de sa prochaine venue à Paris. Pendant plusieurs semaines, Candice n'avait pas répondu; puis, après avoir réfléchi, elle avait écrit qu'elle serait heureuse de la revoir.

Par un jour de printemps ensoleillé, elles avaient pris un verre à Montparnasse, dans une grande brasserie au carrefour Vavin. Un moment convivial et simple. Sophie Lorma avait le teint hâlé; ses cheveux étaient lâchés, lui donnant un air plus juvénile. Elles n'avaient pas parlé de Daniel; peut-être, s'était dit Candice, que ce sujet viendrait plus tard, un autre jour. Candice venait de quitter le studio Violette : elle avait été recrutée par un autre studio, à la renommée plus prestigieuse, et on lui avait proposé un salaire plus important. Sophie lui avait demandé si elle avait hésité et elle avait répondu que non, car elle ressentait le besoin de bouger, de changer de cadre. Elle avait été chagrinée un temps de quitter ses collaborateurs. Son nouveau poste, défi attrayant et stimulant, lui offrait beaucoup plus de responsabilités. Candice s'était sentie à l'aise en la compagnie de Sophie ; elle avait eu l'impression de retrouver une personne qu'elle connaissait de longue date. Elle avait voulu en savoir plus sur son travail d'architecte d'intérieur ; Sophie avait évoqué ses chantiers en cours.

Puis, au moment de se quitter, Sophie lui avait dit, en la tutoyant pour la première fois :

— Ton père serait si fier de toi.

Cette phrase était restée dans l'esprit de Candice et, quand elle y repensait, c'était avec un mélange de tendresse et de mélancolie. Elle y songea maintenant, particulièrement après le souhait de sa sœur ; la volonté de Clémence de revoir Sophie lui apportait cette même charge de bonheur doux-amer. Elle se projeta dans ce retour à la Villa O ; elle voyait les enfants gambader dans le jardin, Clémence et Sophie sous la tonnelle.

Candice tressauta. La main de Timothée sur son genou était glacée ; il avait perdu son gant.

— Maman, souffla-t-il, tout bas.

Candice lui remit son bonnet.

— Qu'as-tu fait de ton gant, Timmy ? Tu as la main toute froide.

— Maman, répéta-t-il. Je viens de la voir.

— Tu as vu qui ?

— Elle est ici.

— Mais qui ?

Un drôle de frisson parcourut l'échine de Candice.

— Je l'ai vue. Elle est là.

— Mais qui, chéri ?

Pourtant, elle se doutait déjà. Et quand Timothée prononça son nom, elle se tenait prête.

— Domi. C'est Domi qui est là. Regarde.

Un an plus tôt.
Rue des Cinq-Diamants.
Paris

Candice se réveilla en proie à une étrange sensation de liberté, mais de vide, aussi. Il allait falloir s'y faire. C'était son choix. Elle l'assumait. Timothée, lui, semblait perdu, les paupières gonflées; il parlait peu, avait réclamé Grisou en chouinant. Elle l'emmena à l'école, expliqua à sa maîtresse qu'il avait mal dormi.

Au studio, Dominique n'était pas venue de la journée. Candice s'y était préparée. Elle assura à Luc et Agathe qu'elle n'avait aucune idée d'où elle était. Luc précisa que le portable de Dominique basculait directement sur sa messagerie. C'était embêtant, tout de même; Dominique avait encore beaucoup d'éléments à enregistrer. Candice répétait qu'elle ne savait rien.

Au bout de quelques jours, Luc s'inquiéta. Il se rendit passage Sigaud, où il était déjà venu plusieurs fois l'aider pour ses travaux d'emménagement; aucune trace de Dominique.

Personne ne l'avait vue. Il avait frappé à la porte en vain. Candice tempêtait intérieurement ; elle avait l'impression d'un déjà-vu. Elle était vraiment très forte, cette Dominique, capable d'amplifier l'angoisse à distance, et de faire culpabiliser Candice. Dominique agissait comme un enfant puni qui, pour se venger, disparaît, rendant ses parents malades d'angoisse.

Elle en parla à Mélanie qui la rassura : il ne fallait absolument pas que Candice se sente fautive ! Elle avait fait ce qu'il fallait ; elle avait délogé une personne toxique qui empiétait dangereusement sur sa vie. Lorsqu'elles surent par Timothée que Dominique ne venait plus les voir, qu'elle était partie, Faustine et Clémence félicitèrent à leur tour Candice. Bravo ! La sorcière avait enfin été chassée.

Arthur fut surpris d'apprendre que Dominique s'était volatilisée. Il voulait en savoir plus sur cette dernière scène entre elles, mais Candice se gardait bien de lui donner les détails ; elle restait vague, parlait d'une dispute à cause de Timothée.

— Quand on essaie de l'appeler, une voix précise que le numéro n'est plus attribué, dit-il, perplexe.

— Ah, parce que tu as son numéro ?

Arthur rougit. Il semblait embarrassé.

— Il s'est passé quoi entre vous ?

— Tu es folle ? Rien du tout.

— Alors, pourquoi tu l'appelles ?

Nouveau trouble du jeune homme, qui haussa les épaules. Mais Candice ne lâcha pas l'affaire ; elle continua à poser des questions, elle voulait tout savoir. Arthur, énervé, répétait qu'il n'avait rien à cacher, et plus il se défendait, plus

Candice pensait, malgré elle, à ce rêve perturbant du grand cerf et de la biche.

Au bout de dix jours, sans nouvelles de Dominique, Candice se rendit passage Sigaud. Luc lui avait donné le numéro de la rue. La gardienne lui apprit que Mme Marquisan avait en effet déménagé, qu'elle avait semblé pressée de partir. Non, elle n'avait pas laissé d'adresse. Et du courrier était encore arrivé pour elle cette semaine. La gardienne ne savait pas quoi en faire. Elle le montra à Candice.

Une enveloppe crème à l'écriture ronde, avec un timbre en provenance d'Espagne.

À ce moment, la gardienne fut interpellée par un vieux monsieur muni de cannes qui descendait l'escalier ; elle ne faisait plus attention à Candice, s'occupait de son locataire. Subtiliser la missive et partir en vitesse était chose aisée.

Elle n'hésita pas longtemps, l'ouvrit dès qu'elle se trouva chez elle. Elle allait enfin pouvoir assouvir sa curiosité, depuis le temps qu'elle les avait vues passer, ces enveloppes crème.

La carte postale représentait un portrait ancien de reine, debout, en pied. Candice la tourna pour lire la légende : *Isabel de Valois sosteniendo un retrato de Felipe II, Sofonisba Anguissola, 1561, Madrid, Museo Nacional del Prado.* La souveraine portait une longue tunique noire, richement brodée, une haute fraise autour du cou, et une couronne posée sur sa tête. Elle était brune, avec un grand front, un nez fin, une petite bouche, de longs sourcils arqués, et des yeux très noirs.

La même écriture ronde et féminine avait tracé les mots suivants :

Querida Niki,

Tu vois comme elle te ressemble ? Hi hi ! C'est toi, en brune ! Hasta la vista.

Tu me donnes des nouvelles STP ?

C'était signé Dulce.

Le tableau ressemblait en effet à Dominique Marquisan : la posture un peu raide, digne, l'étroitesse du visage, l'intensité du regard.

Qui était cette « Dulce », qui s'adressait à Dominique en l'appelant « Niki » ? Elle ne le saurait sans doute jamais ; elle mit la carte et l'enveloppe dans un tiroir.

Pendant de longues semaines, Timothée était resté taciturne. En dépit de l'amour et des incessantes marques d'affection de sa mère, de sa grand-mère, de sa tante et de ses cousines, il souriait moins, pleurait plus souvent. Sa maîtresse voulait savoir s'il s'était passé quelque chose à la maison ; son père, Julien, avait appelé un soir pour révéler qu'il trouvait leur fils changé, plus sombre, moins facile. Pour Candice, admettre que Timothée peinait à se remettre du départ de Dominique, qu'il la réclamait encore, était difficile ; d'une certaine manière, elle devait avouer sa propre impuissance en tant que mère. Elle redoubla d'inventivité et de tendresse envers lui, pour le faire rire, pour le divertir. Elle devait certainement mal s'y prendre, elle persistait à douter d'elle-même, et elle n'écoutait que ses élans maternels, de la façon la plus sincère possible. Elle avait dégotté un nouveau jeu qui le passionnait : à partir de son ordinateur et de son casque, elle lui faisait écouter des sons différents et drôles, des bruits d'animaux qu'il adorait, des jingles originaux, des voix bizarres.

Un soir, Candice comprit trop tard, en voyant les traits de son fils se crisper, ses yeux se remplir de larmes, qu'elle s'était trompée de fichier. Sans le faire exprès, elle avait appuyé sur le dossier *Bonheur des dames*, une des dernières séances de

Dominique. Le petit pleurait avec une tristesse infinie et elle s'en voulut âprement : elle était d'une bêtise, d'une nullité ! Comment avait-elle pu faire souffrir son petit garçon ainsi ? Quelle mère désastreuse elle était ! Elle s'en voulut encore plus.

Au studio, il avait bien fallu trouver une artiste pour reprendre au pied levé les enregistrements des *Rougon-Macquart* par Dominique ; Luc avait organisé un casting et, au bout de deux longues semaines, alors que tout le monde n'y croyait plus, une voix similaire avait été repérée. La jeune femme s'appelait Élisabeth, et son timbre grave s'apparentait à celui de Dominique ; on lui avait fait écouter les plages précédentes, afin qu'elle apprenne à caler sa diction sur celle de Dominique. Après plusieurs sessions de perfectionnement et d'adaptation, l'équipe du studio Violette cria victoire. C'était un excellent résultat ; ils allaient pouvoir continuer avec Élisabeth, terminer *Au Bonheur des Dames* et entamer *Nana*.

En écoutant la jeune femme lire *Nana*, Candice s'était souvenue de ce qu'elle avait lu dans la biographie de Troyat sur Zola à propos de cet ouvrage. Nana était Anna Coupeau, la fille de Gervaise et de Coupeau, funestes héros de *L'Assommoir*. Elle se remémorait les phrases chocs rédigées par Zola dans ses notes préparatoires : *Toute une société se ruant sur le cul. Une meute qui est derrière une chienne qui n'est pas en chaleur et qui se moque des chiens qui la suivent.* Dans une lettre à Flaubert, Zola avait dit vouloir décrire *la popote des putains.* Mais ce qui avait fait sourire Candice, c'était d'imaginer le propret et rigoureux Zola, toujours à l'affût de détails réalistes, en train de visiter l'hôtel particulier de la célèbre demi-mondaine Valtesse de la Bigne, afin de parfaire son portrait d'une cocotte issue du peuple, qui ne fait qu'une bouchée du Tout-Paris. Zola avait été fasciné par son lit démesuré, qu'il avait évidemment attribué à Nana : *Un trône, un autel, où Paris viendrait adorer sa nudité souveraine.* Candice avait régalé l'équipe avec ces anecdotes savoureuses.

— Tu n'as pas de nouvelles de Dominique ? demanda Luc, un soir, alors qu'ils quittaient le studio.

Candice répondit que non ; puis, elle ajouta que Dominique avait déjà disparu de la sorte.

Luc semblait préoccupé.

— Tu l'aimes bien ? continua Candice, même si elle avait conscience que sa question pouvait paraître indiscrète.

— Je n'ai jamais rencontré quelqu'un comme elle, avoua Luc. Elle vit chaque journée comme si c'était sa dernière sur Terre.

Candice entendait presque les moqueries de Faustine et de Clémence : *Encore un pauvre type embobiné par la sorcière !*

À brûle-pourpoint, elle lui posa la même question qu'à son compagnon :

— Il s'est passé quoi entre vous ?

Cependant, elle le dit en rigolant, en poussant Luc du coude, à la manière d'une blague.

Luc mordit à l'hameçon. Il lui confia, en s'esclaffant lui aussi, que Dominique avait beaucoup trop bu lors d'un dîner, un soir. Elle était devenue complètement désinhibée ; elle lui avait fait des avances précises, et il avait eu un mal fou à lui faire comprendre qu'il avait une compagne. Elle n'avait rien voulu savoir, se frottait contre lui comme une chatte en chaleur.

En conservant un sourire contraint, Candice répondit qu'elle voyait très bien la scène ; elle pensait que Luc embrayerait sur le fait que Dominique avait été grotesque, gênante, mais son regard se fit tout à coup rêveur, son ricanement prenait une autre teneur.

Il confia alors, à voix basse, qu'il avait eu envie d'elle, qu'elle avait été excessivement attirante ce soir-là, et qu'il ne savait toujours pas comment il s'était débrouillé pour ne pas lui céder. Après cette nuit-là, dit-il, Dominique n'avait pas recommencé ; ils avaient fait comme si de rien n'était, comme si cet épisode n'avait jamais eu lieu.

Au moment de partir, il murmura à l'oreille de Candice :

— On sent qu'elle adore ça.

— Quoi donc ? demanda Candice, bêtement.

Luc éclata d'un rire gourmand.

— À ton avis ? gloussa-t-il, avec un clin d'œil salace.

Parc de Belleville, Paris.

Candice avait beau scruter partout, à droite, à gauche, elle ne voyait personne qui ressemblait de près ou de loin à Dominique Marquisan.

— Tu as dû te tromper, dit-elle à voix basse à son fils.

— Non ! marmonna-t-il en tapant du pied. Elle est là. Je l'ai vue. C'est Domi !

— Tu as vu qui ? lança Lara, venue se joindre à eux.

— Domi, répondit Timothée. Ma Domi.

— C'est qui, « ta Domi » ? dit la fillette.

Son père leva les yeux de son livre.

— De qui parle ton fils ? demanda-t-il à Candice.

Les yeux de la jeune femme ne quittaient pas la foule tout autour d'eux, passant de l'un à l'autre avec une certaine fébrilité.

— Elle n'est pas là, affirma-t-elle enfin à son petit garçon. Ou alors elle est partie.

— Si ! Elle était là et elle nous regardait, insista Timothée.

— Mais elle est où ? reprit Lara.

Timothée avoua qu'il ne la voyait plus, et finit par s'éloigner avec la fillette pour retrouver les autres enfants.

— Alors, cette Domi ? Tu en fais une drôle de tête.

Candice jeta un dernier coup d'œil aux alentours. Puis elle expliqua :

— Ma sœur m'a dit un jour que Dominique avait changé la couleur de mes idées. Elle la voyait comme une sorcière. Ma mère aussi.

Elle précisa à son compagnon qu'il s'agissait d'une femme qu'elle avait dû pratiquement chasser de chez elle, il y avait un an de cela.

— La chasser ? Qu'a-t-elle donc fait pour t'énerver à ce point ?

Une pause.

— J'essaie de trouver les mots justes.

— C'est si dur que ça ?

— Ce n'est pas une personne horrible, tyrannique ou malhonnête. Plutôt quelqu'un de bien.

— Tu m'intrigues.

Elle n'avait pas envie de reprendre la chronologie des faits ; elle préférait choisir des souvenirs qu'elle revivait en lui racontant, comme si elle piochait au hasard dans un panier garni de petits papiers. Chaque billet dévoilait une réminiscence : Dominique qui dansait dans le salon avec sa prothèse en titane, gracieuse, devant Timothée et elle, ébahis. La robe rouge lors du dîner avec Faustine et Clémence, leur méfiance. Leur jalousie. La soirée arrosée et le désir dans les yeux d'Arthur. L'accident dans toute son horreur : les chairs broyées et sanguinolentes, le visage crayeux contre le bitume humide. Le parfum poudré qu'elle croisait parfois dans une boutique. Les perles noires qui chatoyaient au creux de sa paume. Timothée qui réclamait l'histoire, chaque soir. Les lettres érotiques sous le lit au 66, rue Saint-Lazare. Les tisanes brûlantes au goût amer dans les jolies tasses. L'odeur appétissante de la bonne cuisine qui flottait sur le palier. Dominique allongée de tout son long, là où Émile Zola, asphyxié, avait perdu la vie, rue de Bruxelles, et le regard narquois du jeune notaire.

— Je vais te faire écouter sa voix. Très importante, sa voix.

Elle lui tendit ses écouteurs et appuya sur un fichier audio qu'elle avait gardé dans son téléphone.

— En effet, dit-il, au bout d'un moment. Ensorcelante. *Thérèse Raquin*, non ?

— Oui, c'est Dominique qui m'a fait aimer Zola. Et les Beatles.

— Rien que ça ! Mais je n'ai toujours pas compris ce que tu lui reproches, à cette Domi.

Candice regardait la neige fondre au soleil printanier, perdre sa blancheur sous les pas des promeneurs, des enfants qui cavalaient en piaillant ; puis elle contempla la vue sur Paris, l'étendue vaste des toits qui avaient égaré leur teinte grise pour devenir laiteux.

— Au début, je ressentais un mélange de fascination et de pitié…

— Que s'est-il passé ?

Elle revoyait Dominique, tremblante, tapie dans l'escalier, et sa propre main tendue devant elle tel un bouclier.

— J'ai pété un câble. Elle a été une sorte de paratonnerre. C'est elle qui a tout pris.

— Timothée semble très attaché à elle.

— C'était ça, le problème. Je ne l'ai pas supporté.

— Tu n'as jamais eu de nouvelles ?

— Non, mais je n'ai pas cherché à en avoir. Elle a disparu du jour au lendemain.

— Tu as des regrets ?

Une nouvelle pause.

— L'année dernière, quand ça s'est passé, j'étais dans un trou. Peut-être qu'aujourd'hui, je n'aurais pas réagi ainsi.

Il lui prit la main, baisa doucement ses doigts.

— Tu n'es plus dans ce trou, murmura-t-il.

— Non. Plus du tout, admit-elle, en souriant. Je me demande bien pourquoi.

Ses lèvres chaudes s'imprimaient délicieusement sur sa peau et Candice frissonnait de plaisir.

— Tu t'es sortie toute seule de ce trou, Candice. Tu peux être fière de toi.

Il se souvenait d'une conversation qu'ils avaient eue tous deux l'été dernier, une nuit, lors de leurs vacances au Pays basque. Candice avait évoqué le docteur Whyte, qu'elle voyait encore aujourd'hui, et une autre personne, une femme, qui lui avait fait voir les choses différemment, en ce qui concernait la double vie de son père.

— De qui parlais-tu, cette nuit-là ?

C'était lors de leur premier voyage ensemble ; il lui avait proposé de séjourner une semaine dans une petite maison qu'il avait louée face à l'Atlantique sur les hauteurs de Bidart, non loin de Biarritz. Elle pourrait venir avec Timothée qui s'amuserait avec Lara. Candice avait passé la plupart de ses étés à Royan ; elle avait accepté, même si elle ne connaissait pas encore très bien l'homme dont elle était tombée amoureuse. Elle revoyait leur chambre, la fenêtre ouverte, leurs corps dénudés sous le souffle frais d'air maritime ; elle se rappelait qu'elle s'était exprimée à cœur ouvert devant un homme qu'elle ne fréquentait que depuis quelques semaines : jamais elle n'avait parlé aussi spontanément de sa boulimie, du mal-être dont elle se libérait chaque jour, mais aussi des rapports avec son père, de la disparition de ce dernier, et puis, de Sophie Lorma. Elle avait longuement décrit Daniel, ses souvenirs de lui, ce qu'elle avait ressenti en pénétrant dans cette maison gardée secrète aux côtés de cette femme qu'il avait aimée ; cette autre vie, cet autre amour qui lui avait offert une autre vision de lui, à la fois douloureuse et précieuse.

— Ce soir-là, à Bidart, je parlais bien de Dominique et de comment elle m'avait aidée.

— Mais tu ne l'as pas citée.

— Non.

Il caressa doucement sa main.

— Si tu devais choisir un mot pour la décrire ?

Un silence.

— Intense.

— Tu aurais envie de la revoir ?

— Je ne sais pas.

— Peut-être que c'est bien elle que ton fils a aperçue.

— Je le redoute, un peu.

— Que lui dirais-tu ?

— Aucune idée.

— J'arrête avec mes questions. Promis.

Candice s'appuya contre lui, perçut la chaleur de son bras, son odeur enivrante. Oui, elle se l'avouait, et elle l'avait déjà confié à Mélanie, elle était folle de ce type. Folle amoureuse. Elle ne pensait pas que cela pourrait lui arriver un jour. Julien avait été un amour de jeunesse ; il restait le père de son enfant. Arthur, lui, l'avait consolée après la mort de son père ; il avait été doux, gentil, prévenant. Réconfortant. Mais aujourd'hui, c'était tout autre chose, et rien que d'y penser, elle ressentait des spasmes de volupté. La première fois qu'ils avaient fait l'amour, les incorrigibles réflexes de défense étaient revenus : Candice avait eu honte de ses rondeurs, de ce corps qu'elle ne parvenait toujours pas à oublier, à aimer ; trop tendue, trop nerveuse, elle n'avait pas éprouvé de plaisir et elle avait simulé un orgasme.

Petit à petit, ce nouvel amant avait eu raison de ses complexes ; il avait su comment la toucher, comment la caresser pour qu'elle lâche prise enfin, et elle avait eu l'impression qu'un barrage cédait, que les flots délivrés emportaient tout sur leur passage. Son corps vibrait au rythme de sa propre sensualité, et la sexualité n'était plus une série d'actes qu'elle subissait : elle se sentait vivante, elle décidait, elle s'exprimait, pour s'épanouir en une éclosion timide au début, avant de laisser place à une combustion folle qui l'embrasait de toute part. Jamais elle n'était rassasiée du corps de cet homme, de son odeur, du grain de sa peau ; jamais elle n'avait ressenti un désir aussi aigu. Elle avait pleuré dans ses bras, chavirée par ces sensations nouvelles, par l'effet qu'elle lui faisait en retour, de ce qu'elle décryptait dans son regard : cette impression de vivre le même moment de la même façon, d'être mutuellement foudroyés.

Candice avait lu une dizaine de pages du *Train bleu*, lorsque la voix de Timothée se fit entendre.

— Maman, tu la vois maintenant ? Là-bas.

Il pointait du doigt.

Candice suivit sa direction, vers les arcades. Au début, elle ne vit rien.

Tout à coup, elle aperçut une silhouette mince enveloppée d'un long manteau ; ce fin visage et ces yeux noirs tournés vers eux, qui les observaient.

— Ma Domi ! souffla Timothée.

Et sans attendre, il se mit à courir vers elle.

Dix mois plus tôt.
Paris.

Avec le docteur Whyte, Candice ne parlait guère de Dominique, ni de son absence ; après la disparition de cette dernière, elle avait craint que la praticienne ne lui demande des nouvelles, mais ce ne fut jamais le cas. Elle se sentait soulagée. Sa thérapie l'emmenait sur des chemins inattendus ; elle abordait des sujets qui touchaient à son enfance, à son adolescence, au rapport embrouillé qu'elle entretenait avec les corps, pas seulement le sien, mais celui des autres, aussi. Jusqu'ici, elle n'avait jamais pu s'empêcher de juger les corps d'autrui, de leur distribuer des attributs : celui-là était trop gros ; celui-là, trop maigre ; cet autre encore, disgracieux. Longtemps, elle les avait tous catalogués automatiquement, sans même se rendre compte qu'elle le faisait, et quand elle en décelait un qui était parfait, c'est-à-dire très mince, elle désespérait : jamais elle ne pourrait lui ressembler.

Candice apprenait à s'accepter, à se voir telle qu'elle était, à ne plus mépriser son enveloppe corporelle : un labeur de longue haleine, un « travail de fourmi », disait même le docteur Whyte, et parfois, Candice avait envie de baisser les bras, découragée, mais elle prenait tout de même conscience qu'elle était en train de muer, lentement, qu'elle laissait derrière elle une couche de peau qui ne lui appartenait plus, dont elle se détachait. La démarche était loin d'être indolore, pourtant elle apprenait à accueillir ces élancements comme les marques de son progrès ; ils étaient la preuve qu'elle se débarrassait d'alluvions néfastes accumulées là depuis des années, à l'instar d'un dépôt de calcaire qui bouche furtivement une canalisation.

Des crises d'hyperphagie revenaient pourtant, mais elles étaient moins violentes, moins fréquentes, et elles n'engendraient plus ce rejet d'elle-même qui lui avait tant coûté. Elle apprenait à se nourrir sans considérer les aliments comme des adversaires et ne se faisait plus vomir ; elle avait pu dire à son dentiste qu'elle se prenait en main, qu'elle se faisait soigner. Il l'avait félicitée.

Avec l'arrivée du printemps, elle décida de s'inscrire à la piscine place Paul-Verlaine, à deux pas de chez elle. Elle s'organisa avec une de ses voisines qui accepta d'emmener Timothée à l'école rue de l'Espérance avec sa propre fille, dans la même classe, et elle alla nager tous les jours, à huit heures, pendant vingt ou trente minutes, pour ensuite se rendre au studio. Au début, ce rythme était exténuant, mais à la longue, elle s'y fit, et elle avait fini par apprécier ce rituel matinal, ce rendez-vous avec l'eau ; elle n'avait jamais été une très bonne nageuse, mais elle prenait du plaisir à effectuer cette brasse quotidienne en douceur.

À force de revêtir son maillot chaque matin, de sentir son corps se mouvoir dans les flots, elle avait l'impression de l'apprivoiser, d'apprendre à mieux le connaître, de s'occuper de lui. Lorsqu'elle s'apercevait nue dans le miroir des vestiaires, elle ne détournait plus le regard ; elle se disait qu'elle n'était pas pire ou mieux qu'une autre de ces femmes dénudées qui l'entouraient. Elle n'était plus le vilain têtard avec les épaules trop étroites et les hanches trop larges : elle était Candice, elle était aussi belle qu'une autre, et elle apprenait enfin à s'aimer.

Avec Arthur, la séparation s'était faite naturellement et d'un commun accord, sans scène ni querelle. Le nom de Dominique ne fut pas prononcé. Le jeune homme venait moins souvent et Candice ne réclamait pas sa présence auprès d'elle ; elle avait l'impression qu'il n'avait plus sa place dans sa vie. Finalement, les liens s'étaient distendus ; ils se voyaient sans grand plaisir, sans entrain.

— Tu n'as pas l'air trop triste, dit-il avec une moue alors qu'ils se disaient au revoir pour de bon. Tu as déjà un autre mec ?

Elle s'amusa de sa remarque, lui rétorqua que non, il n'y avait personne, mais ce n'était pas tout à fait vrai. Chaque matin, à la piscine, elle évoluait dans une ligne de nage aux côtés d'un homme qu'elle saluait d'un hochement de tête poli. Le nageur commençait toujours au même moment qu'elle, vers huit heures cinq ; il avançait plus rapidement qu'elle, mais elle avait parfois la sensation qu'il l'attendait. Était-ce son imagination ? Bien que silencieux, ces instants faisaient naître une complicité.

Le nageur quittait le bassin précisément en même temps qu'elle. Elle ne voyait pas ses yeux, dissimulés derrière des lunettes de natation, ni ses cheveux, cachés par le bonnet, mais elle appréciait son sourire ; avec une certaine gourmandise, elle détaillait subrepticement son corps presque nu. Il était beaucoup plus grand qu'Arthur, avec des épaules plus puissantes, et il devait être plus âgé, trente-cinq, ou trente-huit ans, se hasarda-t-elle. Elle se demandait comment entamer une conversation, et n'osait pas.

Pendant une semaine, le nageur ne vint plus. Candice en ressentit une tristesse, voire une frustration : elle était idiote, à la fin, de s'intéresser à un type qui l'avait sans doute à peine remarquée. Elle tenta de l'oublier, non sans mal. Le lundi suivant, avec un petit choc de plaisir, elle le découvrit à côté d'elle au moment de franchir le pédiluve. Échange de sourires. Pendant vingt-cinq minutes, ils nagèrent tous deux au même rythme ; puis, ils passèrent chacun dans leur vestiaire en se saluant de la main.

Plus tard, en émergeant de l'édifice, Candice vit une silhouette adossée au mur. Son nageur l'attendait.

— Bonjour ! Je voulais entendre le son de votre voix.

Le soir même, elle informa Mélanie qu'elle avait fait une rencontre à la piscine.

— À la piscine ? répéta son amie.

— Il s'appelle Alexandre.

— Tu as cette voix chamboulée que je n'ai pas entendue depuis longtemps. Il est comment, ton Alexandre ?

— On a juste pris un café, vite fait. Je ne sais pas grand-chose.

— Alors, dis-moi ce que tu sais.

Alexandre était divorcé. Il avait trente-six ans et une fille de bientôt dix ans. Il n'aimait pas qu'on l'appelle Alex. Il aimait les sœurs Brontë, Oscar Wilde et Ian McEwan. Il allait bientôt emménager du côté de l'avenue Gambetta. Il travaillait au service marketing d'un grand groupe d'édition.

— Et il a une copine ?

— Je prie pour que non, mais je n'en sais rien.

— Tu vas le revoir ?

— J'espère bien. En tout cas, il est à la piscine chaque matin et il m'a dit en partant : « À demain. »

— Je devrais peut-être me remettre à la natation, remarqua Mélanie, ce qui fit rire Candice.

En se levant de bonne heure pour aller nager, Candice se sentait impatiente de retrouver Alexandre, animée d'une pulsation de joie. Ils prirent l'habitude d'un café et d'un thé après leur séance. Assez rapidement, elle apprit qu'il n'avait pas de compagne. Quelques copines, avait-il précisé. Candice écoutait, hochait la tête. Elle voulait bien être une copine de plus, mais gardait cette proposition pour elle ; elle lui confia qu'elle non plus n'avait pas de compagnon depuis sa rupture deux mois plus tôt. « Alors, nous sommes deux cœurs à prendre », avait souri Alexandre avec une étincelle dans les yeux ; elle avait souri en retour en soutenant son regard.

Chaque soir, Candice et Alexandre s'échangeaient des dizaines de SMS, jusqu'à tard dans la nuit ; ils apprenaient à se connaître, le matin après la natation, puis le soir en s'écrivant. Ils parlèrent de leur travail, de leurs collègues, du déroulement de leur journée. Alexandre préparait son déménagement : il allait prochainement quitter le quartier, et Candice se doutait qu'il ne reviendrait plus à la piscine place Paul-Verlaine. Elle eut peur de ne jamais le revoir ; elle avait confié à Mélanie qu'elle pensait qu'elle ne l'intéressait pas, que les fameuses copines devaient être des femmes plus âgées, plus sophistiquées.

— Invite-le à dîner ! avait suggéré Mélanie.

Mais Candice ne supportait plus le petit deux-pièces de la rue des Cinq-Diamants. Elle vivait là depuis bientôt neuf ans et ce décor l'étouffait : il portait un poids à la fois familial et affectif dont elle souhaitait se défaire. Son père le lui avait trouvé ; elle y avait vécu avec Julien, avec Timothée, avec Arthur, avec Dominique, et elle rêvait à présent d'un endroit à découvrir, vierge de toute histoire pour elle. Finalement, ce fut Alexandre qui l'invita à dîner dans son nouvel appartement. Candice avait mis longtemps à choisir sa tenue, un casse-tête ; puis, elle s'était rassurée : il la voyait tous les jours à la piscine, affublée d'un bonnet de natation peu flatteur, et ensuite au café, la tête encore humide, mal coiffée. Elle s'était fait un joli maquillage discret, avait lissé ses longs cheveux blonds et lustrés, opté pour une tenue estivale simple : une jupe en jean et une chemise blanche.

Alexandre habitait une rue tranquille qui donnait avenue Gambetta. Elle connaissait le quartier, car Mélanie n'habitait pas très loin, à Belleville. Le nouveau domicile d'Alexandre était encore encombré de cartons, mais il avait dégagé le salon et la cuisine. Elle avait tout de suite aimé ce lieu, la lumière, l'aspect parisien des moulures, du parquet ancien, la vue sur les toits.

Candice ne le savait pas encore, mais dans quelques mois, juste après l'été, elle viendrait vivre ici, chez Alexandre et sa fille Lara, avec Timothée ; elle quitterait la rue des Cinq-Diamants pour de bon. Elle ignorait encore, pendant qu'elle déambulait dans les pièces, qu'elle le suivait sur le balcon filant, qu'elle l'écoutait raconter comment il avait déniché ce joli endroit, que cet appartement deviendrait bientôt sa maison.

Ce soir-là, le soir de leur première nuit, Alexandre semblait enfiévré devant ses fourneaux ; cet aspect de lui, cette nervosité qu'elle n'avait encore jamais discernée, la toucha. Tandis qu'il s'agitait au-dessus de ses plats, elle l'observa : il n'était pas véritablement beau – un visage un peu long et osseux, un nez imposant – mais il avait un charme fou. C'était sans doute son sourire, ou ses prunelles noisette, ou encore sa façon de passer une main impatiente dans la mèche brune et rebelle qui retombait sur son front, ou alors tout cela à la fois, mais qu'importe : Candice le trouvait irrésistible ; elle aimait sa haute silhouette, sa carrure, ses mains à la fois viriles et délicates, ses longs sourcils noirs qui se déployaient comme deux accents circonflexes, sa manière de rire en plissant les yeux.

— Je suis un piètre cuisinier, râla-t-il. On aurait pu aller au restaurant. (Puis il la contempla en lui donnant un verre de vin.) Mais je suis quand même très content que tu sois là.

Candice regardait autour d'elle ; sur la plupart des cartons empilés sur le sol, était écrite la mention *LIVRES*. En se penchant, elle s'aperçut qu'un des cartons contenait tous les *Rougon-Macquart*.

— Toi aussi, tu aimes Zola ?

— Fan depuis toujours, affirma Alexandre. Trinquons à ce cher Émile !

Candice leva son verre, et ne put s'empêcher de penser à Dominique, à ce qu'elle était devenue ; elle y pensa sans culpabilité, mais avec une tristesse fugace qui laissa tout de même son empreinte sur elle.

Parc de Belleville, Paris.

— Candice, ça va ?

Alexandre la trouvait pâle. Avait-elle pris froid ?

Candice était incapable de lui répondre : elle ne voyait que ce regard sombre et profond qu'elle connaissait si bien et qui s'approchait inéluctablement.

Timothée s'était immobilisé ; il paraissait hésiter.

Candice se leva, posa son livre.

— C'est elle ? demanda Alexandre.

La silhouette perdue dans le long manteau dont l'ourlet frôlait la neige, coiffée d'un bonnet en laine jaune, avançait vers eux en une sorte de glissade, et le temps semblait s'être arrêté ; Candice n'entendait plus les cris des enfants, la conversation des passants, le murmure du trafic. Elle avait l'impression de retourner en arrière, de revivre le moment où elle avait croisé ce regard pour la première fois, place d'Italie, lors de l'accident ; interdite, elle constata que cette figure, qui flottait à présent à quelques mètres d'elle, était toute lisse, celle d'une très jeune femme, plus jeune qu'elle encore, une vingtaine d'années, et que les rares mèches qui s'échappaient du bonnet étaient brunes ; tandis que l'ossature du visage, les fines lèvres, la couleur des yeux, le grand front haut, étaient incontestablement similaires à ceux de Dominique Marquisan.

Timothée était revenu se réfugier dans les bras de sa mère, et tous deux dévisageaient la nouvelle venue qui se tenait devant eux avec un mélange de crainte et de fascination.

— Bonjour, dit la jeune fille, en souriant timidement. Tu es Candice Louradour ?

Elle avait un accent que Candice n'arrivait pas à reconnaître.

— Oui, c'est moi.

— Et toi, tu es Timmy ? demanda-t-elle au petit garçon qui restait muet.

Candice remarqua que les mains de la jeune fille tremblaient légèrement.

— Oui, c'est bien Timmy, répondit-elle.

— Pardon… Je ne savais pas comment te joindre, balbutia la jeune femme en butant contre les mots. J'ai vu tes photos du parc de Belleville sur ton Insta, alors… Je suis venue plusieurs fois… Et j'ai reconnu Timmy. Et je t'ai reconnue, toi.

— Mais tu es qui ? lança Timothée, impatient.

— Oh ! C'est vrai que j'arrive comme ça, sans me présenter… Et je n'osais pas déranger…

— Comment t'appelles-tu ?

À cause de son accent, Candice entendit « Cadina ». Elle la fit répéter.

— Cadine, avec un « e ».

— D'après Zola ?

— Oui. D'après la petite fleuriste du *Ventre de Paris*, confirma la jeune fille.

En un éclair, Candice revit la cicatrice de la césarienne, les enveloppes couleur crème, les gestes si maternels envers elle-même, envers Timothée, le chagrin lors de la lecture enregistrée du *Ventre de Paris*.

— Tu es sa fille, souffla-t-elle, enfin.

L'émotion l'envahit. Elle devait se lire sur ses traits, car Candice sentit la main d'Alexandre se caler sur son épaule.

— La fille de Dominique, oui, c'est ça. Tout le monde m'appelle Dulce.

— Ça veut dire quoi ? fit la voix de Lara venue se joindre à eux.

— Eh bien, ça signifie *chérie*, *bonbon*, ou *douceur* en espagnol.

— Tu es espagnole ? demanda Timothée.

— Oui. Je suis née à Paris, mais j'ai grandi et je vis à Madrid. Mon papa est espagnol.

Dulce s'excusa encore une fois de débarquer ainsi, de les importuner, certainement ; elle salua Alexandre, qui se tenait juste derrière Candice, d'un signe de tête maladroit. Elle se doutait que sa mère n'avait jamais parlé d'elle, mais toute son histoire était passablement compliquée. Et l'expliquer en quelques minutes était difficile, mais elle tenait à les voir, Candice et Timmy, à poser les yeux sur eux. Elle avait galéré pour les retrouver ; elle pensait ne pas y arriver. Elle connaissait mal Paris, elle n'avait personne pour l'aider. En l'écoutant, Candice se demandait ce que la jeune fille savait de la complexité des rapports qui la liaient à sa mère. Était-elle venue jusqu'ici pour obtenir une sorte de pardon de la part de Candice ? Ou, au contraire, venait-elle présenter des excuses au nom de sa mère ? En habile manipulatrice, Dominique était-elle à l'œuvre derrière ces retrouvailles insolites ? Candice se sentait déstabilisée ; elle savait qu'Alexandre le pressentait et qu'il était inquiet.

Dulce parlait de plus en plus hâtivement, paraissait à bout de souffle, bredouillait, puis, sans crier gare, elle fondit en larmes ; elle ressemblait à un oiseau frêle pris dans une tempête. Elle sanglotait devant Candice impuissante, tandis que les enfants, choqués, ne comprenaient pas. Alexandre les réconfortait doucement.

— Pardon, je suis désolée, répétait la jeune fille. Je suis tellement désolée.

En saisissant la main de Candice, elle souffla que tout s'était passé si vite, en un mois, et personne n'avait rien pu faire, les médecins l'avaient prévenue. Figée par le froid et le choc, Candice se demandait si elle avait bien entendu, redoublait d'attention, et Dulce poursuivit, toujours pendue à la main de Candice ; sa voix n'était qu'un murmure qu'il fallait capter : sa mère avait déjà eu un cancer, avant sa naissance, mais elle en avait guéri. Candice se rappela qu'un jour Dominique avait précisé qu'elle avait « l'habitude » des hôpitaux, des cliniques. Cette fois, continua Dulce, la maladie avait été plus invasive, le pancréas, ça s'était déclaré après une jaunisse, un amaigrissement subit, et ce fut foudroyant.

Candice se tenait hébétée devant Dulce, incapable de réagir. Timothée, qui n'avait pas compris, se distrayait avec la semelle de sa bottine dans la neige, et dans le silence pétrifié qui s'installa, Alexandre avait fini par éloigner les enfants, les appâtant avec des promesses de crêpes.

Seule, face à la fille de Dominique Marquisan, Candice cherchait ses mots.

— Toutes mes condoléances, Dulce.

Cette phrase lui parut si insipide, si plate, qu'elle s'en voulut, se mordant les lèvres, mais Dulce semblait reconnaissante, comprima ses mains entre les siennes, la remercia d'un pâle sourire. En jetant un regard autour d'elle, Candice vit que les enfants et Alexandre se trouvaient à présent devant le stand de crêpes plus haut. Elle proposa à la jeune fille d'aller dans un café qu'elle connaissait bien, à deux pas, rue des Couronnes. Elles auraient moins froid, et elles pourraient parler tranquillement. En chemin, Candice envoya un SMS à Alexandre pour le prévenir.

Le café était bondé, bruyant, mais Candice parvint à dénicher une table plus au calme au fond. Elle avait ses habitudes ici depuis qu'elle vivait dans le quartier, et y retrouvait souvent Mélanie et d'autres amies. Quand la jeune fille ôta son bonnet, Candice constata que ses cheveux noirs étaient longs et très épais, que son teint était plus mat que celui de Dominique.

La conversation, lorsqu'elle reprit, s'engagea momentanément sur un autre terrain : Candice voulut savoir ce que Dulce faisait, si elle était encore étudiante. La jeune fille venait de terminer des études commerciales à Madrid et elle travaillait à présent dans un grand magasin au service des gestions de stock. Elles commandèrent du chocolat chaud, et parlèrent un temps de Madrid, que Candice ne connaissait pas.

Puis il y eut un battement.

— Elle t'aimait beaucoup, tu sais, dit enfin Dulce.

— Moi aussi, je l'aimais beaucoup, répondit Candice, sincèrement.

— Mais je sais à quel point ma mère était compliquée, ajouta Dulce, comme si elle lisait dans les pensées de Candice. Elle n'avait pas des rapports simples avec les gens. Elle les rendait fous, souvent. Comme avec mon père.

— Tu veux bien m'en dire plus ?

Son père s'appelait Diego. Il avait connu sa mère un été à Madrid, vingt-trois ans auparavant. Elle venait de rompre temporairement avec l'homme plus âgé qu'elle voyait. Un grand avocat.

— Agapanthe.

— Oui. Elle t'en a parlé ? Je déteste ce mec. Il lui a fait du mal. Elle est restée longtemps sous son influence.

Sa mère était venue passer des congés en Espagne avec un groupe d'amis pour faire la fête et s'amuser. Elle avait quarante ans, Diego, dix de moins. Ils s'étaient rencontrés dans un bar à tapas ; un flirt, un truc de vacances, précisa-t-elle, en roulant les r sur le mot « truc ».

— Et moi, je suis née de ce truc qui n'a pas duré, tu vois ? Ma mère a compris tardivement qu'elle était enceinte. Elle a décidé de me garder. Elle a prévenu mon père qui ne s'attendait pas du tout à cette nouvelle. Il est quand même venu à Paris, il m'a reconnue. Je porte son nom. Et puis, ils ont décidé de vivre ensemble, chez ma mère. Ils ont pensé que leur histoire pourrait marcher.

— Rue Saint-Lazare ?

— Oui, sourit Dulce, chez Jeanne et Zola.

Elle ne se souvenait de rien, elle était bien trop petite. Ce concubinage avait été un échec dès le départ, un désastre, paraît-il. Ils n'étaient pas faits pour s'entendre, ces deux-là, et les choses s'étaient envenimées, jusqu'à devenir invivables.

— Mon père m'a souvent dit que ma mère était *loca.* Folle. Il m'a élevée avec cette idée, et j'ai longtemps eu peur de ma mère, je ne voulais pas la voir. Il s'est marié quand j'ai eu cinq ans, et c'est sa femme, Raquel, que j'ai toujours appelée *Mamà.* J'ai deux petits frères.

— Mais tu n'as pas grandi auprès de Dominique ?

— Non. Pas du tout. Mon père a obtenu ma garde quand j'étais encore toute petite. Ils n'étaient pas mariés, et il s'est bien débrouillé. Je crois qu'il avait récolté toutes sortes de preuves démontrant qu'elle n'était pas digne d'être mère. Ça a dû la blesser. Je ne l'ai pas vue pendant des années. Elle était retombée sous l'emprise de son vieil avocat. Pendant tout ce temps, ma mère est restée une étrangère pour moi. C'était presque comme si elle n'existait pas.

Candice digérait ses paroles en silence. Elle revoyait cet instant à la clinique, le trouble lorsque l'infirmière avait demandé à Dominique si Candice était sa fille ; des indices que Candice avait flairés, sans jamais aller plus loin.

Dulce poursuivit son récit. Ce fut au moment de sa majorité qu'elle ressentit le besoin de retrouver sa mère. Elle avait commencé par envoyer lettre sur lettre à l'adresse de la rue Saint-Lazare, mais sa mère répondait sporadiquement, ce qui chagrinait la jeune fille et la rendait encore plus impatiente. Alors, plusieurs mois plus tard, avant un long week-end, elle lui écrivit pour la prévenir qu'elle allait débarquer à Paris, qu'elle ne lui laissait pas le choix ! Elle voulait la connaître et ne pouvait plus attendre. En lui ouvrant la porte, sa mère était visiblement émue, et Dulce en avait été rassurée.

— J'ai compris à quel point ces retrouvailles la chamboulaient et combien elle les avait redoutées, aussi. Elle a posé ses mains sur mes joues, comme ça, et elle m'a regardée avec des yeux pleins de larmes. Tellement de larmes muettes que moi aussi j'ai pleuré, et on était comme deux idiotes à renifler sur le pas de la porte.

Dulce souriait, mais ses yeux étaient humides ; ceux de Candice, aussi. Pour Dulce et Dominique, il fallait tout reprendre à zéro, rattraper le temps perdu, et ce fut un apprentissage périlleux, car sa mère était un drôle d'animal ; personne ne lui ressemblait, personne ne possédait cette intensité-là. C'était à la fois grisant et épuisant d'être en sa compagnie. Voilà que, brutalement, elle se retrouvait maman à presque soixante ans : elle avait sans doute été déboussolée, dit Dulce. C'était Raquel, sa belle-mère, qui avait appris les bonnes manières à Dulce, qui avait surveillé ses devoirs, qui la grondait quand elle sortait trop tard ; c'était Raquel qui lui avait tout appris, pas sa mère.

Elles avaient eu du mal, au début ; elles s'étaient même disputées à maintes reprises. Sa mère biologique n'arrivait pas à trouver sa juste place ; elle devait jalouser Raquel. Dulce était venue plusieurs fois à Paris pour lui rendre visite, mais son séjour ne se passait jamais très bien. Et à chaque retour à Madrid, son père lui répétait que trouver un terrain d'entente avec Dominique était vain, qu'elle était invivable, insupportable. Dulce refusait de s'avouer vaincue. Elle persistait à lui envoyer ses petites cartes cocasses, affectueuses, avec des dessins et des anecdotes légères, et lorsqu'elle recevait en retour des enveloppes en provenance de Paris, dotées de cette écriture raffinée qu'elle avait appris à reconnaître, embaumées par ce parfum élégant, elle jubilait. Et le dialogue s'installa, petit à petit, au fil des mois.

— Même si elle ne me laissait pas prendre ma place de fille, même si elle rejetait l'idée de devenir ma mère, je ne lâchais pas le morceau. Pas question qu'elle soit une espèce de copine, une sœur aînée, une cousine ! Elle refusait que je l'appelle maman. Je devais l'appeler Niki. Pas facile.

Mais tout avait été un combat, avec sa mère. Et quand elle avait eu son accident, par exemple, sa mère ne lui avait rien dit.

— Tu te rends compte, Candice ? Elle perd une jambe, et elle ne m'en parle pas. On l'ampute, et moi, sa fille, je l'ignore. Je l'ai découvert bien plus tard. Elle cloisonnait. Elle ne disait pas tout. Pourquoi ? Je n'ai jamais su. Tu vois, je n'ai eu que cinq ans pour apprendre à connaître ma mère. Un peu court. Et quand j'ai pensé qu'on y arrivait, que le courant passait enfin, elle est partie pour toujours.

Le brouhaha du café garnissait leurs silences.

— Il est bon, ce chocolat.

— Délicieux, dit Candice.

— Tu entends ? sourit Dulce.

— Oui. Les Beatles.

— Ma mère aimait tant les Beatles. *Baby, you can drive my car*, fredonna la jeune fille, en s'agitant au rythme de la musique.

Elle chantonna quelques instants, puis se déroba, et Candice eut l'impression qu'elle amassait des forces pour ce qui allait suivre, qu'elle redressait ses épaules. Elle prit une inspiration, se lança, ses yeux plantés dans ceux de Candice. Elle devait lui parler de la fin, et de la toute fin, même si y repenser, y revenir, était horrible. Ses lèvres tremblèrent, mais elle ne s'arrêta pas. Quelle pauvre chose sa mère avait été les derniers jours, petit squelette rongé de l'intérieur par le cancer. Sa mère ne se plaignait jamais. Jamais. Elle plaisantait avec l'équipe médicale, elle les faisait même rire, alors que tout le monde savait que c'était foutu.

— C'est à la toute fin qu'elle m'a parlé de toi et de Timmy. J'avais l'impression de vous connaître, tellement elle m'a raconté de détails sur vous. Comme elle vous aimait ! J'ai compris alors qui avait veillé sur elle après l'accident, qui lui avait redonné cet espoir. Je voulais te remercier pour ça, très sincèrement.

Candice se sentit obligée de préciser que, avec Dominique, tout n'avait pas été aussi simple ; bien sûr, elle l'avait aidée après l'accident, mais ensuite, les liens qu'elles partageaient s'étaient modifiés au fil du temps, pour se rompre définitivement. Elle se demandait ce que Dulce savait de la dernière scène dans la cage d'escalier, de la fureur noire qui l'avait envahie, de la véhémence avec laquelle elle avait mis Dominique dehors. Ne fallait-il pas lui avouer ? Avec un certain désarroi, elle reprit la parole pour le faire, mais au bout de quelques minutes, Dulce interrompit ses confessions d'une phrase :

— Ma mère, elle avait une façon de déborder dans la vie des gens.

Dulce mima avec ses mains une tache qui s'étalait en devenant de plus en plus large, puis elle enfonça le clou : oui, sa mère fonctionnait ainsi, elle prenait toute la place, elle s'infiltrait dans l'existence des autres, et si, pour certains, ce pouvait être extraordinaire, pour d'autres, c'était tout bonnement l'enfer. Candice n'avait nullement besoin d'expliquer. Dulce savait. Elle comprenait.

Pendant les quelques semaines du séjour chez Candice et Timothée, elle avait deviné que Niki logeait chez une « amie » après son expulsion de la rue Saint-Lazare et la perte de son travail.

— Je savais ton nom, je connaissais ton adresse, puisque je lui écrivais chez toi. Mais je ne savais rien de toi. Qui était cette fameuse Candice Louradour ?

Elles échangèrent un sourire, bien que Candice pressentît que les émotions de la jeune fille étaient à fleur de peau.

Dulce avait voulu savoir chez qui sa mère habitait ; elle s'était rendue sur les réseaux sociaux, avait trouvé le profil Instagram de Candice.

— J'ai découvert ton visage, ton sourire. Les photos de ton fils. Si mignon ! Je me suis dit que Niki devait être bien chez vous, pourtant j'aurais aimé qu'elle me donne plus de nouvelles. J'avais l'impression d'être passée au deuxième plan dans la vie de ma mère. Je me sentais exclue. Un peu comme si tu étais devenue la fille de Niki…

— Je comprends, murmura Candice.

Par la suite, Dulce avait su que sa mère avait quitté Paris en avril ou en mai de l'année dernière, parce que les lettres qu'elle envoyait passage Sigaud, sa dernière adresse connue, lui revenaient. Le portable de Niki n'était plus attribué. Angoissée, elle avait finalement pu la joindre par courriel au début de l'été. Sa mère lui apprit qu'elle s'était installée dans la région de son enfance, en Maine-et-Loire, à Saint-Pierre-du-Lac, près de La Ménitré. Elle y louait une petite longère charmante avec un jardin, avait pu y rapatrier ses meubles, ses objets, ses livres chéris, tous ses Zola. Elle semblait heureuse. Dulce avait passé du temps avec elle pendant l'été. C'était la première fois qu'elle la voyait depuis l'amputation, découverte dans un choc immense. Elle avait trouvé sa mère incroyablement courageuse et à l'aise avec sa prothèse.

Elles avaient partagé des moments de complicité, de tendresse, qu'elle n'oublierait jamais. Dans le jardin ombragé, Niki avait lu des passages du *Ventre de Paris* à la jeune fille, lui dévoilant les origines de ce prénom, Cadine. Sa mère lui avait montré le prieuré où elle avait grandi, qui appartenait à présent à un couple de Parisiens à la retraite.

Dulce avait remarqué que sa mère se fatiguait souvent, qu'elle semblait encore plus desséchée et vulnérable, mais jamais elle n'aurait pu imaginer que la maladie était aussi proche, aussi menaçante. Tout avait basculé à la fin de l'année, en décembre. À la suite d'un malaise, Niki avait consulté son médecin qui lui avait prescrit des examens en urgence à l'hôpital, alarmé par son teint jaunâtre et son émaciation. Ce fut sans appel. Elle avait été hospitalisée en janvier au CHU d'Angers. Alors, elle avait enfin avoué à sa fille qu'elle était atteinte d'un cancer.

— Toujours ce besoin de compartimenter. De ne pas dire les choses. De tout garder pour elle. Par pudeur ? Par peur ? Je lui en ai beaucoup voulu.

Dulce avait demandé de l'argent à son père, avait expliqué qu'elle devait se rendre en France pour être au chevet de Niki, gravement malade, et il avait accepté de l'aider. Dulce avait vécu les derniers moments à ses côtés, lui avait tenu la main, jusqu'au bout. Son décès avait eu lieu en février. Sa mère reposait désormais au cimetière de La Ménitré, auprès de ses parents. Dulce s'était occupée de tout, de chaque démarche ; avait dû vider la petite longère, trier les meubles, les affaires, les objets. Une épreuve. Un de ses meilleurs amis était venu de Madrid l'aider. Sans oublier le procès du chauffard qui avait renversé sa mère : l'affaire était toujours en cours et elle était en contact avec le cabinet d'avocats de Niki.

Les dommages et intérêts seraient sans doute versés à la seule héritière de la victime, sa fille.

Un chapelet d'émotions investissait Candice pour éclore en elle, donnant lieu à un doux chaos qui compressait sa poitrine, son souffle. La tristesse pointa en premier : le spectacle de cette jeune fille confrontée au deuil d'une mère qu'elle avait à peine retrouvée, et dont la détresse faisait affleurer le décès de son propre père emporté par un virus, les instants pénibles et si douloureux de l'après. Juste derrière, l'empathie, déclenchée sans doute par le courage de Dulce, sa dignité, son admirable force. Sans oublier la pointe de culpabilité qui la taraudait, qui n'était jamais loin, et qui la hantait désormais : n'aurait-elle pas pu faire mieux avec Dominique, au lieu de couper les ponts ? N'aurait-elle pas dû lui donner une autre chance ? Ensuite, se manifesta une sorte de clairvoyance qui la soulagea un temps : elle n'avait pas supporté que Dominique envahisse ainsi le cœur de son fils, qu'elle puisse lui ravir sa place de mère, mais elle n'aurait pas pu agir autrement et elle l'assumait. À la fin de ce kaléidoscope affectif, l'incertitude apparut : elle ne pouvait s'empêcher de se demander, tout en écoutant attentivement la jeune fille, si Faustine avait pu ressentir la même hostilité envers Dominique, celle qui avait fissuré deux socles maternels : celui de Candice, mais aussi celui de Timothée.

Le portable de Candice vibra. Un SMS d'Alexandre.

Tout va bien ? J'ai laissé les enfants à Peggy. Je suis dehors si tu as besoin de moi.

Peggy était leur voisine de palier. En regardant par la vitre, Candice vit la haute silhouette d'Alexandre un peu plus loin, sur le trottoir d'en face.

— Je ne vais pas te retenir longtemps, dit Dulce en suivant son regard. Maman voulait que je te retrouve. Alors je lui ai promis. Je t'ai retrouvée.

— Tu as dit *maman*, et pas *Niki*. Pour la première fois.

— Oui, consentit Dulce. Maman. Ma maman.

Elle sourit bravement à travers ses larmes.

À ce moment précis, Candice brûlait de lui décrire la lumière que Dominique avait jetée sur certains pans de sa vie. Mais par où commencer ? Tout semblait si nébuleux. Elle aurait voulu lui exprimer son amour de la littérature, elle qui avait passé tant d'années sans ouvrir un livre ; comment Dominique avait fini par lui transmettre sa passion pour Émile Zola, devenu son écrivain préféré, à elle aussi. Elle aurait voulu lui confier qu'elle était en train de gagner son combat contre ses démons intérieurs, et que c'était Dominique, par une nuit éprouvante, qui l'avait trouvée prostrée, à terre, et qui l'avait sauvée.

Le temps était compté, et Candice, perturbée, butait sur l'ordre des phrases, et celui des mots ; Dulce enfilait déjà son manteau, son bonnet, laissait un billet sur la table en interdisant à Candice de faire de même ; elle insistait, c'était elle qui invitait, la prochaine fois ce serait Candice, si jamais elle venait la voir à Madrid, qui sait, un jour, peut-être ? Elle lui enverrait son numéro via la messagerie d'Instagram. Oui, oui, se revoir, bien sûr, murmurait Candice machinalement, en attrapant son manteau, son sac.

Les secondes filaient tandis que ses yeux se posaient sur le dos de Dulce, près de la sortie : ce dos si droit et si menu, ce port de tête si gracieux, et Candice aurait voulu la retenir ; elle avait encore tant de choses à lui dire.

Il lui suffisait d'allonger la main, de la poser sur son épaule, de lui suggérer de revenir s'asseoir, de poursuivre la conversation, de commander un autre pot de chocolat chaud. Elle maudissait ce décalage intérieur permanent qui se logeait entre l'immédiateté de l'instant présent et la genèse complexe de ses émotions, qui l'empêchait de formuler ce qu'elle venait seulement de comprendre : ce recul nécessaire sur elle-même et sur les autres qu'elle n'avait jamais encore osé entreprendre avant de connaître Dominique ; cette idée qu'elle se faisait de son propre parcours et de sa propre conscience : un écho infime qui bruissait désormais en elle, qui s'amplifiait, qui cheminait en profondeur, et qui, elle le savait, allait la guider pour le restant de ses jours, dans les joies et dans les peines de tout ce que la vie avait en réserve pour elle.

Trop tard : Dulce était déjà dehors, dans la rue, l'occasion était passée et, devant le café, Alexandre attendait. En voyant à quel point les traits de Candice semblaient bouleversés, il l'entoura d'un long bras protecteur et aimant.

Dulce était sur le départ, se retournant pour les saluer. Aurait-il fallu l'étreindre, la réconforter, la remercier ?

Mais voilà qu'elle revint sur ses pas en un élan si rapide qu'il ne dura que quelques secondes.

— J'allais oublier ! Maman m'a dit que c'était pour toi. Pour personne d'autre. Pour toi.

Candice sentit son souffle tiède contre sa joue, le frôlement du papier entre ses doigts, puis le bonnet jaune et le manteau noir s'envolèrent dans le froid.

Ils étaient seuls. Dans la main de Candice se trouvait une petite enveloppe.

Elle l'ouvrit.

Et elle entendait la belle voix grave, comme si Dominique se tenait à ses côtés.

Je n'ai pas besoin de vous rappeler quel est mon bien le plus précieux concernant Zola. C'est ce que j'ai de plus cher.

— Qu'est-ce que c'est ? demanda Alexandre.

Candice lui tendit la carte, et il lut les premières phrases à voix haute.

— « Chère femme adorée, je t'écris à la hâte. Hélas, je ne pourrai pas venir demain mardi. Je suis retenu chez moi… »

Il s'interrompit, étudia de près l'écriture ancienne, puis poursuivit sa lecture :

— « Je viendrai dès que possible, et en attendant, je t'envoie mon cœur qui est tout à toi. Il ne se passe pas une heure sans que je pense à toi. »

— « Je te serre de toutes mes forces dans mes bras », lut Candice à son tour. « Mille et mille baisers sur tes beaux yeux, tes beaux cheveux, sur ta longue tresse parfumée. »

— Mais qui a écrit ça ? murmura Alexandre, perplexe.

— Émile Zola.

Alexandre écarquilla les yeux.

— Vraiment ?

— Oui. Vraiment.

— Et c'est un cadeau pour toi ?

— Oui, de la part de Dominique.

— Pourquoi ?

Alexandre s'aperçut que Candice pleurait, mais qu'elle souriait aussi : un sourire radieux, inattendu, aussi éblouissant qu'un arc-en-ciel. Elle semblait bouleversée, défaite et, en même temps, apaisée.

Il l'attira contre lui, baisa ses lèvres avec douceur.

— Tout à l'heure, j'ai dit que j'arrêtais avec mes questions. Mais là, j'ai besoin d'en savoir plus. Tu me raconteras ?

— Oui, répondit Candice, en essuyant ses larmes. Je te le promets.

FIN

Remerciements

Le premier merci va à Nicolas, mon premier lecteur.

Merci à Sophie Charnavel et à toute l'équipe Robert Laffont.

Un merci tout particulier à Gaëlle Nohant, ma sœur d'écriture.

Merci à Valérie Bertoni, Cécile Boyer-Runge, Sarah Hirsch, Laure du Pavillon, Catherine Rambaud, Chantal Remy.

Merci à Audrey Siourd, grâce à qui j'ai visité Médan pour la première fois et rencontré Martine Le Blond-Zola, l'arrière-petite-fille d'Émile Zola.

Merci à Sylvain Louradour qui m'a autorisée à utiliser son patronyme.

Merci à Jonathan Cornea qui m'a ouvert la porte du dernier domicile d'Émile Zola, rue de Bruxelles. Merci à Delphine Bürkli. Merci à Alexandre Martin et à François Roth de la start-up Colonies pour leur accueil.

Merci à Violette Libault et l'équipe du studio Rosalie.

Bibliographie

Jean Bedel, *Zola assassiné*, Flammarion, 2002.
Evelyne Bloch-Dano, *Madame Zola*, Grasset, 1997.
Isabelle Delamotte, *Le Roman de Jeanne*, Belfond, 2009.
Jean-Paul Delfino, *Assassins !*, Héloïse d'Ormesson, 2019.
Denise Le Blond-Zola, *Émile Zola raconté par sa fille*, Fasquelle, 1931 ; Grasset, 2019.
Valentine del Moral, *Chez Zola*, Éditions de Fallois, 2015.
Henri Troyat, *Zola*, Flammarion, 1992.
Émile Zola, *Lettres à Alexandrine (1876-1901)*, Gallimard, 2014.
Émile Zola, *Lettres à Jeanne Rozerot (1892-1902)*, Gallimard, 2004.

La photocomposition de cet ouvrage
a été réalisée par
GRAPHIC HAINAUT
30, rue Pierre-Mathieu
59410 Anzin

L'éditeur de cet ouvrage s'engage dans une démarche de certification FSC® qui contribue à la préservation des forêts pour les générations futures.

Pour en savoir plus :
www.editis.com/engagement-rse/

Imprimé en France par CPI
en juin 2022

N° d'édition : 64164/01 – N° d'impression : 3048480